HIYORU

HIYORU

PEPA HIDALGO

ISNI: 0000 0005 0598 4667

Depósito Legal: M-37153-2021

ISBN: 978-84-09-11448-1

Primera edición: 2019

Querido hámster:

Nada te puede asegurar la tranquilidad en la rueda o fuera de ella, por tanto, corre donde te apetezca en cada momento de tu vida.

UN NUEVO HOGAR

Mi primer pensamiento cuando llegué a Hiyoru fue que no volvería a ver el cielo azul. Allí nunca era ni de día ni de noche, simplemente cambiaba de gris claro a gris oscuro, así es que llevar reloj iba a ser muy útil.

Agradecí que el soldado con la cara picada por la viruela hablara sólo para indicarme por dónde pasaba el tren. El traqueteo del todoterreno junto con aquel aire tan puro mareaba.

Cuando detuvo el vehículo ante la primera de una hilera de casas nos bajamos y fuimos al maletero sin capota donde, con voz y movimientos de autómata, procedió a la entrega de la llave de la casa y mi identificación, me recordó las normas básicas que tantas veces nos explicaron a bordo de la nave y me informó de dónde se encontraba el almacén para adquirir artículos de higiene y alimentación. Le atendí con las mismas ganas que se tienen de correr en plena ola de calor, recogí del maletero mi mochila y el soldado se despidió con un saludo militar.

Por un momento estuve tentada de regresar con él junto al resto, pero no me gustaban los uniformes, así es que preferí quedarme en la casa que eligieron papá y mamá hacía dos años y observé quieta cómo se alejaba por donde habíamos llegado. El vehículo subía por una cuesta y, al bajar, desaparecía hasta la siguiente. En una de sus bajadas ya no le volví a ver y tuve la idea absurda de que se lo había tragado la tierra.

Me acerqué a mi nueva casa, abrí con la tarjeta y entré a un pequeño vestíbulo. En la planta baja encontré un salón que olía a madera con grandes ventanas y una pequeña cocina empotrada en la pared de la izquierda, también estaba el botón rojo que debía pulsar en caso de emergencia. Dejé la mochila junto a una mesa y salí por otra puerta a un pasillo paralelo a una escalera interior. A la izquierda, una puerta me llevaba a la parte trasera de la casa. Enfrente, bajo la escalera, encontré otra puerta a la que no hice caso y caminé por la derecha del pasillo hasta volver al vestíbulo. Al final había un aseo con un ligero aroma a lejía. Cuando encendí la luz vi en la derecha un inodoro, al fondo, un lavabo y sobre él, mi reflejo. Estaba tan blanco como el mechón de mi pelo. Apagué la luz y fui hacia la escalera.

Agarré el pomo, miré uno a uno los escalones y, después de dar un resoplido, arrastré los pies por ellos hasta la segunda planta. La primera habitación era la de papá y mamá, decidí que dormiría en ella. Después había otra más pequeña y un baño como el de abajo, pero con ducha. Cogí la colcha verde a juego con las cortinas de la habitación grande, bajé al sofá y me hice un ovillo.

—¡Feliz dieciséis cumpleaños, Sara! —me dije en voz alta. Después lloré hasta que me dormí.

KHALZAN

La luz del monitor se reflejó en la nuca y el cuello de Khalzan al encenderse. En él apareció la imagen de un joven soldado.

—¡A sus órdenes, mi general!

—Un momento —contestó sin girarse.

Khalzan se tomó el tiempo necesario para perfilar la silueta triangular del séptimo bonsái. Observó con orgullo el pequeño bosque en la maceta de barro negro y, tras situarlo en la balda donde recibiría la luz necesaria, se dirigió hacia el monitor.

—¿Primera fase completada?

—Sí, señor. Los civiles están instalados en su mayoría en el sector Cero. El resto se encuentra en los barrios.

—Bien. En tres días todas las familias deben residir aquí.

—¿Qué hacemos con el almacén y las dos chicas?

—El almacén continuará su actividad bajo discreta vigilancia. En cuanto a las chicas, pueden permanecer en sus casas de momento.

—¡A sus órdenes, señor!

Khalzan cortó la comunicación para dirigirse a su jardín particular. Con la sonata de Beethoven *Claro de Luna* de fondo pulverizó agua sobre las rosas que él mismo había plantado como en su momento le enseñara su padre adoptivo. De entre las rojas eligió la que, a su parecer, era de un rojo más intenso que las demás. Al cortarla se pinchó con ella y, lejos de enfadarse, dejó que resbalara una gota de sangre y sonrió. Después cortó con delicadeza la rosa más blanca. Con un beso paternal las introdujo en una probeta y comenzó a dirigir la orquesta imaginaria que tocaba para él.

EL SECTOR CERO

Al despertar me pareció que había la misma luz que cuando me dormí. Subí la mochila para guardar la poca ropa que me dejaron llevar, escondí entre los calcetines la memoria externa que mamá consiguió colar en la nave y abrí la ventana. El horizonte era naranja con gruesas pinceladas amarillas y sombras rojas. Pensé que sería como tener un cuadro porque sabía que siempre vería el mismo paisaje, incluso cuando hiciera viento. Antes de aterrizar nos explicaron que en esa parte del planeta siempre era de día y, al hacer tanto calor, sólo había agua en estado gaseoso. Las nubes nos recordarían que adentrarse en esa zona era correr el peligro de sufrir una deshidratación que llevaría a una angustiosa locura antes de morir.

La brisa fresca me despejó un poco la cabeza y me terminé de espabilar con una ducha. En la cocina encontré los utensilios básicos para cocinar y poder comer; también una linterna, agua y galletas.

Metí la botella de agua y las galletas en la mochila y salí por la puerta trasera hacia el eterno amanecer. Antes de las restricciones, en cuanto papá tenía días libres nos íbamos de acampada y cuando llegábamos a nuestro destino siempre decía lo mismo: «Sara, antes de nada, hay que reconocer el terreno y los alrededores».

A pesar de que el desierto no se encontraba de inmediato, en cuanto pasé los árboles que cerraban el barrio Amanecer el suelo se volvía más duro y estaba cubierto de arena fina. Enseguida se hizo de día y la temperatura subió.

Tras andar unos diez minutos vi un pequeño montículo rocoso, lo utilizaría de señal para no perderme si detrás se encontraba el desierto al que tanto debía temer. Lo escalé y se me escapó un grito cuando vi decenas de árboles disecados que entrelazaban las ramas y formaban un extraño bosque sin hojas.

Bajé al trote y acerqué despacio la mano abierta a uno de ellos. Antes de llegar a tocarlo noté el calor que desprendía, parecía una roca. Dejé la mochila a un lado y me senté en una de las líneas de sombra que proyectaban. Aunque no me cubría entera lo agradecí porque estaba fresca, era como si en esa parte nunca hubiera luz.

A los pies de los árboles, justo en la parte de la sombra, crecía una especie de palmera enana con hojas gruesas y verdes. Busqué el comienzo de cada árbol y comprobé que no crecía en todos. De entre las hojas de una de ellas vi a una lagartija del color del desierto que se asomó y giró la cabeza como si me mirara. Me moví despacio para no asustarla, pero en cuanto me acerqué abrió la boca, escuché como cuando raspas el plato con un tenedor y se marchó a tanta velocidad que daba la sensación de que no tocaba el suelo. Intenté seguirla, pero cuando llegué al último árbol había desaparecido sin dejar huellas.

El pelo se me pegaba a la cara y el cuello y tenía la sensación de masticar arena, así es que pensé en refrescarme y regresar. La mochila estaba muy caliente y cuando la abrí sólo había galletas mojadas, hacía demasiado calor y el material orgánico de la botella se había derretido. Miré hacia el desierto y pensé que para sobrevivir la lagartija se tendría que esconder en la arena, aunque estaba también caliente. Pensar me daba dolor de cabeza y decidí volver. No tenía pérdida, sólo había que dejar la luz a la espalda, subir el montículo y caminar hacia el gris.

Lo primero que hice al llegar fue beber agua y darme una ducha fresca. No podía dejar de pensar en los árboles muertos y la lagartija y, a pesar de que la botella se había derretido enseguida, había plantas. El verdadero peligro debía comenzar después, donde sólo se veía arena, y ahora que tenía más información podía prepararme mejor para volver a investigar lo que bauticé como Oasis Seco, pero tendría que ser en otro momento porque me esperaban a las once.

Eran las diez y cuarto según el reloj de la casa. Puse en hora el reloj de pulsera de mamá, me lo ajusté con la esfera en la cara interna de la muñeca izquierda, como solía hacer ella, y me puse en marcha, no quería llegar tarde y quería calcular cuánto tiempo tardaría en hacer el recorrido diario, es lo que habría hecho papá.

Tardé algo más de cinco minutos en llegar a la parada de tren que me indicó el soldado el día anterior. En el cuadro luminoso pude ver el horario, llegaba cada media hora desde las ocho de la supuesta mañana hasta las diez de la falsa noche por la única vía que pasaba delante de la marquesina.

Enseguida llegó un tren blanco sin conductor que sonaba igual que un silbato para perros. Paró con su entrada sin puerta justo delante de mí y, en cuanto subí, se puso en marcha. Saqué la cabeza por las ventanas sin cristales y pude ver una bandada de aves que me animó y, a pesar de la vegetación oscura, disfruté del aire e imaginé estar en una excursión como las que hacía con papá y mamá. Tras apenas quince minutos el tren se paró. En cuanto bajé se marchó como había llegado.

Delante tenía el sector Cero, una inmensa construcción blanca de la que salía luz. Sin preguntarle nada, el soldado de la entrada saludó, abrió la puerta y me indicó cómo llegar a la recepción. Dentro sí era de día. Había un camino asfaltado para los vehículos bordeado por un jardín de olor a vainilla y adornado con una fuente de piedra y un único chorro. Lo crucé por el sendero de tierra hasta un amplio aparcamiento que terminaba en una puerta giratoria custodiada por otro soldado que me saludó, parecían clones. Yo le contesté en bajo, empujé la puerta giratoria y entré en un espacioso vestíbulo de techo alto.

En un mostrador central se encontraban tres chicas sonrientes con falda y chaqueta azul y una camisa blanca. Allí entregué mi identificación a Rebeca, una chica rubia con un moño tan apretado que le estiraba la cara. Me dio la bienvenida y ya no paró de hablar como una cotorra y reírse como una llama. Mientras grababa mi huella dactilar en un fichador me repitió las mismas instrucciones que nos dieron en la nave y que me recordó el soldado el día anterior. Después, sin parar de hacer preguntas sobre el viaje que contestaba ella misma, me informó de que estaba asignada al tratamiento de textil y me llevó por un largo pasillo acristalado por el que se veían extensas plantaciones.

Nos paramos en unas puertas laterales, también de cristal, las abrió como si fueran las puertas de un palacio y me invitó a pasar al camino que llevaba a las plantaciones. Allí unos enormes focos daban el efecto del día y color al paisaje. Aunque mucha gente se movía de un lado a otro, me llamó la atención una melena tan roja que parecía poder incendiar a su paso los arbustos cubiertos de bolas blancas.

—La chica pelirroja se llama Mika —dijo Rebeca—. Ve recto hasta el puesto de la izquierda y espérala allí, te pondrá al corriente de todo. Verás qué bien se está aquí. ¡Es maravilloso! Y si quieres saber cualquier cosa, pregúntame, tengo acceso a cualquier información ¡Hasta luego! —chilló antes de cerrar la puerta detrás de mí.

Me giré y levanté la mano para despedirme. Ella, siempre sonriente, movió la suya de forma exagerada y regresó a su puesto como si desfilara por una alfombra roja y un centenar de fotógrafos esperaran su llegada.

Caminé sin prisa y disfruté del aire y el olor a campo. Era casi como pasear por la Tierra hacía unos años antes de la catástrofe, sólo faltaba que el cielo fuera azul. Al llegar al puesto me senté a la sombra y esperé a que vinieran a buscarme. La chica pelirroja llegó enseguida. Tenía la cara ovalada y casi blanca con una nariz pecosa ideal para aplicar el teorema de Pitágoras y ojos verdes de gato. Me miró de arriba abajo y me tendió la mano.

—Mika —casi escupió—. Tú eres la nueva, ¿no?

—Me llamo Sara —respondí un poco bajo.

—Ven conmigo. Esta es la plantación de algodón, pero nuestro trabajo lo realizamos dentro. En un futuro estará todo mecanizado y tendrán que inventarse algo para tenernos entretenidos —dijo mientras se daba la vuelta.

Salimos deprisa de la plantación y sin decir ni una palabra. Había pasado de una tormenta de preguntas al silencio del espacio.

Entramos al pabellón donde se trataban el algodón y la lana. Estaba dividido en varias salas y cada una de ellas era una fase diferente del proceso. En la primera sala cargamos con lana unas máquinas que la separaban según sus fibras para textil o para aislante. Las personas que había allí nos miraron, pero no hablamos con nadie.

Después pasamos solas a la sala número dos. Estaba repleta de enormes contenedores metálicos con forma de cilindro y repartidos en dos filas. Allí Mika me explicó que debíamos introducir una bomba de color en cada tanque para teñir la lana. Había una escalera en cada uno. Subimos al primero y cuando se encendió una pequeña luz verde soltó la bomba. Me advirtió que si lo hacía antes o después de la luz verde la bomba podía saltar y explotar fuera. Mika se encargó de los tanques de la fila de la derecha y yo, de los de la izquierda.

Subía, escuchaba un crujido, se encendía la luz, soltaba la bomba y bajaba. Iba por el quinto cuando me di cuenta de que ella las lanzaba desde abajo. Lo primero que pensé es que me había tomado el pelo, pero no quería arriesgarme a que saltara una bomba, no sabía qué podía ocurrir. Escuché el crujido y conté, a los diez segundos la luz se encendió. Volví a contar hasta que escuché el crujido del siguiente tanque, habían pasado treinta segundos. Me arriesgué a lanzarlas desde abajo y funcionó, me sentí como cuando batí el récord de aguantar la respiración bajo el agua en las yincanas de mi barrio.

Cuando Mika se dio cuenta de que hacía lo mismo que ella me propuso que nos intercambiáramos las filas a cada tanque para que no fuera tan aburrido. Estaba tan concentrada en contar que no la vi acercarse por detrás y lanzar una bomba en mi tanque antes de tiempo. Escuché un fuerte chasquido y, de repente, estaba cubierta de tinte azul. Mika estaba frente a mí sin parar de reír y yo me quedé quieta, casi sin respirar, hasta que volvió a su fila y continuó con su trabajo.

Cogí una verde y comencé a contar. Ella estaba unos tanques más adelantada y quise devolvérsela. Me acerqué en silencio por detrás y lancé la bomba con intención de apartarme, pero se giró como un gato y me sujetó. Caímos al suelo y nos teñimos de verde antes de rodar abrazadas hasta que nos frenó el siguiente tanque. Con Mika encima de mí me quedé paralizada hasta que escuché su risa y también me reí. Se levantó, tiró de mí y me dio dos palmadas en el hombro.

—Eres demasiado confiada. Hay que estar más atenta. Será mejor que nos limpiemos antes de que alguien nos vea así y nos castigue sin postre —dijo con las palmas de las manos sobre la cabeza y voz de fantasma.

Me recordó a papá cuando nos gastaba bromas a mamá y a mí y me alegré de tenerla como compañera. Después me cogió de la mano y fuimos a un vestuario.

—Te presento al túnel de lavado —dijo mientras se quitaba la ropa—. Separa las piernas y los brazos y no olvides cerrar los ojos y la boca, pero mantén abiertos los oídos.

Entró a un pasillo muy similar al de desinfección de la nave. Me quité la ropa y la seguí. Cerré los ojos y la boca como me había dicho y tuve la sensación de estar bajo una lluvia que, según avanzaba la cinta, se hacía más intensa. Cuando dejó de llover noté un viento circular y salí de allí seca y sin pintura. Al final había un pequeño escalón donde me esperaba Mika con un mono blanco en cada mano. Me dio uno de ellos y nos vestimos.

—¡Perfecto! —dijo—. Ya somos dos borregos más.

—Nos tendríamos que haber cambiado antes de empezar, ¿no? —pregunté.

—Yo no se lo voy a decir a nadie, ¿y tú? —dijo con un guiño.

No tenía intención de hacerlo ni a quién decírselo, pero tampoco supe qué contestar. Me lanzó mi ropa.

—Saca la identificación —dijo—, la necesitas para el comedor.

Cambié la tarjeta de bolsillo y metí la ropa en la máquina que tenía abierta. Según la cerró escuchamos una sirena.

—Es la hora de comer —dijo—. Antes de que terminemos estará limpia y seca.

Salimos del vestuario hacia un largo pasillo lleno de personas vestidas con monos de diferentes colores. Ir con Mika me producía la sensación de estar en una burbuja que nadie tocaba para no recibir una descarga.

Había dos grandes puertas abiertas al final del pasillo que comunicaban con el comedor. Aunque era grande y frío y el sonido del choque de cubiertos mezclado con las voces era molesto, el olor a sopa invitaba a entrar. A la derecha, una mujer parecía la guardiana de la montaña de bandejas que tenía a su lado. Imité al resto y presenté mi tarjeta de identificación. Ella realizó su ritual: la pasó por su escáner, me la devolvió y, sin apenas mirarme, hizo un gesto con la cabeza hacia las bandejas. Cogí una, los cubiertos que estaban al lado y me puse en la cola donde servían la comida. Cuando tuve lista la bandeja caminé despacio para que no se me saliera la sopa del plato y me senté frente a Mika.

—¡Buen provecho! —le sonreí.

—Puedes sentarte con tu gente —respondió sin levantar la vista de su plato.

—Sólo te conozco a ti —dije cortada.

—¿Y tu familia?

—Estoy sola —respondí más bajo.

—¡Vaya! Debemos ser las únicas. ¿Cuál es tu historia?

Comencé a mover la sopa y noté que el estómago se me cerraba, pero, por primera vez, sentí que necesitaba hablar.

—Mis padres eligieron una casa en el barrio Amanecer. Embarqué con mamá, pero enfermó en el viaje y no llegó a aterrizar. Desde el día que lanzaron su cuerpo al espacio, cada vez que entraba en algún sitio todo el mundo se callaba y me miraba y, aunque eran amables conmigo, se ponían a cuchichear cuando me iba, así es que decidí instalarme allí.

—Sé a lo que te refieres —dijo sin dejar de comer patatas—, a mí me ocurrió lo mismo. Son todos unos capullos, excepto Karlos. Es de mantenimiento y trabajó desde el principio con Lilith. Durante la incineración puso su mano en mi hombro, apretó con fuerza y me dijo: «Tienes que seguir adelante. Sabes que Lilith te montaría una buena si te pusieras ñoña».

—¿Qué le pasó?

—Llegamos en el segundo viaje para la construcción del sector Cero y antes de finalizar las obras decidió que nos mudaríamos a una casa del barrio Anochecer porque quería conservar cierta independencia, pero tuvo un accidente y el traslado lo hice sola.

—Lo siento. ¿Lilith era tu hermana?

—Mi madre —contestó.

—¿Y tu padre?

—Lilith decía que soy fruto de la pasión —comentó con una sonrisa en los labios y tristeza en los ojos.

—¿Nunca has sentido curiosidad por saber quién es?

—Alguna vez, pero ella no le daba importancia y jamás encontré una pista. Tampoco lo necesito, así estoy bien. ¿Y el tuyo? —preguntó.

—Papá llegará en el próximo viaje. —Eso era lo que me repetía todos los días para autoconvencerme de que sería así—. Hasta entonces no tengo intención de mezclarme con la gente.

—¿Se quedó por el nivel de contaminación?

—No, por trabajo —mentí.

—Mejor. Espero que no cambies cuando llegue. Me gustas así.

—¿Por qué iba a hacerlo?

Puso el codo derecho en el respaldo de la silla, apoyó su cara en la mano izquierda y me traspasó con su mirada esmeralda.

—A lo mejor os venís a vivir aquí con los demás y se te quitan las ganas de hablar con la chica rara.

—Pensaba que esa era yo. —Las dos nos reímos—. Además, papá es genial. Ya lo verás cuando le conozcas.

—Seguro —contestó—. Aun así, no te creas todo lo que diga.

—¿Por qué dices eso?

—A mí Lilith me prometió que íbamos a hacer grandes descubrimientos juntas en la nueva casa.

Nos quedamos calladas. Mika se tomó la sopa a pesar de que estaba muy caliente. Yo me metí una patata en la boca y se me hizo bola. Me concentré tanto en el humo del plato que me asustó cuando volvió a hablar.

—¡Brindo por todas las cosas que tenemos en común! Somos oficialmente las raras del sector Cero —dijo con un guiño.

Sonreí mientras choqué mi vaso con el suyo y me vino la idea de que si hubiéramos nacido animales Mika habría sido una pantera.

Apenas había comenzado a tomar la sopa cuando se nos acercó un chico alto de pelo alborotado y rubio. El mono azul era como una segunda piel y parecía que se iba a desmontar a cada paso que daba. Mika nos presentó.

—Bienvenida. Has tenido que hacer algo impresionante para compartir espacio con la ogra del sector Cero —dijo entre risas.

—¡Karlos! —gruñó Mika.

—¡Vale! Me callo y como —contestó mientras subía y bajaba las manos y la cabeza.

—Tenemos vidas paralelas —expliqué.

—Entonces tendré dos amas a las que servir. ¡No sé si podré soportarlo!

Las dos le lanzamos la servilleta hecha una pelota.

—¡Eh! Sois dos contra uno. Voy a llamar a Khalzan para que ponga orden —dijo mientras nos señalaba con el índice.

—Te obligaré a escuchar su discurso tres veces seguidas —amenazó Mika.

—¿Habéis visto a Khalzan? —pregunté.

—Nadie le ha visto. Aparecerá en el monitor con su falsa sonrisa para contar, otra vez, lo maravilloso que es el sector Cero y lo felices que vamos a ser aquí —contestó Mika como si contara un cuento.

—¿Y no es así? —pregunté.

—No está tan mal —comentó Karlos—. Lo que ocurre es que aquí todos hacen lo que se les dice sin plantearse nada y ella se lo plantea absolutamente todo. ¡Ay! —gritó al recibir un pellizco de Mika.

—Seguro —dije—. Oye, Mika, ¿cómo es el otro lado? ¿Qué hay detrás de las casas?

—Hielo, frío y oscuridad.

—¿No has visto nada? ¿Algún animal?

—Tras los barrios no encontrarás nada —contestó Karlos con el ceño fruncido.

No insistí y me quedé con las ganas de contar mi descubrimiento. Aunque Karlos sonrió de nuevo enseguida preferí no hablar de la lagartija.

Mientras terminamos de comer me contaron que casi todos vivían en el sector Cero y cada familia tenía asignada una celda. Las llamaban así porque el interior se había construido como el panel de una colmena. La rutina era como la de la mayoría en la Tierra antes de las plagas para sentirnos como en casa y mucha gente se reunía en la plaza central, allí había una enorme sala de juegos pintada de colores donde los más pequeños pasaban el día hasta que sus padres terminaban su jornada. También había zonas para hacer ejercicio y practicar deportes y un jardín por el que se podía pasear. Sonaba muy bien hasta que dijeron que después de la cena todos se retiraban a sus celdas y sólo quedaban los soldados de guardia.

Cuando sonó la sirena volvimos al trabajo. Por la tarde fuimos a otro pabellón donde cargamos las máquinas con el algodón destinado a textil y medicina y nosotras seguimos al procedimiento para textil, que era igual que el de la lana.

—Me alegro de compartir el trabajo contigo —dijo Mika cuando sonó la sirena del final de la jornada—. No me apetecía cargar con alguna niña tonta.

—Gracias. Yo también me alegro —contesté.

Recogimos la ropa limpia y nos cambiamos. Ella tenía la costumbre de dejar allí el mono y me pareció buena idea. Después fuimos hasta el fichador.

—Te presento el primer paso para estar controlada en todo momento —dijo mientras ponía el dedo corazón en él y se reía.

—Rebeca me ha explicado que es una manera de saber que estamos todos bien —contesté. Casi me avergonzó que mi huella fuera la del dedo índice.

—Esa es la versión oficial. Aún no sé a qué viene tanto control, pero pienso averiguarlo. Vamos.

Salimos juntas, cruzamos el jardín y nos despedimos hasta las nueve de la mañana del día siguiente. Cada una se dirigió a su parada y estuvimos frente a frente durante apenas unos minutos hasta que nuestros trenes se cruzaron y nos perdimos de vista. Mientras contemplaba el paisaje de vuelta pensé en Mika y la cantidad de cosas que teníamos en común y, a la vez, opuestas.

UN COMPAÑERO

Cuando bajé del tren decidí que iría a hacer unas compras y me fui al almacén sin pasar por casa. No tenía pérdida, sólo había que seguir el único camino de baldosas que había frente a las puertas. A pesar de las casas y el pequeño bosque que tenían detrás, la arena del desierto llegaba hasta allí.

Todas las casas eran iguales: de madera, con grandes ventanas y dos plantas. Supuse que por dentro serían como la mía, en realidad, como cualquiera de la Tierra. Recordé que durante el viaje nos explicaron que en este barrio sólo se utilizaba energía solar y que cada casa era un circuito eléctrico. Me parecía lógico no ver los paneles, di por hecho que estaban en el tejado, pero tenía que haber un generador y no lo había visto ni por fuera ni por dentro, así es que lo buscaría a la vuelta y dejaría la visita al oasis para otro día.

Ya en el final del barrio llegué a un edificio separado del resto. Aunque estaba construido igual que los demás era mucho más grande y en la entrada tenía un cartel en el que ponía «almacén». Empujé la puerta y entré a una sala con mucha luz, llena de estanterías metálicas y con un olor a mirra que me hizo estornudar. A la izquierda, detrás de una mesa, un hombre moreno y engominado me hizo una seña con la mano. En cuanto me acerqué comenzó a hacer preguntas sobre el viaje como Rebeca, pero en ella sonaban frescas mientras que en él eran grises, posiblemente porque pronunciaba todas las erres fuertes. De pronto paró.

—Perdona, no era mi intención hacerte un interrogatorio. Me llamo Oskar.

Intercambiamos una sonrisa y el brillo de un diente de oro me quitó las pocas ganas que tenía de contestarle. Al salir del mostrador pareció multiplicarse por tres y de cerca su cara era aún más redonda y oscura.

—Mejor te explico cómo funciona todo. Te dieron una tarjeta, ¿verdad? —preguntó con la mano abierta.

—Sí, aquí la tengo.

La cogió y me estrechó la mano, luego pasó la tarjeta por el lector y al girar la pantalla vi una imagen mía con mis datos.

—Sara Krom.

—Sí.

—Sólo figuras tú en la casa. ¿Y tus padres?

—Papá llegará en el próximo viaje —mentí con un nudo en la garganta.

—Bien, Sara, cada vez que te lleves algo debemos pasar la tarjeta. No es de pago, es para tener mejor control sobre las existencias, ¿comprendes?

Asentí. Su mirada fija en mí desde tan arriba hizo aún más largo el silencio que hubo hasta que comenzó a hablar de nuevo sin parar. Aunque había carteles en todos los pasillos me explicó la distribución del almacén y dónde se encontraban la comida, los productos de higiene personal y los de limpieza. Colocó una cesta en mi mano y comenzó a hablar más despacio para repetirme el funcionamiento del almacén que ya me habían explicado en la nave.

—Si quieres carne o pescado tendrá que ser al peso y por encargo. Todo lo demás está en envases biodegradables. Llévate sólo lo necesario. Si algún día no puedes venir, hacemos reparto por las tardes en el barrio, aunque casi todo el mundo se ha instalado en el sector Cero. No olvides la crema para la piel y el cabello y protección solar, en esta zona el ambiente es muy seco y no te puedes fiar de la brisa y la poca luz. Si tienes alguna duda, pregúntame.

—Gracias.

Por fin regresó al mostrador y me adentré en un pasillo para esconderme de su mirada.

Fui primero a por la comida y recordé la retahíla que tantas veces me hizo repetir mamá durante el viaje: cereales y galletas, por la fibra; lácteos, para el calcio; fruta, verdura y algo de pasta. Cuando tuve la cesta cargada con las recomendaciones de mamá y de Oskar y unos artículos de limpieza, volví al mostrador y puse la compra delante de él.

—Esto es todo —dije.

Mientras pasaba los artículos por el lector comentó la buena compra que había hecho y el maldito diente volvió a brillar. Metí rápido las cosas en la bolsa y me despedí sin volver a mirarle.

A la vuelta vi que apenas había casas ocupadas y pensé que así estaría más tranquila porque no me apetecía encontrarme con nadie.

Llegué a casa enseguida, coloqué la compra entre la cocina y el baño y lavé una manzana. Cuando fui a la salida trasera para dar un paseo vi la puerta que había debajo de la escalera y me la quedé mirando hasta que giré el pomo, la empujé y se abrió con un chirrido de casa encantada. Como había imaginado, una escalera bajaba a lo que debía ser un sótano y se me ocurrió que si había un generador estaría ahí. Palpé la pared a ambos lados en busca de un interruptor, pero no lo encontré. Cerré la puerta y, de repente, me acordé de la linterna de la cocina. Fui a por ella y volví.

Aunque alumbraba muy poco me dio igual porque imaginaba que el sótano estaría vacío, así es que me cambié la linterna a la mano izquierda para alumbrar los escalones y con la derecha me agarré a la barandilla, estaba muy fría. Bajé despacio por los escalones empinados. Cuando llegué al final de la escalera y enfoqué hacia arriba no llegué a ver el techo, pero entre lo que había bajado y lo poco que me dejaba ver la linterna me pareció que tenía mucha altura y que era más grande que la casa. Supuse que el generador estaría junto a una pared y me fui primero hacia la del fondo.

Según avanzaba sentí el frescor de la oscuridad y recordé la sombra del oasis, aunque ahí abajo olía a polvo seco. Tuve suerte y lo encontré enseguida en el suelo. Por la pared subía una canaleta por donde supuse que irían los cables y a su lado había una estantería separada de la pared. Me acerqué para saber por qué estaba así y escuché un crujido. Me giré con la linterna y me pareció que una silueta cruzaba el sótano.

—¿Hay alguien ahí? —pregunté.

Como era de esperar no contestó nadie, pero preferí subir y regresé hacia la puerta despacio. Moví de un lado a otro la linterna para intentar tener mayor visión y porque así me temblaba menos la mano. Sobre mi respiración comencé a escuchar mis locos latidos. Tenía que calmarme. Me paré e hice lo que papá siempre decía cuando de pequeña me asustaba en la oscuridad: respirar hondo y pensar. Las dos puertas que daban a la calle estaban cerradas y el sótano lo había abierto yo para bajar, por tanto, nadie había podido entrar allí, ni siquiera una lagartija. Recordé la que vi en el Oasis Seco y sonreí. Lo que ocurría era que la linterna apenas alumbraba y me estaba moviendo entre sombras. Sólo tenía que llegar a la escalera y volver a bajar cuando tuviera una linterna que funcionara en condiciones o encontrara el interruptor de la luz, porque seguro que había uno.

Más tranquila continué hacia la escalera con el haz de luz hacia el frente hasta que una sombra pasó delante de mí, grité, se me cayó la linterna y me quedé a oscuras. Sentí un escalofrío y una gruesa gota me recorrió la espalda. Con las palmas de las manos como guías caminé despacio para no tropezar hacia donde calculé que estaba la salida. Apenas avancé unos pasos cuando unos brazos me aprisionaron y una voz de hombre me susurró al oído.

—Por favor, no te asustes.

Intenté soltarme, pero mis brazos estaban inmovilizados y agité las piernas en todas las direcciones que pude. En algunas ocasiones sentía menos presión y volvía a luchar por soltarme, pero siempre acababa en la misma posición. Cada vez tenía menos fuerza y parecía que no me iba a poder soltar nunca. Entonces escuché de nuevo la voz.

—No pretendo hacerte daño.

—Suéltame —conseguí decir.

Me revolví una vez más con el mismo resultado. Fue como el último coletazo de un pez recién sacado del agua, me dolían lo muslos más que nunca.

—Vamos a hacer una cosa —dijo la voz—. Tú te quedas aquí y yo enciendo la luz. ¿Te parece bien?

Pensé en lo que me había propuesto. La voz sonaba tranquila y, de repente, tuve la sensación de estar abrazada más que sujeta.

—De acuerdo —dije más bajo de lo que hubiese querido.

Me soltó y permanecí de pie sin apenas pestañear. En unos segundos escuché el sonido del interruptor y un destello me cegó. Cuando me acostumbré de nuevo a la luz tenía delante a un hombre alto y con aspecto tan desaliñado que igual podía tener treinta años o sesenta. Él se movió a mi alrededor, incluso me olió. No estaba segura de poder subir las escaleras sin que me alcanzara. Necesitaba distancia y ganar tiempo.

—¿Qué haces en mi casa? —dije sin que temblaran demasiado mis palabras.

—Duermo aquí.

—Tiene que haber un error, no podemos vivir en la misma casa.

—No, no vivo en la casa. Duermo en el sótano.

Conservaba cierta distancia y eso me tranquilizaba. Intenté calcular cuánto tiempo necesitaría para llegar hasta la puerta y cerrarla sin que me alcanzara, entonces empezó a hacerme preguntas.

—¿Desde cuándo es tu casa? ¿De dónde has salido? Tú no eres de aquí, ¿verdad? ¿Con quién has venido?

Pensé que si no había contestado ni a Rebeca ni a Oskar tampoco tenía por qué hacerlo ahora, era mejor recuperar el ritmo de la respiración y poder aparentar seguridad.

—Todavía no me has dicho qué haces en mi casa. Papá está a punto de llegar —mentí.

—Yo puedo seguir aquí abajo y vosotros arriba. No os molestaré. Sólo tenéis que hacer como si no estuviera.

—Y ¿por qué estás aquí? —me atreví a preguntar.

—Busco algo.

—¿En el sótano?

—No, donde siempre es de día.

—Pero estás en el sótano —dije cruzada de brazos—. No tiene sentido.

—Duermo en el sótano. Ven… ¿Cómo te llamas?

—Sara.

—Acércate, Sara, te voy a enseñar una cosa.

Volvimos al generador y en el suelo, entre la estantería separada y la pared, había unos tablones. Al apartarlos quedó al descubierto un agujero. Crucé los brazos y le miré. Él señaló detrás de mí. Me giré y vi mi linterna en el suelo. Sin dejar de mirarle la cogí y apunté el haz de luz hacia el interior, pero no sirvió de nada.

—Es un túnel.

—¿Para qué?

—Para llegar hacia donde siempre es de día y encontrar lo que busco.

—¿Y qué buscas?

—Cuando lo encuentre lo sabré.

—Espera. Mientes. ¿Cómo has entrado en el sótano?

—El túnel comienza detrás de la casa, la entrada está oculta por unos arbustos. Decidí ampliarlo hasta aquí para dormir fuera de él y a resguardo, aunque el clima es bueno no tengo por qué pasar frío o dormir bajo la lluvia. Además, así evito que algún animal me dé un susto nocturno.

—¿Hay animales salvajes por aquí? —dije con la vista fija en el agujero.

—No, me refiero a pequeños roedores o serpientes en busca de comida.

—Pero ahora podrán entrar aquí por tu túnel.

—Tranquila, lo tapo con los tablones y la estantería. Además, no creo que les interese mucho un lugar que no huele a comida. Tal vez me podrías ayudar —comentó mientras se frotaba la barbilla.

—¡No me voy a meter ahí! —grité.

El hombre me hizo señas para que bajara la voz.

—No tienes que entrar si no quieres. Pero si tú y tu padre me ayudáis acabaré antes y podré encontrar lo que busco.

—¿Y te marcharás?

—Supongo.

—Pero allí no hay nada, es imposible, hace demasiado calor. ¿Estás seguro de que es allí donde debes buscar?

—No lo sé.

—¿Quién eres?

—No lo sé.

—¿Cómo que no lo sabes? ¿No sabes cómo te llamas?

Lo de preguntar debía ser contagioso, porque me di cuenta de que había cogido carrerilla. Entonces el hombre se sentó en el suelo, se cubrió la cara con las manos y comenzó a susurrar algo que no conseguí entenderle, parecía hablar en otro idioma. Corrí a la cocina a por un vaso de agua, como hacía mamá cuando tenía una pesadilla, y se lo bajé. Después de beber se tranquilizó.

—Creo que aún estamos a tiempo de coger un tren para ir al sector Cero, allí te pueden ayudar.

—¿Qué es el sector Cero?

—¿En serio no lo sabes? Pero ¿de dónde sales?

—No lo sé. No me acuerdo.

—A ver, es el edificio grandote y blanco que hay en…

—¡No! ¡No pienso ir allí! —me gritó. Después corrió a acurrucarse en un rincón.

—Es el único sitio donde te pueden ayudar.

—Te he dicho que no voy a ir.

—De acuerdo, no iremos a ningún sitio. Como dice papá, con el estómago lleno se piensa mejor. Vamos a cenar y ya veremos qué podemos hacer —dije mientras me dirigí a la escalera.

—No voy a subir. Nadie debe saber que estoy aquí y podrían verme. No se lo dirás a nadie, ¿verdad? —dijo balanceándose en el suelo.

—Está bien —suspiré—. Bajaré aquí la cena.

—¿Tienes queso de cabra y gelatina? —preguntó.

—Sólo queso de oveja —contesté sorprendida por la petición—. Ahora vuelvo.

Cuando subí de nuevo vi el botón rojo. Mi primera intención fue pulsarlo para informar de la existencia del hombre del sótano, pero luego pensé que era él quien no quería salir de allí abajo y pasé de largo. Mientras preparaba una ensalada, algo de queso, manzanas y una jarra con agua se me ocurrió que tenía que llamarle de alguna manera. Recordé varios nombres de compañeros que tuve cuando podíamos asistir a clase, pero no me pegaban para él. Entonces me vino a la mente Ian, el nombre del hermano que no llegué a tener debido a la contaminación. Me pareció que ese le podía quedar bien. Lo coloqué todo en una bandeja y regresé al sótano.

—¡Qué buena pinta tiene! —exclamó mientras se frotaba las manos y se relamía.

—Bueno, no hay que ser una gran cocinera para preparar esta cena.

—No hay nada que supere al queso. Si es de cabra, mejor.

—¿Qué has comido durante todo este tiempo?

—Hay muchos frutos. Y, de vez en cuando, también me como algún animal pequeño. Sobre todo, lagartijas.

Me vino a la mente la lagartija del Oasis Seco y se me escapó un *no* antes de taparme la boca con la mano.

—Es una dieta bastante sana y equilibrada, pero echo de menos el queso de cabra y la gelatina —dijo con un suspiro.

—Te prometo que a partir de mañana volverás a comer las dos cosas si tú prometes que no volverás a comerte ninguna lagartija.

—¿Por qué no? —preguntó mientras terminaba su ensalada.

—Tú prométemelo y ya está.

Se encogió de hombros

—Vale.

Le acerqué el plato con queso. Después del rato que llevábamos juntos me pareció más joven que mi padre.

—Por cierto, tendré que llamarte de alguna manera. ¿Qué te parece Ian?

—Ian —repitió—. Me gusta.

—Pues hasta que recuerdes tu verdadero nombre te llamaré así —dije sonriente—. Bueno, tienes que haber venido en alguno de los viajes desde la Tierra. En el primero sólo viajaron científicos para verificar que sí podíamos instalarnos aquí, luego se hizo el viaje con el personal que construyó el sector Cero y lo puso en marcha. El siguiente fue el mío, pero si llevas aquí tiempo no has podido llegar a la vez que yo. ¡Ah! A lo mejor te suena el nombre de Khalzan. Es el que dirige todos los viajes y encontró este planeta. ¿Sabes quién es?

—¿Quién?

—Khalzan. ¿Te suena el nombre de Khalzan?

Sacó los ojos de detrás del trozo de queso para mirarme, pero dejó la nariz pegada a él. Aspiraba fuerte antes de darle un mordisco y saboreaba cada trozo hasta que su boca volvía a estar vacía.

—No sé de qué me hablas.

—Tampoco me haces caso. Así no te puedo ayudar a recordar.

—Hay tiempo. Ahora disfruta de esta maravilla —dijo mientras olía otro trozo de queso.

—Pues cuando te traiga el de cabra no sé qué vas a hacer.

—Igual me desmayo de la emoción.

Puso los ojos en blanco y me hizo reír. Estaba claro que mientras hubiera queso era inútil intentar que recordara algo.

—¿Y qué sabes de las tres bicicletas que hay en ese rincón? —pregunté.

—No sé, ya estaban aquí cuando llegué. Serían para vosotros.

—Supongo. —Tenía sentido. Cuando papá y mamá la eligieron éramos tres.

—Por cierto, tu padre estaba a punto de venir. ¿No tarda mucho? Y si hay tres bicis, falta alguien. ¿Quién más vive aquí? No me estarás entreteniendo para que avise a esa gente, ¿verdad?

Se puso de pie y escuchó muy atento sin quitarme la vista de encima. Tardé un poco en contestarle. Quería inventarme algo, pero no se me ocurría ninguna excusa. Escuché en mi cabeza la voz de mamá: «Las mentiras tienen las patas muy cortas, Sara». Al final dije la verdad y lo que me repetía todos los días.

—En realidad he llegado sola. Mamá murió en el camino y papá llegará en el último viaje.

—¿Qué viaje?

—Además de los que te he explicado antes falta uno con lo que queda de población. ¿Me has escuchado lo que te he dicho sobre los viajes?

—No mucho, la verdad. Te propongo un trato. Tú continúas con lo que tengas que hacer en el edificio ese sin decirle a nadie que estoy aquí abajo y yo sigo con mi túnel.

Cuando lo termine me marcho y os dejo tranquilos a ti y a tu padre. ¿Qué te parece?

—¿Y si empiezas a recordar?

—Serás la primera en saberlo, te lo prometo —dijo con las yemas de los dedos índices juntas.

—Está bien —separé sus dedos con el mío—. Prometido.

—Gracias.

—Ahora tendríamos que descansar. Puedes dormir en la otra habitación o en el sofá del salón —rectifiqué.

—No, ya te he dicho que me quedo aquí.

—Pero aquí no hay cama.

—Siempre duermo allí. —Señaló el rincón más cercano al túnel.

—Espera que me llevo esto y bajo de nuevo.

Dejé la bandeja en la cocina y subí a la habitación pequeña para coger la colcha. Luego regresé con ella al sótano.

—Toma, para que te tapes.

—Gracias, Sara.

—De nada, Ian. Buenas noches.

Él se fue a descansar a su rincón y yo subí de nuevo a la cocina. Cogí la vajilla de la bandeja y mientras la fregaba recordé la discusión de cada noche con mamá desde que papá empezó a llegar cuando ya estaba dormida. Yo prefería recoger las cosas de la cena al día siguiente porque estaba cansada y ella insistía en que había que dejarlo todo recogido antes de acostarnos. Siempre daba el mismo argumento: «No sabemos lo que puede surgir por la mañana». Nunca cedía. Atrapé con la lengua una lágrima que llegó hasta la media sonrisa, terminé rápido y subí a la habitación.

Me di cuenta de lo cansada que estaba cuando me tumbé en la cama. Mi primer día en el nuevo planeta había sido bastante intenso y quise hacer un resumen. Comencé por el placer de pasear y respirar sin necesidad de una mascarilla, recordé el Oasis Seco y una lagartija... A partir de ahí cientos de lagartijas pelirrojas corrieron hacia el desierto en mi sueño.

KHALZAN

Khalzan se dirigió a los monitores en los que dos jóvenes esperaban sus órdenes.

—En dos días todos estarán instalados en el sector Cero, es el tiempo que tienen para ganarse su confianza. Aunque trabajen juntas, con el nuevo reglamento van a encontrarlas solas a lo largo del día y les resultará más fácil llegar hasta ellas. —Se dirigió al monitor de la derecha—. Rosa Roja se parece mucho a su madre, tiene una gran fortaleza y es muy independiente. Intente un acercamiento con tacto. ¿Alguna pregunta?

—No, señor.

—Espero informe.

—¡A sus órdenes, mi general!

Khalzan cortó la comunicación del primer monitor y se dirigió hacia el segundo.

—Rosa Blanca también es diferente, posee una sensibilidad especial y no se parece en nada a las niñas caprichosas que pululan a su alrededor. Llévela al claro de las mariposas y consiga que supere el miedo a los insectos. Si se siente con usted protegida como en casa se ganará su confianza para siempre. ¿Alguna pregunta?

—No, señor.

—Comience mañana mismo.

—¡A sus órdenes, mi general!

Después de cortar la comunicación Khalzan pensó en sus dos preciadas rosas. Aunque no habían sufrido tanto como él sabía que se encontraban solas antes de tiempo en un mundo hostil y él estaba allí para rescatarlas al igual que los cascos azules hicieran con él en su día. Ellas eran las únicas dignas de disfrutar de la nueva Tierra junto a él.

Pulverizó agua sobre sus rosas y dejó que el tema *Lux aeterna* de Clint Mansell le llevara en el recuerdo a otros tiempos en su pequeño pueblo natal.

Las casas eran de dos plantas y tenían un espacioso patio en la entrada que, a su vez, era el tejado de la siguiente casa, excepto el primero, que lo tenía a ras de suelo. Así quedaban escalonadas entre las montañas y parecían formar parte del paisaje.

Esa tarde las mujeres adornaban las casas de piedra con sus vestidos de flores y con las alfombras coloridas que golpeaban a ritmo acompasado en los patios. Los hombres habían terminado sus quehaceres de labranza o regresado de los pastos y charlaban animosos mientras fumaban en sus pipas. Los niños corrían por el poblado, todos excepto él. Le llamaban el soñador porque siempre andaba con la mirada hacia el cielo o absorto en alguna planta o animal que se cruzara en su camino.

Ese día fue tras una mariposa, era la primera vez que veía una de color blanco. Sólo cuando la perdió de vista se percató de lo lejos que se encontraba. Podía ver el poblado, pero apenas distinguía a las personas desde allí arriba y no escuchaba los golpes en las alfombras. Miró a su alrededor y se dio cuenta de que en la montaña había un extraño silencio. A esa distancia no escuchó el silbido de la bomba racimo, pero sí el de la metralla y el fuego, entonces el terror se materializó en sonido. El eco le llevó los alaridos de sus familiares y amigos una y otra vez hasta que se hizo de nuevo el silencio y el poblado quedó envuelto en una nube que el niño observó desde la montaña sin apenas pestañear.

Dos días después, cuando la nube se disipó, reunió el valor necesario para acercarse a lo que una vez fue su casa. Olía igual que en los partos de las vacas y el único sonido que percibió fue el zumbido de las grandes moscas verdes que sobrevolaban una amalgama formada por escombros, pedazos de carne y vísceras. Cansado, hambriento y perdido, no escuchó llegar a los camiones blancos ni opuso resistencia cuando un soldado le cogió en brazos para sacarle de allí.

Una vez que llegaron al campamento, el soldado, con el niño agarrado al cuello, contactó con su mujer, una pediatra colaboradora de Médicos Sin Fronteras. Aunque la adopción legal tardaría dos años en tramitarse, en unos meses se lo pudieron llevar a casa. Enseguida asimiló que ese sería su nuevo hogar y, gracias al cariño y los esfuerzos de sus padres adoptivos, dejó de visualizar la terrible imagen de su pueblo arrasado cada vez que cerraba los ojos. Tres años más tarde comenzó a dormir sin tener pesadillas.

Khalzan se acercó a las rosas y aspiró su perfume. De todo esto hacía ya más de cincuenta años, pero siempre llega el verano y, en los atardeceres más calurosos, el zumbido de algunas moscas le recordaba, que un día se quedó solo.

EL RECONOCIMIENTO MÉDICO

No sabría decir con qué soñaba, pero se me abrieron los ojos de golpe y me incorporé a la vez que tomaba aire. Sentada en la cama observé la habitación; todo estaba igual que cuando me fui a dormir y aún faltaban diez minutos para que sonara el despertador. Bajé al sótano en busca de Ian. Sólo quedaba la colcha. No sabía si sentirme aliviada o asustada por su ausencia. Cuando subí al salón encontré sobre la mesa cereales, un yogur, una manzana, un vaso de agua y unos pétalos azules como el cielo en una mañana de verano. Olía como en los paseos nocturnos por el campo con papá y mamá. Pasé el dedo por uno de ellos y fue como acariciar un melocotón. Con una sonrisa me tomé el desayuno, coloqué los pétalos en un cuenco y me preparé para ir a comprar el queso y la gelatina que le prometí a Ian.

Cuando entré en el almacén Oskar estaba en el mismo sitio y daba la sensación de no haberse movido del mostrador desde que me marché.

—¡Buenos días! —saludó eufórico—. No esperaba verte por aquí tan pronto.

—Buenos días. Olvidé ayer un par de cosas.

Me fui directa al pasillo de la comida con la sensación de tener sus ojos pegados a mi espalda. Regresé enseguida.

—¿Te gustan el queso y la gelatina? —comentó con los ojos muy abiertos.

—Sí, mucho —contesté.

—Y ayer se te olvidó. —Arqueó una ceja.

—Sí. Bueno, tengo prisa.

Su mirada fija y el brillo del diente me pusieron tan nerviosa que no me sentí tranquila hasta que perdí de vista el almacén. De vuelta me recordé que debía actuar como si Ian no estuviera. Me resultaría fácil ya que nadie sabía de su existencia. Miré la hora. Si no quería llegar tarde debía irme ya. Guardé la compra en la nevera y salí hacia la estación de tren.

Volví a viajar sola. Por el camino pensé en Ian y Mika. Aunque en apariencia no tenían nada en común, ambos renegaban del sector Cero por algún motivo que me gustaría averiguar, pero mis pensamientos se fueron tras una bandada de grullas. Al principio volaban tan bajo que, a pesar del gris, aprecié el blanco y negro de sus cuellos y sus patas estiradas. Cuanto más alto subían más espectacular era la formación en uve y cómo mantenían la distancia entre ellas a pesar de estar en movimiento. El tren frenó y cuando bajé la bandada se había marchado.

Rebeca me saludó con una sonrisa y mi nombre. Me resultó agradable que se acordara de mí, me parecía imposible que supiera el nombre de todo el mundo, así es que le devolví la sonrisa.

Cuando llegué al fichador había un gran revuelo. Apartada del resto, cómo no, localicé la melena roja de Mika sobre un poyete lateral. Jugueteaba con un hilo entre sus dedos indiferente a lo que ocurría a su alrededor. Me dirigí hacia ella.

—¡Buenos días! ¿Sabes qué ocurre?

—Debe ser la revisión general y el dichoso nivel de contaminación. Cuando llegamos en el viaje anterior nos lo hicieron a todos —contestó sin quitar la mirada del hilo.

—¿Y qué hacen todos allí?

—Habrán puesto unas listas con los horarios, como la otra vez.

—Pues tendríamos que ver cuándo nos toca.

Tardó unos segundos en contestar. Utilizó todos los dedos para hacer girar el hilo que tenía entre ellos. Abrió las manos para estirarlo y apareció un campo repleto de rayos láser que custodiaban alguna joya importante. Faltaba la vitrina en el centro.

—No te preocupes, lo sabremos en seguida.

Continuó jugueteando con el hilo. Hacía giros en apariencia sencillos que cambiaban el patrón de los rayos láser. Intentaba seguirlos, pero manejaba las manos a toda velocidad y se me hacía un nudo en la mente. Al poco tiempo, llegó Karlos cargado de información.

—Toca reconocimiento médico, chicas. Han organizado grupos según el año de nacimiento. Nosotros vamos hoy por la mañana, pero en horario diferente. Los de entre diecisiete y veinte años vamos después de los pequeños —dijo a Mika—. Los que tenéis entre trece y dieciséis, a las diez. —Me miró a mí.

—Pues qué bien —dijo Mika.

Hizo una bola con el hilo que tenía entre las manos y, justo cuando lo encestó en una papelera, sonó la sirena.

—Vamos a cambiarnos, Sara, aunque parece que hoy haremos poco.

—Aún no he fichado.

—Ni yo. Ya se darán cuenta de que estamos cuando nos chupen la sangre.

Aunque habría preferido fichar la seguí como había hecho hasta ahora.

Un poco antes de las diez recordaron por megafonía mi turno y me dirigí a la enfermería. Aunque estaba acostumbrada a las revisiones tanto en la Tierra como en la nave esta era la primera vez que iba sin papá o mamá. Tuve suerte de coincidir con Raquel, una chica de quince años que estaba muy ilusionada con el nuevo planeta y que en sus ratos libres dibujaba todo lo que veía. Había llegado con sus padres y su hermano pequeño en el viaje anterior, desde entonces vivían en el sector Cero y estaba destinada a la fábrica de moldes. Íbamos tan entretenidas que no escuchamos el barullo hasta que estuvimos casi encima y me asomé entre la gente. Tres chicas gritaban alrededor de otra que estaba tumbada de lado en el suelo.

—¿Qué le ha pasado? —pregunté.

—Ha visto la aguja y se ha mareado. Debe ser muy sensible —contestó alguien del tumulto.

Cuando la giraron vi una dulce cara morena rodeada de rizos negros. Parecía dormir con tranquilidad. Raquel tiró de mí para que nos cambiáramos a la cola de otra prueba. A pesar de que estábamos lejos bajó la voz sin dejar de mirar hacia el grupo.

—Son Pru y sus amigas. Es mejor alejarse de ellas.

—¿Por qué? Parece buena chica.

Raquel me chistó y bajó aún más la voz.

—Tiene cara de niña buena, pero es mala.

Asentí en silencio y escondí una sonrisa. Seguro que exageraba.

En la primera prueba me llevé una buena bronca por no haber fichado. Cuando puse la excusa de que era mi segundo día en Hiyoru la enfermera suavizó el tono, después insistió en la importancia de saber dónde estábamos por si surgía una emergencia y lo arregló para que no saltara el aviso en las siguientes pruebas.

Al salir ya era la hora del descanso. Raquel cogió una cartera con su material de dibujo y me enseñó los últimos que había hecho. Gracias a que los focos estaban programados para simular la luz como en la mayor parte de la Tierra, había dibujado preciosos atardeceres y las plantas tenían diferentes tonos verdes, no como las de alrededor de mi casa, que eran grisáceas. Me dijo que solía dibujar en el jardín y fuimos a dar un paseo por allí. Al pasar por un seto alguien se levantó por el otro lado y se nos escapó un grito.

—Disculpad si os he asustado —dijo un chico sonriente de ojos verdes.

—¿Estáis bien?

—Sí, gracias —dije con una tímida sonrisa. Raquel asintió con la cabeza.

—Me llamo Lyon. —Se quitó un grueso guante con un fuerte olor a metal y extendió la mano hacia mí—. A ti te conozco —le dijo a Raquel—, pero a ti no te he visto antes. Supongo que has llegado en el último viaje. ¿Cómo te llamas?

—Sara —dije mientras estrechaba su mano.

—¿Qué te parece todo esto, Sara? —preguntó mientras señalaba a su alrededor.

—Es aún mejor de lo que había imaginado.

—Venid a este lado despacio, os enseñaré algo.

Rodeamos el seto y nos agachamos a su lado. Había cogido algo entre las manos. Cuando apartó una de ellas, en la otra quedó una mariposa de alas grandes y negras, como de terciopelo, con vetas azules que parecían brillar. Las abría y las cerraba, pero sin volar, como si quisiera estirarlas. No se parecía en nada a los bichos gruesos, oscuros y apestosos de la Tierra, pero no dejaba de ser un insecto. Sin darme cuenta me toqué el mechón blanco del pelo. Cuando estuvo lista, la mariposa emprendió el vuelo y yo me eché hacia atrás.

—Conozco un lugar donde hay cientos de ellas. ¿Queréis verlo?

—¡Me encantaría! —contestó Raquel.

—No sé. No me gustan mucho los insectos.

—Pero si son preciosas —protestó Raquel—. Anda, vamos.

—Está muy cerca. Venid conmigo —insistió Lyon.

Mientras me autoconvencía de que esto no tenía nada que ver con las plagas y podía verlas de lejos Raquel me cogió del brazo y los ojos verdes de Lyon ayudaron a que no opusiera resistencia. Ella iba en silencio a mi derecha con una enorme sonrisa y Lyon a mi izquierda.

—Yo llegué con mi familia en el viaje anterior, como Raquel. Vivimos en el sector Cero y, aunque trabajo en el almacén de lana, me gusta ayudar a mantener los jardines.

Me miró en silencio; era mi turno.

—Me asignaron a textil, cargo los tanques y tiño la lana y el algodón.

—¡Qué casualidad! Yo recibo tu trabajo. ¡Mirad! Hemos llegado, chicas. ¿Qué te parece, Raquel? ¿Te gusta para uno de tus dibujos?

—El paisaje es precioso —contestó.

—Pues esto no es nada. Quédate aquí —me dijo—. Tienes que estar muy quieta.

—No creo que sea buena idea —dije.

—Este claro es perfecto y quiero dibujarte en él. No te muevas —insistió Raquel.

Se marchó hasta un árbol cercano. Se sentó con la espalda pegada al tronco y con las piernas dobladas apoyó el bloc en los muslos y comenzó a dibujar. Lyon se llevó el dedo a los labios para indicarme que estuviera en silencio y se quedó a mi lado sin dejar de sonreír. Como no dejaba de mirarme observé los alrededores para evitar que se cruzaran nuestras miradas.

Había piedras y cuencos con agua enfocados por los haces de luz que se colaban entre las ramas y los setos, que estaban agrupados según el color de sus flores. Pasados unos minutos comenzaron a llegar mariposas de todas partes y el claro se llenó de colores. Algunas se posaban en las flores, otras en las rocas, incluso las había que se acercaban a los cuencos como dispuestas a darse un baño. Cerré los ojos y me vino la imagen de aquellos gusanos gordos y repugnantes sobre mí. Sentí cómo se aceleraba mi corazón y un sudor frío me recorrió la espalda. Los abrí para quitarme aquella imagen de la cabeza y buscar a Raquel, en cuanto mis piernas se animaran a moverse me iría con ella, pero Lyon, como si adivinara mis pensamientos, hizo un gesto para que estuviera quieta. Con una mano me cogió por la cintura y con la otra colocó mi mano con el dedo índice extendido bajo un haz de luz. Contuve la respiración. En unos segundos una mariposa con las alas color ámbar y vetas oscuras se posó en él. Apenas notaba sus finas patas.

—Disfruta de su compañía —dijo sin soltarme.

De vez en cuando movía las alas, pero no se marchaba. Parecía tomar el sol, como hacía con mamá cuando era pequeña y los días aún no se habían vuelto grises, a ella le habría encantado. Lyon movió mi mano hacia el suelo y cuando la mariposa se posó en una piedra nos reunimos con Raquel. Al llegar frente a ella me di cuenta de que aún me cogía de la cintura. Me habría encantado quedarme así, pero preferí agacharme para ver el dibujo y de paso esconder mi cara, que había dejado de estar pálida.

—Son preciosas, ¿verdad? —dijo él sin dejar de mirarme.

—Sí —contesté mientras hacía esfuerzos para que mis ojos se centraran en el dibujo y no se desviaran hacia él.

—Hay un montón de cosas que ver. Si queréis, os puedo enseñar la fauna y la flora que hay por aquí. Después de ver cómo quedó la Tierra no me canso de disfrutarlas.

A lo lejos sonó la sirena que indicaba que el descanso había terminado.

—Por supuesto que volveremos, ¿verdad, Sara? —dijo Raquel.

—Me encantaría. Ahora tenemos que irnos o llegaremos tarde.

—¡Genial! Venid por aquí en los descansos. Oye —le dijo a Raquel—, me tienes que dibujar a mí, lo haces muy bien.

Al ver cómo se sonreían recordé mi manera de dibujar y mi boca se torció como si acabara de morder un limón.

Lyon nos dijo adiós y se marchó más allá del claro. Nosotras regresamos a la plaza central. Raquel me dio un abrazo y se marchó al trote con su cartera de dibujo bajo el brazo, parecía que su coleta rubia me decía adiós.

Antes de llegar a la sala de los tanques vi de lejos al grupo que se iba a hacer la revisión. La melena rizada de Mika destacaba entre los demás. Su manera de ver la vida en el sector Cero y la de Raquel eran tan diferentes como su pelo, pero también lo eran sus circunstancias y posiblemente esa era la causa de que tuvieran opiniones tan opuestas. Yo prefería mantener las distancias con el resto, eso me ayudaría a guardar el secreto de Ian, pero tampoco estaba mal ir conociendo poco a poco el lugar donde iba a pasar el resto de mi vida y a las personas con las que iba a compartirlo.

La hora de la comida llegó enseguida. En el comedor saludé de lejos a Raquel, que estaba con su familia, pero me senté con Mika y con Karlos y hablamos de la revisión. Cuando les comenté el incidente con las chicas de la analítica él resopló y puso los ojos en blanco mientras que ella, como todo comentario, se acercó dos dedos a la boca e hizo el gesto de vomitar. Los tres nos reímos. De Raquel sólo dijeron que todos la conocían como la chica de los dibujos. Esperé a que Karlos se levantara a por el postre para hablar con Mika sobre Lyon y las mariposas del claro. No esperaba que se emocionara, pero tampoco que sus músculos se contrajeran hasta el punto de oscurecerle la cara.

—¿Le conoces?

—El día que Lilith tuvo el accidente me pidió que le ayudara a organizar el almacén de lana. —Se mordió el labio inferior—. Estoy segura de que, si no me hubiera entretenido con él, ella estaría viva. Sé que no tiene la culpa, pero prefiero tenerle lejos.

Ella miró a algún punto fijo y yo la miré sin saber que decir hasta que Karlos apareció con dos platos y nos hizo una reverencia.

—¡Manzana asada para las señoritas!

—No me apetece, gracias —contesté algo seria.

—¿Me vas a hacer este feo? —me preguntó con los ojos muy abiertos—. Además, tenéis que aprovechar porque no podré hacer esto en breve.

—¿Por qué? —preguntó Mika intrigada—. ¿Qué sabes?

—He hablado con Grace —comentó en voz baja.

—¿Quién es Grace? —pregunté.

—Una de las cocineras. Es una madraza. Tuve que hacerle mucho la pelota hasta que me gané su confianza, desde entonces me cuenta todas las novedades que llegan a cocina antes que a nosotros. Además, me sirve los trozos de tarta de chocolate más grandes —dijo mientras se relamía.

—¡Karlos! —gritó Mika impaciente.

—¡Vale! Nos dividen por grupos según los resultados y nos dan la comida también según el grupo para que nuestro estado de salud sea el óptimo cuanto antes. Mañana tu querido Khalzan nos lo explicará.

—¡Venga ya! —protestó Mika enfurecida—. ¿Qué le pasa a esta gente?

—Tiene sentido que se controlen la contaminación y la salud, ¿no? —dije sin mucha convicción.

—Tú acabas de llegar y no sabes nada —dijo con los puños apretados—. Estas normas estúpidas sólo sirven para manipularnos y controlarnos. Cuando vine con Lilith era distinto —susurró—. Cada día que pasa estoy más convencida de que solicitó la casa del barrio Anochecer porque estaba en desacuerdo con la manera de gestionar la vida aquí.

—Pero algunas enfermedades son muy peligrosas. A pesar de los controles hubo gente que murió durante el viaje —recordé con dolor.

—Y, ¿por qué no ha sido así desde el principio? ¿Por qué ahora, Sara? Aquí nada pasa por casualidad. Ese Khalzan…

—Mika —dijo Karlos—, no te enfades con nosotros, así no solucionas nada.

—Supongo —contestó.

No volvimos a hablar ninguno de los tres. Apenas habíamos terminado de comer cuando volvió a sonar la sirena y nos fuimos a nuestros puestos. Mika no dijo nada en toda la tarde, parecía una pantera enjaulada, y yo tenía ganas de marcharme.

Cuando por fin sonó la sirena fuimos a cambiarnos. No cruzamos ni una palabra hasta que nos despedimos en el fichador. Tenía un sabor amargo en la garganta e intenté no pensar en nada por el camino.

Al llegar a casa, como era de esperar, estaba vacía. Di varias vueltas por el salón hasta que me cansé y me senté a oler los pétalos que había puesto por la mañana en un cuenco. Decidí no salir esa tarde y preparar algo para cuando llegara Ian. Sólo llevaba medio plato de queso cuando escuché unos golpes que parecían llegar de la puerta trasera. Fui hasta allí con el cuchillo en la mano y me encontré a Ian pegado al cristal de la puerta.

—¿Qué haces ahí fuera?

—Abre, deprisa. Alguien podría verme —contestó sin dejar de dar golpecitos con el índice en el cristal.

Le abrí la puerta y fue directo al sótano. Terminé de cortar el queso, cogí una gelatina, el cuenco con los pétalos y bajé tras él.

—¿De dónde han salido estos pétalos?

—No lo sé —dijo pegado a un trozo de queso.

—Pero si aún huelen y están frescos, los has tenido que coger de algún sitio hace poco.

—Los llevo siempre encima, es increíble que se conserven frescos durante tanto tiempo, pero no recuerdo de dónde han salido, sólo sé que me hacen sentir bien y te he dejado unos cuantos porque contigo me siento igual.

—¡Vaya! Gracias. Pues a partir de ahora también los llevaré conmigo. —Nos sonreímos—. ¿De dónde venías?

—He salido a inspeccionar el terreno del túnel desde arriba. Necesito que entre aire sin que caiga arena y que no se vea desde la superficie.

—Parece complicado.

—Si no lo consigo no podré continuar. Entonces sólo me quedará la opción de buscar a través del desierto.

—Pero eso es una locura.

—Lo sé, pero si el túnel no es viable es el único camino que hay.

Tenía que haber alguna solución para el dichoso túnel. Si papá hubiera estado ahí seguramente se le habría ocurrido algo. Hasta el Oasis Seco el camino era fácil, pero a partir de allí sólo había desierto.

—No puedo ayudarte con eso, pero voy a dejar la puerta de atrás abierta para que entres y salgas siempre que lo necesites, aunque yo no esté.

—Buena idea. —Cogió el último trozo de queso y lo olió como el primero en mucho tiempo.

—No muy lejos hay una especie de bosque, pero sin agua. Hay un poco de sombra, plantas y lagartijas.

Me señaló con el dedo y comenzó a reír de forma escandalosa.

—¿Qué tiene tanta gracia? —pregunté molesta.

—Ahora comprendo lo de las lagartijas, he cazado algunas por allí. Según mis cálculos el túnel va por debajo. Ese terreno es más duro y rico en minerales, debió de ser una zona tropical antes de entrar en lo que llamamos rotación sincrónica.

—¿Qué es eso?

—En la actualidad este planeta tarda el mismo tiempo en rotar sobre sí mismo que alrededor de su estrella, por eso es de día siempre en el mismo polo, igual que desde la Tierra siempre vemos la misma cara de la Luna.

—Entiendo, pero ¿no se tendrían que haber descompuesto con el calor?

—Seguramente habría algún lago rico en sodio y, en lugar de descomponerse, se petrificaron, como si se hubieran momificado debido al natrón. Además, en este suelo abundan más minerales que en otras zonas, por eso las lagartijas del desierto pueden pasearse por allí, hay plantas que crecen al pie de algunos de los árboles y sobre ellas hay insectos que les sirven de alimento.

—¿Cómo sabes tanto sobre el planeta?

—No sé, me ha salido solo.

—¿Y la Tierra? ¿No recuerdas haber vivido allí?

—Recuerdo mucha información, pero no lo que he vivido.

—Debe ser horrible.

—Tengo el presentimiento de que cuando encuentre lo que busco recuperaré la memoria.

—Si quieres, podemos hacer una excursión juntos. Quizás recuerdes más cosas.

—De acuerdo, me gusta ir porque es un lugar tranquilo y seguro, pero ya he estado más veces y sólo he recordado más información.

Ian volcó la gelatina en un plato y, sin dejar de moverlo, la señaló mientras se reía. Después de repetirlo varias veces se la comió a cucharadas que saboreaba como el queso.

—Hoy he visto mariposas, había un montón. No me gustan los insectos, pero he de reconocer que son preciosas.

—Todos los insectos son básicamente iguales: un par de antenas, tres pares de patas y un exoesqueleto que cubre cabeza, tórax y abdomen. En mi opinión, las mariposas son las que mejor han sabido adornarlo.

Le observé mientras se tomaba la gelatina que le quedaba. Era como una mezcla entre el mejor científico del mundo y un hombre de las cavernas descongelado después de milenios de hibernación. Quería que me contara todo lo que sabía de aquel planeta y, para ello, debía conseguir que recuperara la memoria.

—Te voy a explicar de nuevo los viajes desde la Tierra, quizás así recuerdes algo.

—Sara, cuando me hablas de algunas cosas de aquí siento como si recibiera pequeñas ráfagas de luz en una gran oscuridad, pero esos viajes no encienden nada, al menos de momento. Además, es muy aburrido.

Miré distraída el reloj. En lo que parecía un rato, habían llegado las diez y mi compañero empezó a bostezar. Me di por vencida, nos dimos las buenas noches y subí a acostarme.

Antes de correr las cortinas, a lo lejos, el amanecer del horizonte me hizo pensar en Mika. Desde su ventana siempre habría noche, quizás por eso lo veía todo tan oscuro, al contrario que Raquel, que tenía luz y, como ella decía, podía coleccionar tesoros en su bloc de dibujo. Admiraba los paisajes igual que Ian un trozo de queso, seguro que se llevarían bien. Por más vueltas que le daba no entendía qué podía ser lo que le provocaba ese rechazo hacia el sector Cero, estaba convencida de que le encantaría pasear por el jardín. Al recordarlo, todo se desdibujó y recordé los ojos de Lyon. De pronto me di cuenta de que tenía una gran sonrisa y me puse colorada como en el claro de las mariposas.

RINCONES

Al día siguiente, a media mañana, nos convocaron en un gran salón de actos. Como habían comentado Mika y Karlos, Khalzan nos habló desde una gran pantalla. Rodeado de plantas y con un quimono blanco, más que un general parecía un monje tibetano y parecía emanar luz. Tuve la sensación de que me miraba a través de la pantalla. Miré hacia los lados y pensé que posiblemente a los demás les ocurría lo mismo por sus gestos y cuchicheos. Cuando abrió los brazos el salón quedó en silencio y comenzó su discurso.

—Bienvenidos a Hiyoru. Una segunda oportunidad para la humanidad basada en la colaboración. Cada uno de nosotros es una pieza necesaria para que la maquinaria funcione.

Bajó los brazos e hizo una pausa mientras las cabezas se movían de arriba abajo.

»Y para que lo haga a la perfección el equipo médico ha trazado un plan que reducirá el grado de contaminación a nivel cero lo antes posible. Está basado en la alimentación, ya que el resto de los factores aquí no son determinantes, respiramos el mismo aire puro y disponemos de agua potable sin necesidad de tratamientos específicos por zona. Comeremos en grupos de acuerdo con los resultados de los análisis para que cada persona reciba lo que su organismo necesita hasta igualar a las que ya están libres de contaminación. Además, nos instalarán un microchip bajo la piel para controlar el nivel de forma rápida y eficaz. Nuestro equipo médico nos informará de cuándo debemos hacer la revisión y qué hacer en cada caso.

Hizo una segunda pausa y sonrió. No sé cómo lo lograba, pero seguí con la sensación de que se dirigía a mí.

»Os recuerdo que sois libres para disfrutar del planeta, aunque únicamente podemos garantizar el ciclo del día y la noche dentro del sector Cero. Sólo debéis tener cuidado de no traspasar los límites marcados en el jardín por vuestra propia seguridad. Antes de que comiencen a circular leyendas urbanas quiero aclarar que, aunque no se ha detectado ningún peligro, continuamos con el protocolo de seguridad marcado por los científicos. Queremos cerciorarnos de que la fauna autóctona no constituye ninguna amenaza y para ello nuestros perros guardianes se encuentran en el perímetro de la zona asegurada. Debido a su entrenamiento son muy agresivos con todo lo que se mueva a su alrededor que no sea el personal que los cuida y adiestra, pero no debéis temerles ya que nunca los encontraréis dentro del edificio ni en las zonas de recreo. Es muy sencillo no cruzarse con ellos. Simplemente no debéis continuar cuando veáis una señal como esta.

Abrió la mano derecha y, sobre ella, apareció un círculo amarillo con un aspa negra.

»El camino hasta los barrios en el tren y la zona de casas también son seguros. Como ya sabéis, en los barrios el único peligro está detrás de ellos. Tras el barrio Amanecer se extiende el desierto con un día perpetuo en el que se dan tormentas solares que hacen que la temperatura alcance los 200ºC, por tanto, no hay agua en estado líquido. También hemos registrado tormentas de arena que pueden durar varios días y, aunque habitan algunos insectos y reptiles hidrofóbicos, las condiciones no nos permitirían sobrevivir un día completo. Por el contrario, detrás del barrio Anochecer jamás llegan los rayos de luz, por tanto, la temperatura es muy baja y sólo hay un gran desierto de hielo. Allí se dan tormentas de nieve y tsunamis de hielo. También se han detectado sustancias tóxicas en el hielo que nos hacen pensar que, en algún punto del interior, hay alguna fuente de metano. Con estas condiciones y a temperaturas inferiores a los 170ºC bajo cero la vida allí es impensable.

De nuevo hizo una pausa y comenzó a extenderse un murmullo en el salón hasta que levantó los brazos.

»En el sector Cero hay celdas para todos. —Hizo otra pausa y elevó el tono—. ¡Juntos, componentes de un mismo engranaje y con un objetivo común: vivir en armonía y equilibrio entre nosotros y el planeta!

La gente aplaudió y vitoreó a Khalzan. Mientras su imagen se desvanecía en una luz blanca, me uní a los aplausos con una sonrisa que ocultaba todas mis dudas. Todo parecía perfecto, como nos prometieron en la Tierra, y, aunque coincidía con las cosas que decía Ian, debía haber algo para que ni a él ni a Mika les gustara. Lo de Mika podía deberse a su carácter y haber perdido aquí a su madre, pero Ian no era así. Parecía conocer muy bien el planeta y, a pesar de su amnesia, una de las pocas cosas que tenía claras era, precisamente, que debía mantenerse alejado del sector Cero.

A mi alrededor la gente hablaba feliz sobre esta nueva vida y yo, quizás influida por mis compañeros, intentaba ver cosas que quizás no existieran. Lo mejor que podía hacer era continuar en el barrio Amanecer hasta que Ian recuperara la memoria y pudiera aclararme algo.

Durante la hora de la comida todo el mundo comentaba el discurso. Parecía que Mika y yo nos íbamos a quedar solas en nuestros barrios.

—No os he visto en el salón—dije.

—El cuarto de baño es mucho más interesante que ese petardo—contestó Mika.

—¿Qué te ha parecido el discurso de Khalzan? —me preguntó Karlos.

—Parece todo muy bien organizado. —Mika se rio—. Y, aunque sólo sean insectos y reptiles, me hace ilusión saber que hay algo en los desiertos, al menos en el de arena.

—Que no se pueda vivir en ellos es la única verdad que ha dicho ese calvorota —contestó Mika. Karlos asintió.

Karlos estuvo con nosotras. Después de mucho insistir le convencimos para que nos ayudara con los tintes y conseguimos que acabara teñido de azul, verde y rosa. Casi me dio pena que sonara la sirena del final de la jornada, aunque tenía ganas de volver al Oasis Seco hacía mucho tiempo que no me reía tanto.

Al llegar a casa Ian me esperaba. Mientras nos embadurnábamos en crema protectora le propuse ir con las bicicletas, pero me dijo que no era recomendable ir hasta allí en ellas por el calor, así es que iríamos a pie. Ian guardó en la mochila agua, queso y gelatina que había congelado para la excursión y empapó un par de toallas para ponernos en la cabeza a modo de turbantes. Después humedeció dos pañuelos para la cara, me aconsejó que no hablara durante el camino y nos pusimos en marcha.

Cuando llegamos allí y nos acomodamos pensé que era el momento de hablarle del discurso de Khalzan para saber su opinión y, de paso, quitarle la idea de continuar su búsqueda a través del desierto, no estábamos muy lejos y ya hacía mucho calor.

—Hoy nos han hablado sobre la vida aquí. Dicen que en el desierto hay tormentas solares. Eso suena muy peligroso, ¿verdad?

—No. Las tormentas solares afectan a la atmósfera completa en cualquier planeta que se den. Lo único que ocurre es que… para que te hagas una idea, es como si siempre fueran las tres de la tarde en un día de verano en plena sabana africana. No sé en qué se basa para afirmar que sólo se dan aquí, no tiene fundamento. Lo que hay son tormentas de arena, como en cualquier otro desierto.

—También habló de ellas —dije—. Y que no se puede vivir aquí, aunque sí hay insectos y reptiles.

—Sí, lagartijas —dijo con tono burlón—. Como no existe el descanso de la noche hace mucho calor, pero, por otro lado, no hay cambios bruscos de temperatura y los seres vivos no tienen que adaptarse a ellos. Las plantas crecen en lugares determinados y los animales están adaptados a este clima.

—¿Además de lagartijas hay más animales?

—Hay bastantes, aunque no es sencillo verlos ni recomendable seguirlos. Como en cualquier desierto es muy fácil desorientarse y corres el peligro de deshidratarte, además, no todos son inofensivos como las pequeñas lagartijas. Por ejemplo, hay unos enormes lagartos que no son muy ágiles, pero que tienen veneno en la boca y, si te mordieran, te debilitarías poco a poco hasta paralizarte sin apenas darte cuenta.

—¿No hay antídoto?

—En principio con un simple antibiótico te recuperarías, pero hay un problema.

—¿Cuál?

—Empezarías a vagar desorientada y cada vez más débil por el desierto. Mientras, el lagarto iría tras de ti sin prisa, con la panza arrastras por la arena y la lengua bípeda al aire para rastrearte.

—¿Con la lengua?

—Sí, ahí tiene el sentido del olfato, y muy fino, por cierto. Cuando te encontrara inmóvil comenzaría a despedazarte sin importarle si aún estás viva. Y no lo haría solo. Sus compañeros de manada también te olerían y se juntarían todos a tu alrededor para darse un festín.

Mi expresión de terror imaginándome al lagarto y la naturalidad con la que Ian acababa de hablar de él eran tan opuestas como los polos del planeta. Yo me quedé muda y él, con la mano envuelta en una de las toallas, partió una rama pequeña de los árboles muertos sin dejar de dar explicaciones.

—Aunque los árboles están petrificados dan sombra. Mira. —Señaló con la rama—. Aquí, en su base, crece zekhala. —Arrancó una hoja—. Sólo hay que apretar un poco para que salgan unas gotas. ¿Ves? —Cayeron varias sobre la palma de su mano y se las bebió—. A veces están algo amargas, pero evitan la deshidratación. —Con la rama que había partido rasgó una de las gruesas hojas—. Hay que laminarlas y ya tienes listo un vendaje para cubrir la piel y no quemarte. Aunque no corremos ningún riesgo, nos las pondremos a la vuelta.

Guardó las vendas y sacó la merienda. Estaba en su punto. Con el frescor de la gelatina olvidé a los lagartos y volví al discurso de la mañana.

—Según Khalzan, donde siempre es de noche hay tsunamis de hielo.

—También es un desierto, pero de hielo. Los tsunamis son como las tormentas de arena. Lo que también hay son rosas de hielo. Se forman sobre los ríos cuando hay poros en la capa helada porque el agua que se evapora por ellos se congela de forma instantánea.

—Deben de ser preciosas.

—Y peligrosas. Si hay muchos poros el hielo tiene más facilidad para romperse. Si no eres un *mummi* no aguantarías mucho en un agua tan gélida.

—¿Qué es un *mummi*?

—Es un pez increíble. Tiene el cuerpo transparente debido a la pérdida evolutiva de la hemoglobina, por eso su sangre no es roja. Según sea macho o hembra tiene los ojos negros o naranjas y para poder vivir en aguas tan frías desarrolla glicoproteínas anticongelantes, así no se congelan sus fluidos corporales.

—Tiene pinta de ser bastante feo. —Reí—. También dijo que hay fuentes de metano que contaminan el hielo.

—El hielo no está contaminado, estoy seguro —dijo con el ceño fruncido—. Sé que hay tormentas de metano, pero no recuerdo dónde. Aunque es de noche allí hay algo, lo sé, pero no sé qué es, no consigo verlo, está demasiado oscuro.

Cubrió su cabeza con las manos y comenzó a susurrar de nuevo en otra lengua, como la primera vez que le vi. Le acerqué una de las cantimploras, acaricié su pelo y le hablé del mar, como me hacía mamá cuando era pequeña y tenía pesadillas por la noche.

—A mí también me gusta mucho el mar —comentó más tranquilo.

—Yo, en realidad, nunca lo he visto, sólo sé lo que me han contado papá y mamá. Me prometieron que lo vería aquí, en Hiyoru —dije mientras frotaba mis pulgares.

—¿Qué te parece si mañana hacemos una excursión al mar? —propuso Ian.

—¿En serio? ¡Sería genial!

—Pues cuando llegues te echas una buena siesta y vamos por la noche.

—Aquí nunca es de día ni de noche, apenas noto la diferencia. ¿Para qué vamos a esperar si no hay nadie que nos pueda ver?

—Es más divertido. Confía en mí —dijo con una media sonrisa.

—Está bien.

No tenía otra alternativa, él sabía dónde estaba el mar y yo no. Ian cambió de tema.

—Dime, Sara, ¿qué haces exactamente en…? ¿Cómo se llamaba?

—¿El sector Cero?

—Sí.

—Estoy en la cadena de lana y algodón. Cargo las máquinas que la separan en dos categorías, luego sigo el trayecto de las fibras destinadas a textil y las tiño de colores.

—La otra podría ser para construcción. ¿Tienen pensado hacer más casas?

—Que yo sepa no. Pero ¿para qué sirve la lana en la construcción?

—Es un aislante. Las paredes de la casa en la que vives tienen en su interior una plancha de lana que aísla tanto del frío como del calor, por eso la temperatura en el interior es siempre la misma. Luego están las ventanas, que son paneles solares orientados de forma que acumulan energía a lo largo del día y, de paso, ayudan a regular la temperatura interior. Como los rayos nunca inciden de forma directa en la zona de las casas los paneles pueden ser transparentes y así se aprovecha toda la luz. Toda esa energía se acumula en la batería del sótano. Como aquí no suele hacer frío se acumula más de la necesaria. Se puede utilizar para recargar cualquier aparato eléctrico.

Tenía que haber llegado en el primer viaje y formar parte del equipo científico porque parecía que había sido él quien hubiera diseñado cómo vivir allí.

—Ian, hubo un primer viaje de científicos que realizaron un informe.

—No sé nada de informes —contestó de mala gana.

—A partir del informe de esa primera expedición se organizaron los tres viajes —insistí—. En el primero vinieron los constructores del sector Cero y sus familias, en el segundo llegamos los que pasamos el primer nivel de contaminación para poder incorporarnos al trabajo nada más aterrizar y así ponerlo en marcha. Falta un tercero con el resto de la población. En ese llegará papá. —Al menos yo tenía esa esperanza.

—Lo lógico es que hubierais venido en uno u otro viaje juntos, no entiendo por qué hiciste sola un viaje así —dijo sin hacer caso a toda la información que le facilitaba para despertar sus recuerdos.

—Vine con mamá.

—Y ¿dónde está?

—Murió en el camino. —Ahora la que deseaba desviar la conversación era yo.

—Y ¿por qué no te has ido con los demás?

—Papá y mamá eligieron esta casa y esperaré a papá en ella. Si luego quiere que nos vayamos con el resto, entonces nos iremos.

—Bueno, hay más gente en las casas de alrededor. No son muchos, pero los he visto.

—Sí, pero, después de la charla de hoy, creo que se van a mudar todos al sector Cero.

—¿No te importa quedarte sola?

—No estoy sola, estoy contigo. Además, así no será necesario que te escondas de nadie.

—Gracias, Sara —dijo con una sonrisa—. Venga, vámonos antes de que se haga más tarde.

Los vendajes de zekhala eran muy refrescantes, aun así, a la vuelta me sentó bien una ducha. Cerré todas las cortinas y convencí a Ian para que subiera a cenar. Pasamos un buen rato en el salón, pero al darnos las buenas noches se marchó de nuevo al sótano.

Tumbada en la cama pensé que desde que había llegado parecía que se me habían activado los sentidos, era como si en la Tierra tanta contaminación los hubiera congelado, y eso tenía que ser bueno para mi nivel de contaminación, porque estaba segura de que los que llevaban más tiempo estarían más limpios y quería que me situaran en la misma franja que Mika, Karlos, Raquel y, ¿por qué no?, la de Lyon.

Sentí curiosidad por el nivel de Ian. Estaba segura de que llegó en la primera expedición y, por tanto, él ya estaría descontaminado, además se le veía en forma. Pensé en proponerle que fuera al sector Cero para hacerse las pruebas y, a regañadientes, conseguí que fuera en mi sueño. Todo iba bien hasta que le quisieron diseccionar para estudiar su cerebro y tuve que sacarle de allí por un agujero que nos teletransportó a un lugar donde apenas nos veíamos por la luz, pero podíamos descansar.

Cuando me levanté Ian me había preparado de nuevo el desayuno antes de marcharse y al llegar al sector Cero Rebeca parecía que me esperaba para saludarme. Era muy fácil comenzar bien el día gracias a ellos. Además, Mika estaba de muy buen humor y me enseñó a trenzar con restos de lana.

—Cuando lo haces tú parece fácil, pero mira. —Le enseñé un hilo rojo con muchos nudos—. ¿Cómo lo consigues?

—Tengo poderes —dijo en bajo—: soy zurda y pelirroja. Lilith me decía que, si hubiera nacido en otra época, me habrían quemado por bruja. —Rio.

—¿Zurda? Si utilizas la derecha como yo.

—Bueno, como ser zurda ahora es algo común, se me ocurrió aprender a manejar las dos manos por igual.

—Yo no puedo hacer eso. Papá siempre dice que tengo la izquierda de adorno.

—Es cuestión de práctica. Comienza, por ejemplo, por comer con la izquierda, luego recortar y así todos los días hasta que, sin darte cuenta, la utilizas como la derecha.

—Lo intentaré, pero me parece muy difícil. A mí lo que se me da bien es la mímica.

—¿Mímica? ¿De dónde sales? —dijo a carcajadas.

—Jugábamos mucho en casa a adivinar películas, canciones, oficios…; de todo.

—No lo veo útil.

—Es divertido. Podemos probar, si quieres.

—Si lo haces tú, vale. Prefiero adivinar.

—¡Hola, chicas!

Karlos entró en la sala con su aire desgarbado y una gran sonrisa.

—¡Hola, Karlos! —Saludé.

—¿Qué te trae por aquí tan pronto? —preguntó Mika.

—Querida —dijo serio y con voz cavernosa—, te recuerdo que sin mí no sabríais de qué colores se tiñe hoy.

—Querido —contestó Mika con el mismo tono—, te recuerdo que nosotras teñimos la lana del color que nos apetece. —Los dos rieron.

—¿Qué hacéis? —nos preguntó—. Hoy no tengo mucho trabajo.

—Mika intenta que aprenda a manejar los hilos como ella.

—Y veo que no tiene mucho éxito.

—Es la primera vez que lo intento —protesté.

—Vas a necesitar mucha práctica para que no parezca que lo haces con los pies.

—Mika, voy a por las bombas. Son casi las nueve y media y tenemos que empezar a teñir —dije sin mirarle.

Mika me frenó.

—Antes coge un hilo de los gruesos, los que son como cuerdas, y hazle un nudo corredizo, por favor.

Sin muchas ganas fui al cesto donde estaban aquellos hilos. Lo manejé con más agilidad de la que esperaba, la práctica de la mañana había servido para algo. Cuando se lo acerqué a Mika lo abrió y lo hizo girar. En unos segundos había cazado a Karlos. Tiró hasta que lo tuvo frente a ella, apoyó la mano con la cuerda en la cadera y levantó la otra con un largo hilo azul.

—Inténtalo tú —le dijo.

—No. No quiero molestaros.

—Tú nunca molestas, Karlos. ¿Verdad, Sara? —Yo encogí los hombros y ella me guiñó un ojo—. Es muy fácil. Sólo tienes que hacer esto.

Pasó el hilo entre los dedos de una mano. Después introdujo la otra y las separó. Giró las muñecas mientras abría y cerraba los dedos y en unos segundos nos mostró tres figuras diferentes.

—Te toca.

Cuando Mika le quitó la lazada Karlos cogió el hilo y en sólo tres movimientos lo enredó.

—¿Has visto eso? Una vaca habría tardado más tiempo en dejarlo inservible —dijo Mika.

—Voy a necesitar mucha práctica para hacer algo así —contesté.

—Entonces es puro arte —dijo Karlos.

Los tres nos reímos. A pesar de nuestros esfuerzos, Karlos era incapaz de separar las manos sin que se le llenara el hilo de nudos.

Nos divertimos con sus obras maestras hasta que escuchamos por megafonía que ya tenían los primeros resultados y, con el fin de llegar al nivel de contaminación cero en el menor tiempo posible, comenzaríamos ese mismo día el menú personalizado. Para que no hubiera equivocaciones, debíamos presentarnos en la sala de análisis en el mismo horario que el día anterior, allí nos indicarían en qué turno debíamos comer. Esto acabó con el buen humor de Mika a la velocidad del parpadeo. Yo pensé que hoy no coincidiría tampoco con ellos en el descanso y eso me molestaba, pero, por otro lado, eso quería decir que estaría con Raquel, visitaríamos el jardín y veríamos a Lyon, y eso no estaba nada mal.

Un poco antes de las diez me marché a la enfermería y cuando llegué Raquel me esperaba la última en la cola para entrar conmigo. No paraba de hablar sobre los grados de contaminación. Mientras, en silencio, yo hacía diferentes combinaciones de horarios para coincidir con ella, Mika y Karlos, aunque no encontraba ninguna que me convenciera.

La cola iba muy lenta y tardamos casi tres cuartos de hora en entrar. Raquel y yo estábamos en nivel amarillo, es decir, casi libres de contaminación y nos habían asignado el primer turno de comida. Con una pistola nos instalaron algo más atrás de la muñeca izquierda el microchip que mediría el grado de contaminación. Aunque faltaban unos minutos para el descanso ya no tenía sentido volver a nuestros puestos, así es que acompañé a Raquel a por su bloc, nos fuimos al jardín y encontramos a Lyon en el mismo sitio que el día anterior.

—¡Hola, chicas! ¿Qué tal os va?

—Bien —dijimos a la vez.

—Un poco de lío con esto de la comida, ¿verdad?

—Sí —contesté. Raquel se encogió de hombros—. Preferiría continuar con la rutina del principio, con el cambio de planeta ya tenía bastante.

—Bueno, al principio es normal, hay que organizarse. Dentro de poco todo será más fácil, ya lo verás.

—Eso espero.

—Venid. Os enseñaré algo que os hará olvidar todo este rollo.

Caminamos entre los árboles. La luz pasaba a través de ellos como si fuera algo natural, había que fijarse mucho para detectar los focos camuflados en la vegetación. Cruzamos el claro de las mariposas y caminamos por un sendero.

—¿No estamos muy lejos? —preguntó Raquel—. No quiero traspasar los límites.

—Tranquila —dijo Lyon—, no vamos a llegar hasta ellos. Además, primero tendríamos que ver las señales que los marcan, ¿verdad?

Raquel asintió con la cabeza, aunque no dejó de mirar a su alrededor hasta que llegamos a un pequeño lago y se olvidó de los límites. El agua era transparente y no pude evitar meter la mano, estaba fresca.

Lyon nos hizo un gesto para que estuviéramos en silencio y otro para que nos sentáramos. Sacó de su bolsillo unas hojas verdes y me dio unas cuantas. Raquel, como el día anterior, se concentró en dibujar.

Al poco tiempo apareció un ciervo. Era marrón excepto por el cuello que lo tenía cubierto de un mechón plateado, parecía que llevaba una bufanda, pero me impresionaron aún más las astas, era como si le salieran ramas de la cabeza. Sin levantarse, Lyon extendió la mano despacio hacia él y se quedó muy quieto. El animal le observó fijamente durante unos instantes como si pensara qué hacer, movió los agujeros de su hocico, abrió la boca y comenzó a comerse las hojas. Con la otra mano Lyon me animó a que le imitara. La mano me temblaba. La levanté muy despacio sin dejar de mirar al ciervo y en cuanto comenzó a comer me aguanté las ganas de gritar. Cuando se acabaron las hojas nos miró, bebió agua y se alejó dando brincos de bailarina.

—Le he dado de comer a un ciervo —susurré con la vista en mi mano.

—Sí. Se comportan igual que los de la Tierra excepto en una cosa, no desconfían de nosotros.

—¿La próxima vez le puedo tocar?

—Bueno, puedes intentarlo, pero con mucho cuidado. Aunque no nos consideran un peligro son animales salvajes y nunca sabes cómo van a reaccionar.

Mientras hablaba, Lyon sacó pan, lo echó a pellizcos al lago y se vieron destellos de todos los colores. Cuando el pan se acabó los peces desaparecieron, tuve la sensación de que el lago era como un espejo mágico.

Raquel movía su lápiz a toda prisa mientras Lyon y yo admirábamos como, en pocos minutos, nos había dibujado con el ciervo mientras comía de nuestras manos y los peces de colores en el lago de fondo. Cuando terminó nos tuvimos que marchar. Nos despedimos de Lyon y, antes de separarnos, decidimos que comeríamos juntas.

Volví a los tanques de lana y le conté a Mika todo lo que había visto. A pesar de que continuaba enfadada conseguí que sonriera y cuando sonó la sirena de mi turno para comer me puso en la muñeca una pulsera blanca y negra y se dio la vuelta para continuar con el trabajo. Cuando llegué al comedor Raquel estaba al lado de las bandejas.

—¿Vamos? —le pregunté.

—Espera a que venga mi familia, siempre quedamos aquí.

—¡Ah! Pensé que íbamos a comer sólo nosotras.

—Sí, pero aún no los he visto y quiero avisarles.

—Claro —contesté con alivio.

—Mira, allí están. Voy a decírselo.

Corrió hacia una pareja con un niño. Habló con ellos, les dio un beso y volvió de nuevo a la carrera.

—Ya está.

Les volvió a saludar con la mano. Ellos respondieron y me sentí obligada a participar del saludo antes de girarme para incorporarme al autoservicio.

—¿De dónde has sacado esa pulsera tan chula? —me preguntó—. Antes no la llevabas.

—Me la ha regalado Mika. Sabe hacer un montón de cosas con los restos de la lana.

—¿Mika? ¿La chica pelirroja? No puede ser.

—¿Por qué dices eso?

—Yo no la conozco, pero dicen que es muy rara, sobre todo desde el accidente de su madre. No habla con nadie y no es normal que alguien se mude del sector Cero, además, ella sola…

—Pues es una chica inteligente y divertida que sabe un montón sobre la fábrica, la lana y el algodón, y no veo qué hay de extraño en querer ser independiente —dije molesta—. Yo no vivo tampoco en el sector Cero. ¿También soy rara?

—Es diferente. Os habéis instalado directamente allí, no al revés. Mi padre me ha explicado que varias familias lo han hecho, aunque también piensa que todo el mundo se vendrá aquí, es mucho mejor. Yo pienso como mi padre. Sin embargo, ella, sola… Si yo estuviera en su lugar nunca se me ocurriría hacer algo así, me sentiría perdida.

—Pero no lo estás. Vamos a buscar sitio.

Durante la comida hablamos del ciervo y los peces y comí con la mano izquierda, fue un desastre, pero divertido y aunque a Raquel le pareció genial no quise decirle que era idea de Mika y escuchar de nuevo como hablaba de ella con pena.

Cuando regresé a los tanques Mika estuvo muy callada y tuve la sensación de que estaba molesta porque me iba con Raquel al jardín, pero no tenía sentido, nosotras no habíamos elegido los turnos. Luego pensé en contarle la excursión que haría por la noche al mar, pero me di cuenta a tiempo de que eso incluía a Ian y no quería hablar de él. Entonces pensé que si hablábamos del microchip ella me contaría su teoría de por qué nos lo habían puesto y yo no metería la pata, pero sólo dijo que no lo llevaba porque no se había presentado y ya no habló más. A lo largo de la tarde pensé en lo estupendo que sería que Mika viniera a la excursión, en qué ocurriría cuando descubrieran que no llevaba el microchip y qué sucedería si descubrían a Ian. Cuando sonó la sirena había llegado a la conclusión de que no me gustaban los secretos.

En el tren recordé la última vez que vi el río que solía visitar con papá y mamá, estaba cubierto de una capa viscosa que no dejaba que el agua se moviera y cuando el ejército emitió un bando sobre el mal estado de las aguas de la superficie supe que nunca vería el mar. A partir de ahí sólo se podría utilizar el agua de los acuíferos subterráneos siempre que fuera tratada y comenzó una restricción severa que duraría hasta el último día de estancia en la Tierra. Al poco tiempo ocurrió algo similar con el aire. Costaba respirar hasta con mascarilla, así es que sólo podíamos salir a la calle lo imprescindible. Se empezaron a distribuir bombonas que se debían racionar en cada casa. También había unas más pequeñas que se utilizaban en los desplazamientos, pero, aparte del ejército, sólo tenían acceso a ellas las personas a las que el gobierno daba permiso para desplazamientos de emergencia, así es que acabamos encerrados en casa todos. Bueno, menos papá. Comenzó a llegar tan tarde que mamá y yo ya estábamos dormidas cuando regresaba. Nunca quiso explicarme cómo lo hacía, pero conseguía bombonas extras para que tuviéramos en casa el aire lo más puro posible. Así lo hizo todas las noches hasta que, una semana antes de embarcar, no regresó y nos marchamos sin saber nada de él.

El tren se paró. Caminé bajo el gris de siempre hasta casa y me tumbé en el sofá convencida de que no lograría dormirme. Aunque deseaba ver el mar el día se había torcido, sólo me acordaba de las cosas terribles y no estaba segura de que fuera el mejor momento para ir. Comencé a dar vueltas y a recordar el miedo que pasaba por las noches porque el ejército había anunciado toque de queda y papá siempre llegaba más tarde. Cuando escuchaba pasar un coche a lo lejos pensaba que podían descubrirle en su regreso a casa y me ponía a llorar hasta que un día mamá me dijo que no eran coches: «Sara, cierra los ojos e imagina que estás junto al mar. Ese sonido que escuchas es una ola que rompe en la playa». Era infalible, siempre me quedaba dormida antes de escuchar diez olas.

—Sara, despierta —escuché entre sueños—. Sara.

Al notar una mano en el hombro me levanté de golpe y di un grito. Ian se escondió tras el sofá y chistó con el dedo en los labios.

—Lo siento, estaba dormida.

—Van a oír tus gritos —susurró.

—Eres un exagerado. Además, creo que estamos solos. Bueno, y los del almacén —recordé—, así es que nos podemos ir ya.

—No, debemos irnos más tarde. Confía en mí.

—Está bien.

Cogimos la mochila con un par de toallas, agua, pan y queso y nos marchamos en bicicleta cuando el gris era algo más oscuro, aun así, no encendimos las luces hasta que no estuvimos lejos del almacén. Al igual que en la visita al Oasis Seco, fuimos en silencio. Por el camino empecé a sentirme extraña porque todas mis excursiones habían sido con papá y mamá y ahora, cuando por fin iba a ver el mar, en lugar de ir con ellos caminaba en bicicleta junto al hombre amnésico del sótano. Mamá estaría horrorizada. Luego recordé la noche que nos dimos una buena caminata por la montaña hasta llegar a un claro. Mamá me tapó con una manta y me entretuvo para que no me durmiera. Al rato estábamos bajo una espectacular lluvia de estrellas. Sonreí y di por hecho que, de estar ahí, ellos también se habrían apuntado a la excursión.

Cuando llegamos a un pequeño bosque Ian me dijo que bajáramos. Dejamos allí las bicicletas y continuamos andando. Entre la poca luz, el silencio y el olor húmedo parecía estar dentro de una cueva. De pronto comencé a escuchar un rumor familiar, como si pasara un coche detrás de otro, y temblé de emoción.

—Ese sonido. —Miré a Ian—. Son…

—Las olas en la playa. ¡Vamos!

Al salir de entre la vegetación y ver el paisaje pensé que Raquel tenía que venir aquí. Delante de mí había una gran roca. El agua llegaba con fuerza desde los dos lados y cuando chocaba la cubría entera con espuma y pequeños puntos azules que brillaban en la oscuridad. Ian se desnudó y corrió hacia el mar.

—¿Te vas a quedar ahí o vienes a bañarte? —me dijo con el agua por la cintura.

—¿Me puedo meter ahí? ¿En el agua con luz?

—Pues claro. Además, está estupenda. Verás qué divertido.

Solté la mochila, me quedé con la ropa interior y fui con Ian. Aunque no estaba fría hacía cosquillas a la altura del ombligo.

—Mira.

Ian me enseñó la nave que tenía tatuada en su antebrazo derecho y la sumergió en el agua. Al sacarla estaba cubierta de luz azul y movió la piel.

—¡Es como si fuera por el espacio! —dije.

—A veces parece tener vida propia —contestó.

—¿Cuándo te lo hiciste?

—No me acuerdo.

Saltó como si fuera un delfín y entró de cabeza en el mar. Le perdí de vista hasta que salió detrás de mí y me salpicó hasta acabar empapada y cubierta de luz azul como él. Me puse a llorar. Ian se acercó y cogió mi mano.

—¿Te encuentras bien?

—Sí —contesté—. ¿Me das un abrazo?

Abrió los brazos, le apreté todo lo fuerte que pude y mis lágrimas se mezclaron con el mar.

—Gracias, Ian.

—De nada, Sara —contestó mientras acariciaba mi pelo.

Jugamos un buen rato con las olas. Fue como tener de nuevo ocho años y jugar en el río con papá y mamá un fin de semana del último trimestre, cuando aún no eran vacaciones, pero comenzaba el calor. Después, salimos a secarnos y disfrutar de nuestro pícnic.

Cuando volvimos a casa Ian me recomendó que me diera una ducha para que no me picara el cuerpo con la sal. Después me fui a la cama agotada por el paseo, pero convencida de que no mudarme al sector Cero había sido una buena decisión. Me entristeció que mamá no lo hubiera podido disfrutar y deseé que papá llegara en el siguiente viaje para hacerlo conmigo. Sentí los músculos relajados y eché de menos que papá y mamá entraran a darme un beso de buenas noches antes de quedarme dormida.

KHALZAN

Cuando se encendieron los monitores Khalzan atendía a sus bonsáis. Mantuvo a los dos jóvenes en espera hasta que, como aprendió de Helena, colocó varios cuencos de agua para generar el nivel óptimo de humedad.

—Informe sobre Rosa Roja —dijo al joven del monitor de la derecha.

—No tengo buenas noticias, mi general. A pesar de todos mis intentos no colabora. Sólo se relaciona con ese tal Karlos. Estoy convencido de que si él no estuviera sería más fácil. Es muy desconfiada y…

—Habría sido igual —cortó Khalzan—. Era lo esperado. De una manera u otra entrará en razón. Sería una pena que tuviera que acabar como su madre. Comience el primer nivel.

—A sus órdenes, mi general.

Tras cortar la comunicación se dirigió a Lyon que esperaba en el otro monitor.

—Informe sobre Rosa Blanca.

—Todo va según lo previsto, mi general, aunque continúa en el barrio Amanecer.

—Aproveche para sellar la confianza que se ha ganado. Y, si se siente sola, hágale saber que está con ella.

—A sus órdenes, mi general.

Khalzan cortó la comunicación. Aunque tenía dudas sobre Mika ahora era su responsabilidad, no podía dejarla sola. Y mucho menos a la inocente Sara. Le recordaba tanto a su amada Tot que veía en ella a la hija que habrían tenido. Estaba convencido de que el destino la había llevado hasta él para recompensarle. Consideraba a ambas como sus hijas. Las adoptaría y cuidaría como hicieron con él Helena y David.

Programó el sistema para escuchar *Lullaby*, la famosa nana de Johannes Brahms que sus padres adoptivos hacían sonar todas las noches para que durmiera tranquilo. Siempre habían deseado ser padres, pero Helena no podía tener hijos porque de joven le practicaron una histerectomía debido a un tumor. Cuando David le habló de él y de cómo le había encontrado sintió que estaban destinados y utilizó todos sus contactos para poder adoptarle. Desde entonces los tres formaron una familia completa y aprendió de ellos a ayudar a los más desamparados, de hecho, siguió los pasos de su padre e ingresó en el ejército para formar parte de los cascos azules.

Apenas pasaron unos meses desde que marchó a su primer destino cuando recibió una llamada de David y tuvo que regresar porque Helena estaba grave.

Esta vez, el cáncer la venció en apenas dos semanas. El día que sintió que se marchaba se despidió de ellos y les hizo prometer que continuarían con sus vidas, por eso al día siguiente del entierro se despidió de David y regresó a su destino.

Al poco tiempo de su vuelta su padre adoptivo murió en un accidente de tráfico. Le dolió no despedirse de él, pero le quedó el consuelo de que no había sufrido como Helena porque según la autopsia había fallecido en el acto.

Después del entierro se marchó a la que fue su segunda casa. Convencido de que nadie cuidaría los bonsáis y las rosas con el cariño y la delicadeza que lo hicieran David y Helena, los destruyó. Luego vendió la casa con todo lo que había dentro y prometió seguir los pasos de sus padres adoptivos para contribuir a un mundo mejor y tener un motivo para continuar, pues, de nuevo, se había quedado solo.

IMPREVISTOS

El día comenzó como los anteriores hasta que llegué a mi puesto. Mika no apareció y estuve sola toda la mañana. A la hora del descanso me extrañó que Karlos tampoco estuviera y fui a la recepción donde estaba Rebeca con su amplia sonrisa y su moño apretado.

—¡Sara! ¿En qué puedo ayudarte?

—Mika no ha venido. ¿Tú sabes por qué?

—Está enferma, pero no debes preocuparte. Los médicos dicen que tiene un virus de por aquí similar a la gripe. Ya ha habido otros casos.

—¿Podría ir ahora a visitarla o tengo que esperar a que termine la jornada?

—No está en su casa, la trasladaron anoche aquí. Está bien atendida.

—Entonces, ¿dónde está? Me gustaría verla.

—Aunque no es grave está débil y, como la gripe, es contagioso. Necesita descanso y no tendrá visitas de momento. Pero puedes preguntarme siempre que quieras, cuando haya algún cambio lo sabré —dijo.

—Y cuando se la pueda visitar, también.

—Claro. —Miró a los lados, se acercó a mí y me susurró al oído—. Hay que pasar un reconocimiento muy exhaustivo para visitar a un enfermo porque un exceso de contaminación o un simple catarro podría causar complicaciones. Te aconsejo que esperes a que le den el alta. Prometo mantenerte informada. —Volvió a ponerse tan recta como siempre.

—Está bien. Gracias.

Me iba a marchar cuando vi a dos soldados con Karlos. Al llegar cerca del fichador le dieron un empujón.

—Limítate a hacer tu trabajo y no tendrás problemas.

Karlos levantó la cara y, después de sacudirse la ropa para quitarse un polvo imaginario, se marchó. Rebeca se acercó de nuevo a mí.

—Este tipejo sí que es raro —susurró—. Yo diría que está enamorado de Mika, pero no tiene nada que hacer.

Luego volvió a su postura de maniquí y me guiñó un ojo. A pesar de que su comentario me sentó mal no le dije nada y evité correr hasta girar en el pasillo para que no me viera hablar con él.

—¡Karlos! ¡Espera!

—Hola, Sara.

—¿Qué te ha pasado?

—No me dejan ver a Mika.

—Rebeca, la chica de recepción, me ha dicho lo que le ocurre —le expliqué—. También me ha contado que no se puede visitar a un enfermo así como así. Vas a tener que esperar.

—No puedo esperar, está sola. Tú no lo entiendes.

Se me llenaron los ojos de lágrimas de pena que conseguí sujetar hasta que subieron las de rabia.

—Perdona, Sara. No quise decir eso. Es que…

—Es que, ¿qué?

—No sabría cómo explicártelo.

—Tampoco hace falta. Si te enteras de algún cambio, avísame —dije mientras me marchaba.

—Por supuesto. Pero, Sara...

—¿Qué?

—No te enfades.

—No estoy enfadada. Tengo que irme.

Me fui con las mismas ganas de tirarme al suelo a llorar que de gritar mientras pateaba las paredes. Mika debía estar muy enferma para dejarse trasladar al sector Cero y el comentario de Karlos me había dolido. No me apetecía volver al trabajo y pensé en lo que pasaría si no iba a mi puesto, entonces recordé a Mika el día que la conocí y me dijo: «Yo no se lo voy a contar a nadie, ¿y tú?». Me salió una sonrisa y decidí dar un paseo por el jardín, aunque no fuera la hora de descanso quizás estuviera Lyon. De todos modos, sólo el hecho de pasear por allí me haría sentir bien.

Crucé el claro de las mariposas y llegué hasta el lago, estaba igual de tranquilo que la primera vez que lo vi. Más adelante escuché el roce de las hojas en un seto cercano y, después de comprobar que no había ninguna señal que marcara los límites, lo rodeé con la intención de hacerme la encontradiza con Lyon.

Al llegar al otro lado del seto vi un enorme perro negro de pelo corto con la cabeza entre las ramas. Se giró hacia mí mientras masticaba algo con el hocico empapado de sangre. Olisqueó en el aire y se acercó despacio con un gruñido bajo. Pensé que si echaba a correr me alcanzaría enseguida y si me quedaba quieta también me atacaría. Me quedaba la opción de subirme a un árbol y busqué uno cercano por el rabillo del ojo, pero mis piernas no parecían querer moverse y no podía apartar la vista de aquellos dientes afilados. Me empezaron a rodar gotas gruesas por la espalda, agarré el arbusto que tenía detrás y sólo conseguí susurrar: «No, por favor». Frente a mí y sin dejar de mirarme, el perro daba pasos cortos de izquierda a derecha, como si no terminara de decidir por dónde atacar. De repente se paró y, sin dejar de gruñir y babear, saltó sobre mí. Crucé las manos sobre mi cara y grité sin parar con los ojos cerrados hasta que escuché una voz y los abrí. Lyon me sujetaba los brazos con cara de preocupación.

—Sara, ¿estás bien?

—¡El perro! —grité muerta de miedo.

—Tranquila. Ya pasó todo. —Me rodeó con sus brazos y salimos del arbusto—. He llegado a tiempo. Ya no te puede hacer daño.

Me dio un escalofrío cuando lo vi tendido en el suelo con temblores y sobre la hierba empapada de la sangre que salía de su cabeza. De pronto todo se volvió borroso y me desmayé.

Cuando abrí los ojos estaba tumbada en una cama. Las sábanas, el techo y las paredes eran de color blanco y olía a desinfectante. Alguien me cogió la mano y me giré.

—¡Qué bien que ya te hayas despertado! —dijo Raquel con una sonrisa.

—¿Dónde estoy? —pregunté mientras intentaba incorporarme.

—No te levantes. El médico ha dicho que estás bien, pero necesitas reposo. Has tenido que pasar mucho miedo. Menos mal que estaba Lyon. ¡Es tan fuerte y tan guapo! Voy a avisar de que te has despertado.

Aún me sentía algo mareada, así es que le hice caso y me quedé tumbada. Enseguida apareció con un hombre de bata también blanca, pelo negro y ojos hundidos que se dirigió hacia mí muy serio.

—Sólo ha sido una conmoción. Has tenido suerte, si el perro te llega a atacar no lo habrías contado. ¿Se puede saber qué hacías en los límites donde se encuentran estas bestias? ¿Es que no te ha quedado claro que no hay que acercarse a ellos? Son muy peligrosos.

—Yo sólo paseaba por el jardín. Él estaba fuera de sus límites —protesté.

—Sus límites están bien claros, niña.

—Vi que estaba herido. ¿Qué le ha pasado?

—Ha habido que sacrificarle, quedó mal herido por salvarte a ti. Una pena, era uno de los mejores. La próxima vez no te alejes tanto.

Después de hacerme un breve reconocimiento dijo que me podía marchar a casa y dejó una pastilla, que no pensaba tomarme, por si no podía dormir. Pidió a Raquel que me ayudara para incorporarme despacio y se marchó gruñendo un adiós cuando ya estaba de espaldas.

—Gracias por quedarte conmigo —dije mientras me acercaba el mono.

—Cuando te trajo Lyon los médicos preguntaron por tu familia y, como nadie contestaba, entré contigo para que no estuvieras sola cuando despertaras. ¿Dónde están tus padres? —preguntó con tono bajo.

Se me secó la garganta de golpe.

—Estoy sola.

—Pues cuenta conmigo para lo que quieras.

Nos quedamos mirando sin saber qué decir hasta que saltó como si hubiera recibido una descarga y me dio un beso y un abrazo. Luego me sujetó hasta asegurarse de que podía andar sin ayuda y salimos de la enfermería.

—No hace falta que te vayas. Tengo permiso para estar todo el día contigo y te puedes quedar aquí, en mi celda hay sitio de sobra.

—Gracias, Raquel, de verdad, pero me apetece tumbarme en mi sofá.

—Prométeme que si notas cualquier cosa pulsarás el botón rojo para que vayan a por ti —dijo con el meñique levantado.

—Te lo prometo.

Enganché mi meñique con el suyo y nos reímos. Los soltamos y nos dimos otro abrazo.

Fuimos hasta el vestuario. Como pude cambiarme de ropa sin ayuda no insistió más para que me quedara. En el fichador le di de nuevo las gracias y me marché a casa.

Por el camino pensé en Mika. Con lo que odiaba el sector Cero debía encontrarse muy mal para avisar, y si no hubiera estado enferma me habría evitado el encuentro con el perro, era como si todo lo que me pasara estuviera relacionado con ella y, a pesar de que las normas nos separaban, sentía que estábamos más unidas, aunque me resultaba raro que fuera ella la que estuviera en el sector Cero y yo continuara en mi barrio y no al revés.

No tenía hambre ni sueño y tampoco fuerza para dar un paseo, así es que me tumbé en el sofá, pero cada vez que conseguía dormir el perro me atacaba en casa, en los tanques de lana, en el Oasis Seco… hasta que entró Ian desde el sótano. Venía cubierto de arena y con cara de haber perdido su último trozo de queso, apenas había avanzado con el túnel y comenzaba a pensar que todo era una obsesión suya.

Cuando le conté lo sucedido con el perro se puso muy raro. Dijo que un perro no atacaba sin motivo y se frotó las sienes como hacía siempre que sentía que le llegaba un recuerdo, pero no del todo, y le provocaba dolor de cabeza.

—Lo mejor es dejarlo por hoy —le dije.

—Estoy de acuerdo. Pero tú no hagas nada. Te has debido de llevar una gran impresión y necesitas descansar.

Se quedó conmigo en el salón. A pesar de estar solos, Ian corrió todas las cortinas para que nadie le pudiera ver desde fuera y, aun así, intentaba no pasar delante de las ventanas. Luego se encargó de preparar la cena y nos fuimos pronto a descansar.

Tuve otra pesadilla, me desperté y vi a Ian sentado en el suelo. No sabría decir si estaba dormido o despierto porque no dijo nada, pero agradecí su compañía igualmente y me dormí hasta que una nueva pesadilla me despertó y no le vi, así es que bajé al salón, pero como tampoco estaba allí fui al sótano, no me apetecía estar sola.

Cuando vi los tablones y la estantería sobre el túnel y el sótano vacío comencé a preocuparme. Subí de nuevo y coincidió que entramos al salón cada uno por una puerta. Yo grité y él, al escucharme, volvió al pasillo.

—¿De dónde sales? —pregunté con la mano en el corazón.

—Tienes que dejar de gritar —dijo cuando entró de nuevo—. He ido a buscar unas hierbas para prepararte una infusión que te ayudará a dormir tranquila. Acuéstate y ahora te la subo.

—Prefiero esperar aquí contigo.

—Como quieras.

Me senté en la mesa y balanceé los pies. Me gustaba mucho Ian y se había convertido en una especie de hermano mayor. Por un lado, deseaba que recuperara la memoria para que dejara de tener esos dolores de cabeza y me enseñara todo lo que sabía, pero, por otro lado, pensaba que en cuanto recuperara la memoria tendría cosas más importantes que hacer y seguro que se marchaba de mi lado.

—Aquí tienes —dijo—. Tómala lo más caliente que puedas.

Bajé de la mesa y cogí la taza. Olía parecido a la manzanilla que me preparaba mamá cuando me dolía la tripa y, a pesar de que estaba caliente, noté un sabor amargo. Cuando me la terminé Ian me acompañó hasta la cama, me dio un beso en la frente y se quedó a mi lado. No sé si fue por la infusión, su compañía, el cansancio o todo, pero dormí toda la noche sin más pesadillas.

Por primera vez, cuando me desperté, Ian estaba en casa. Se había quedado dormido sentado en el suelo con la cabeza apoyada en mi cama. Me moví despacio, pero, en cuanto puse los pies en el suelo, se despertó sobresaltado y me asustó. Los dos nos reímos.

—¿Has descansado?

—Sí, pero tú has debido de dormir fatal.

—Lo importante es que estés recuperada, yo puedo descansar a lo largo del día.

—Ya se me ha pasado el susto. Ahora lo que necesito es una ducha.

—Te sentará bien. Mientras, voy a preparar el desayuno. Tengo hambre.

Cuando estuve lista y bajé había preparado un zumo con frutas que recogió por la noche. Él, como siempre, tomó queso y gelatina. Aunque yo apenas lo probaba, a ese ritmo tendría que ir a por más en breve.

Me encontraba muy bien y, a pesar de sus protestas, me marché al sector Cero. En cuanto llegué a la recepción Rebeca me acosó a preguntas. Por lo visto todo el sector

Cero se había enterado de lo sucedido y, como me fui a casa, no tenía informes a los que acceder ni nadie a quien preguntar y eso le había creado ansiedad, pero como ya estaba allí y estaba bien, se sentía más tranquila. También dijo que se alegraba de verme.

Cuando le pregunté por Mika llamó para informarse. Le dijeron que evolucionaba bien y tardaría poco en recuperarse, pero aún no eran recomendables la visitas. Le di las gracias y fui a cambiarme.

La mañana fue muy aburrida, sin Mika no tenía nada de emocionante contar para lanzar las bombas de color a los tanques.

A la hora del descanso busqué a Karlos y, como no le encontré, pensé en acercarme más tarde a recepción y preguntar por él. Tampoco vi a Raquel, así es que me acerqué al jardín, podría estar allí y también podría estar Lyon. Caminé hasta el lago y decidí no alejarme más, aunque estaba segura de no haber traspasado los límites el día anterior. No llevaba pan y me senté en el borde para intentar ver a los peces en el fondo. No era fácil porque mi reflejo siempre se ponía delante. Estaba tan concentrada que no escuché los pasos detrás de mí.

—¡Pero si es la mosquita muerta! —dijo una voz.

Me giré y vi a Pru con las manos en las caderas. En su cara de terciopelo tenía dos cucarachas que echaban chispas. Aunque me levanté rápido recibí de sus amigas un par de empujones en el hombro. Preferí no hablar. Tenía la sensación de que, dijera lo que dijese, le iba a sentar mal y, de todos modos, tampoco sabía qué decir.

—Será mejor que te alejes de Lyon o lamentarás que aquel perro no acabase contigo.

Me miraba con una ceja arqueada y la boca torcida. Mientras dudaba entre quedarme ahí hasta que se fueran o darles la espalda y marcharme dos de sus amigas me cogieron por sorpresa de los brazos y me lanzaron al lago. Ellas se marcharon y yo me quedé sentada en el agua hasta que dejé de escuchar sus risas.

Salí con tanto fuego en el estómago que debería haberme secado. Me vino a la cabeza el día que llegué al sector Cero y, después de pringarnos de verde y azul, Mika me dijo: «Eres demasiado confiada. Hay que estar más atenta». Un ladrido lejano me recordó al día anterior y corrí tan deprisa que no vi a Lyon y choqué con él.

—¿Qué te ha pasado? —preguntó.

Aunque se tapó la boca con la mano le vi reírse.

—Quiero irme. Se escuchan ladridos.

—Tranquila, por aquí no hay perros. Sólo me he cruzado con Pru y sus amigas —dijo mientras pasaba su brazo por mis hombros.

—¿Qué tienes que ver con ella? —pregunté a la vez que apartaba su brazo.

—Nos conocemos desde pequeños. Mis padres y los suyos ya eran muy amigos en la Tierra y hemos crecido juntos. Se podría decir que somos como hermanos.

—Pues tu querida hermana y sus amigas me han tirado al lago.

—¿En serio? —Rio—. Habrá sido una broma.

—Te puedo asegurar que no.

—Entonces, ¿por qué te iban a tirar al lago si no? —dijo con los brazos cruzados sin dejar de mirarme de arriba abajo.

—Da igual. Lo único que quiero es secarme.

No dije nada durante la vuelta. No me apetecía hablar más de Pru. Cuando llegamos buscó a Raquel para que me fuera con ella.

Lyon se marchó para avisar de que llegaríamos tarde y enviarnos a un soldado para que nos acompañara. Yo protesté, pero mi casa estaba fuera del sector Cero y no tenía acceso a las viviendas.

Raquel vivía en el ala oeste. Cuando entramos en el pasillo la pared de la derecha estaba cubierta de hexágonos, parecía un panal gigante. Tenía un ascensor externo para ir a las plantas de arriba y las puertas de entrada estaban cada tres hexágonos. Ella vivía con su familia en la quinta celda de la planta baja.

El soldado se quedó fuera y entramos a un salón donde había un sofá en el que daban ganas de tirarse y saltar. Al otro lado había un pasillo con tres puertas a la izquierda. Al pasar a su lado, Raquel me enseñó las habitaciones. Luego abrió la del fondo y entramos a un amplio baño. Me dio dos toallas y colgó el mono en un panel para que se secara.

—¿Qué te ha ocurrido?

—Pru y sus amigas me han tirado al lago.

—Pero venías con Lyon. No entiendo.

—Me encontré con él después. Se lo he contado, pero está convencido de que me han gastado una broma, y te puedo asegurar que no lo ha sido. Además, me ha dejado claro que tengo que alejarme de Lyon.

—No te dije nada ayer porque te llevaste un buen susto con el perro, pero cuando Lyon apareció contigo en brazos a Pru le dio un ataque de celos.

—¿Son novios?

—Que yo sepa no, ya te dije que intento mantenerme alejada de ese grupo.

—No me extraña.

—Sin embargo, Lyon y sus amigos son muy amables, y él es tan guapo —dijo sonriente.

—¿Te gusta?

—¿A mí? —dijo colorada—. No. Es muy mayor para mí. Tu mono ya está seco. Toma.

Al salir miré hacia el fondo y pensé que si supiera cual era la celda de Mika podría visitarla, pero el soldado me quitó las ganas de preguntar. Le seguimos hasta la salida, nos despedimos hasta la hora de comer y regresamos a nuestros puestos.

Aunque volví a estar sola el tiempo se me pasó más rápido. Cuando llegué al comedor Raquel no estaba en las bandejas. No me dio tiempo a buscarla porque vi entrar a Pru y preferí ir al autoservicio. Fui tan rápido que se me cayeron la bandeja y los cubiertos y, como si tuvieran la capacidad de teletransportarse, Pru y sus amigas aparecieron a mi lado para dedicarme un par de insultos en bajo entre un coro de risas de auténticas brujas.

A pesar del fuego que me subía por el esófago, las ignoré y sonreí a Grace mientras me llenaba el plato, no quería dar un espectáculo, pero pensé que en algún momento sería yo quien la buscaría cuando estuviera a solas para decirle a la cara lo que ahora me tragaba con dificultad. Eso no fue lo que me enseñaron papá y mamá, pero ahora no estaban y no iba a aguantar esta situación todos los días.

Con la bandeja ya completa me giré hacia la mesa donde solía comer con Mika y Karlos y, al verla ocupada por desconocidos, me quedé como si me hubieran apagado hasta que escuché por encima del murmullo mi nombre. Raquel estaba dos mesas más a la derecha y, aunque no estaba sola, fui sin pensármelo dos veces. Sus compañeros habían llegado en el mismo viaje que ella y estaban también en nivel amarillo. Me los presentó a todos y ellos me reconocieron como la chica a la que Lyon había salvado del perro. Tuve la sensación de que el incidente me hacía importante y, cuando intenté comer con la izquierda, todos me imitaron y me dieron las gracias por haber tenido una idea tan buena. Pensé en decirles que era cosa de Mika, pero no quería que hablaran mal de ella y me vino bien sentirme aceptada y a salvo de Pru.

Durante la tarde esperé a que Karlos apareciera de un momento a otro porque tocaba dar informe por si algo no funcionaba bien, pero vino otro chico que no supo decirme dónde estaba.

A la salida me paré en la recepción y hablé con Rebeca.

—¿Sabes algo de Karlos?

—Está en cuarentena.

—¿Tiene lo mismo que Mika?

—No se sabe aún, está en observación. Cuando Mika enfermó se volvió como loco, bueno, ya le viste ayer. El médico dice que es posible que tenga el mismo virus y que su comportamiento se deba a la fiebre y la ausencia de Mika. —Bajó la voz—. Parecía que, en lugar de gripe, hubiera contraído la enfermedad de los animales.

—¿Qué enfermedad?

—Ocurrió en el viaje anterior al tuyo. Los animales domésticos se volvieron violentos. Algo les debió afectar. Por eso no se pueden tener animales como mascotas.

—Vaya. ¿También le puede pasar a las personas?

—Los médicos aseguran que no, pero como este chico es tan rarito…

Me molestó que hablara así de Karlos, pero de nuevo, no sé por qué, no le defendí, y eso me hizo sentir fatal.

—En cualquier caso, los dos están bien atendidos, nos cuidan muy bien. Verás como en unos días ya están de vuelta.

—Gracias.

Me marché a casa hecha un lío. Justo cuando Mika y Karlos estaban enfermos Pru había comenzado a perseguirme y, según Mika, aquí nada pasaba por casualidad. Por otro lado, Raquel me contó que Pru se puso celosa cuando Lyon se presentó conmigo en brazos. Quizás el accidente de su madre hacía que Mika viera cosas que no eran, aunque Ian tenía la misma aversión al sector Cero, pero hasta que no recuperara la memoria no sabría por qué. Lo único que conseguí fue llegar a casa con un terrible dolor de cabeza. Cuando llegó Ian, me encontró medio dormida en el sofá.

—¿Te encuentras bien? Estás algo pálida.

—Sí. He tenido un día muy ajetreado. —No me apetecía contarle el incidente de Pru.

—Es posible que aún no te hayas recuperado del susto de ayer. Hoy nos quedaremos aquí.

—Me parece bien —dije enrollada en la colcha.

Cuando me desperté Ian ya se había duchado, todas las cortinas estaban cerradas y en la mesa olía a zumo, frutos secos y queso. Después de tomarse su gelatina me preparó una infusión como la del día anterior.

—No tienes buena cara —dijo.

—Me encuentro bien, de verdad.

—No sé por qué te has ido hoy, necesitas descansar.

—Sí, me voy a la cama, pero prométeme que no te vas a quedar toda la noche en el suelo como ayer, tú también tienes que descansar.

—Anda, sube.

Me arropó y, con una sonrisa, me dio un beso en la frente. Cerré los ojos y me dormí en seguida. No me desperté en toda la noche y, por primera vez desde que llegué, descansé con la sensación de que estaba en casa.

LA HUIDA

Cuando llegué a la recepción Rebeca me saludó con una sonrisa y el moño más apretado que nunca.

—Sara, tengo una buena noticia. Hoy podrás ver a Mika.

—¿En serio? —grité—. ¿Dónde? ¿Cuándo?

—Aún está débil y no se puede incorporar al trabajo, pero está bien atendida y mejor acompañada. Si te das prisa la verás en la enfermería.

—¡Voy a verla! ¡Gracias, Rebeca!

Me fui tan rápido que no entendí lo que me dijo. Nada más pasar la siguiente puerta choqué con un hombre de una sola ceja que le cruzaba la cara. Le pedí disculpas, pero no me dejó marchar.

—Tú debes ser Sara —dijo con voz cavernosa.

—Sí. Tengo un poco de prisa.

—No te preocupes, vas bien de tiempo aunque tengas que cambiarte. Soy Matt, el encargado del proceso de la lana. Como Mika aún no se puede incorporar he venido para informarte de los colores que debes utilizar hoy para teñir y echarte una mano.

No puede evitar sonreír.

—Muchas gracias, Matt, pero no es necesario, me apaño bastante bien sola.

—Insisto. Una de las premisas del sector Cero es que todos colaboremos y no está bien que una persona haga el trabajo de dos.

Sonó un pitido de su bolsillo y me dijo que esperara. Sacó un intercomunicador, pulsó un botón y los dos escuchamos el mensaje.

—Localice a Sara Krom, no ha pasado el registro de entrada.

Arqueó su única ceja y negó con la cabeza.

—Sara, debes fichar por tu seguridad. Si pensamos que estás aquí y te ocurre algo antes de salir de casa tardaríamos mucho tiempo en darnos cuenta y, en muchas ocasiones, la rapidez es fundamental. Anda, vamos.

—Pero Mika está en la enfermería y quería verla.

—Ahora debes fichar, cambiarte y venir conmigo. Ya tendrás tiempo en el descanso.

Volví a regañadientes al fichador y tuve que poner el dedo tres veces para que me leyera la huella. Después fuimos al vestuario y me esperó en la puerta. Luego llegamos a mi puesto y comenzó a explicarme lo que debía hacer como si fuera mi primer día. Le habría metido dentro de un tanque.

Cuando por fin llegó la hora del descanso dejé solo al encargado y corrí a buscar a Mika. La encontré enseguida en la plaza central. Aunque me extrañó que un chico la llevara de la cintura esa melena sólo podía ser suya. Me puse delante y la vi muy pálida.

—¿Cómo estás? —pregunté.

—Bien —contestó el chico que la acompañaba.

—Tenía muchas ganas de verte.

Su mirada se dirigía hacía algún lugar que sólo ella veía. Cuando puse la mano en su hombro por un momento me pareció que abrió más los ojos, pero debió de ser mi imaginación.

—Tú debes de ser Sara, ¿verdad? —preguntó amable su acompañante.

—¿Cómo lo sabes?

—Mika ha mencionado tu nombre cuando deliraba por la fiebre.

—¿Tú quién eres?

—Perdona, me llamo Nandi —dijo a la vez que me tendía la mano—. Soy amigo de Mika desde que llegamos en el primer viaje, su madre y la mía eran muy amigas. Hacía unas semanas que no nos veíamos porque estoy en las plantaciones, pero en cuanto nos enteramos de que estaba enferma nos ofrecimos a acogerla en nuestra celda para ayudarla en su recuperación.

—¿Puedo hacer algo para ayudar?

—No te preocupes, los médicos la tienen controlada. Además, es muy fuerte, sólo es cuestión de tiempo. Ahora me la llevo de nuevo para que descanse.

Le di un beso y apreté su mano.

—Recupérate pronto, te echo de menos.

La historia de Nandi no me cuadraba. El día que enfermó, Karlos dijo que estaba sola y, desde que llegué, sólo la había visto con él y, aunque no tenía ningún sentido que se inventara la amistad de las madres, en mi cabeza Lilith era como Mika. Entonces caí en la cuenta de que tampoco me habló de Lyon y se conocían. La verdad es que no sabía nada ni de su vida ni del sector Cero, aun así, sentía que habíamos conectado y la echaba de menos.

Antes de regresar a mi puesto fui al cuarto de baño a refrescarme porque no quería llorar. Aún no había cerrado el grifo cuando entró Mika. Me giré para hablarle y me empujó contra la pared, apoyó su cara en la mía y me susurró al oído una palabra: «Vete». Después entró en uno de los servicios. Miré hacia la puerta que se acababa de cerrar sin saber qué hacer y no escuché llegar a Pru.

—¡Quítate de en medio! —gritó.

Me quedé quieta, como cuando el perro estaba a punto de atacarme, y me empujó.

—Deja de mirarme, estúpida.

Se me secó la garganta. Quería encontrarme a solas con ella y aclarar las cosas, pero este no era el mejor momento y preferí salir. Fuera me encontré con Nandi de frente que, al verme, entró al baño y le seguí. Llegué a tiempo de ver a Mika que caía al suelo como si se hubiera desinflado.

—¡Mika! —grité.

—Deprisa, avisa a un médico —dijo Nandi.

Corrí hacia la enfermería y me tropecé por segunda vez con Matt, que no me dejó marchar hasta que le conté lo que había sucedido. Arqueó su ceja, dijo que se encargaba él y volví al cuarto de baño. Mika estaba tendida en el suelo y aunque tenía los ojos cerrados parecía que respiraba con rabia. Nandi le tomó el pulso y me miró con expresión interrogante.

—Matt ha ido a avisar al médico. ¿Cómo está?

—Había empezado a recuperarse y los médicos dijeron que le vendría bien dar un paseo, pero que no debía hacer ningún tipo de esfuerzo. ¿Qué ha sucedido?

—Nada —mentí—. Ni siquiera me miró.

Aunque su gesto era más serio Nandi era tan amable como Lyon, pero después del mensaje de Mika me sentí incómoda.

Enseguida llegó el médico con dos enfermeros y una camilla, le hicieron un breve reconocimiento y se la llevaron a la enfermería para tenerla en observación.

Al ver cómo se la llevaban en la camilla sentí como si se me vaciara el estómago de golpe y con la sensación de que no la volvería a ver me puse a llorar.

La jornada se me hizo eterna. Durante la hora de la comida me quedé en la sala de carga porque no tenía apetito ni ganas de ver a nadie, ni siquiera a Lyon. Cuando por fin sonó la última sirena y me cambié fui a recepción.

—Hola, Rebeca ¿Sabes algo de Mika y de Karlos?

—Menudo susto lo de Mika. Espera, voy a informarme.

Bajó el micro de sus auriculares y llamó sin dejar de mirarme. Tuve la sensación de que pasaron horas hasta que dijo varios síes y colgó.

—Mika se encuentra estable y Karlos continúa en cuarentena y con fiebre dentro del proceso normal. No te preocupes, han sido muy optimistas y dicen que necesitan más descanso. Ya verás como en un par de días están mejor.

—Gracias, Rebeca. Hasta mañana.

—Hasta mañana. Y descansa tú también, no tienes buena cara.

—Lo intentaré.

Camino a casa escuchaba y veía a Mika una y otra vez frente a mí. Me había dicho que me fuera, pero… ¿a dónde iba a ir? ¿Vete del baño porque está Pru? ¿Vete del sector Cero? ¿Vete del planeta?… Pensar me daba dolor de cabeza. Recordé que a Ian le pasaba a menudo y le compadecí.

Cuando llegué la casa estaba vacía, como de costumbre. No me apetecía quedarme allí, necesitaba hacer algo, así es que decidí preparar una merienda para dar un paseo por el Oasis Seco cuando llegara Ian. Cogí el cuchillo con la mano izquierda y me concentré en partir el queso lo más recto posible. De repente entró un olor metálico en el salón seguido de una presencia y me giré despacio con el cuchillo en la mano.

—Perdona si te he asustado —dijo Lyon con las manos levantadas.

—¿Qué haces aquí? —pregunté sin bajar el cuchillo.

—Me he enterado de lo que ha pasado con Mika. Te he buscado por todas partes, pero nadie sabía nada de ti y estaba preocupado.

—Y ¿cómo has entrado?

—Al tocar la puerta para llamar me he dado cuenta de que estaba abierta y me ha extrañado. Sólo quería asegurarme de que estabas bien.

Pensé que la puerta que Ian y yo acordamos dejar abierta era la de atrás, pero, a decir verdad, no conseguía recordar si había cerrado cuando llegué. Me preocupaba más saber qué hacer si aparecía Ian, aunque era un detalle por su parte hacerme una visita iba a ser una situación complicada. La cabeza me daba tantas vueltas que no habría sido capaz de sumar dos y dos.

Lyon bajó los brazos y se acercó.

—Mika se va a poner bien. Según los médicos el virus debilita cuerpo y mente, pero está atendida las veinticuatro horas del día. Algunos han pasado por lo mismo y se han recuperado perfectamente. Sólo es cuestión de tiempo.

Se acercó más, me cogió el cuchillo de la mano, lo dejó en la encimera y me rodeó con sus brazos. Parecía que tenía el hueco perfecto para que encajáramos y, aunque se me puso la piel de gallina, me sentí a gusto. Levantó mi cara y rozó sus labios con los míos. Enseguida vino a mi mente Pru. Si se enteraba de esto me esperaba una buena y me aparté. Él puso las manos en mis mejillas y me miró. Entonces pensé que no tenía por qué saberlo, desde luego yo no se lo iba a contar. Sonreí y nos volvimos a besar. Me sentí como si estuviéramos de nuevo en el claro de las mariposas hasta que me aplastó contra la pared. Empezó a besarme en el cuello y apretarme más de la cuenta. Apenas podía moverme y comencé a sentirme incómoda.

—Lyon, para.

—Lo deseas tanto como yo —dijo sin despegarse.

—Esto no me gusta.

—¿Vas a negar que me has buscado?

Me mordió por el cuello y metió la mano entre mis piernas sin que pudiera apartarle.

—No, para, yo sólo…

—Está bien —me interrumpió—. No pasa nada.

Dio unos pasos hacia atrás y se apartó a un lado. Al principio me sentí pegada a la pared, no sabía qué hacer ni a dónde ir hasta que vi el botón rojo. Respiré hondo e hice un esfuerzo para no mirarle ni agachar la cabeza cuando pasé a su lado. Caminé despacio hacia el botón rojo, pero debió adivinar mis intenciones porque en cuanto extendí el brazo tiró de mí hacia atrás y choqué con la mesa y las sillas. Cuando vi que cogió el cuchillo de la encimera y cortó los cables del interruptor me puse detrás de la mesa para protegerme de él.

—Así podremos hablar tranquilos —dijo.

—Vete, por favor.

—Sara, sólo quiero hablar contigo. Perdona si te he asustado. Mira, dejo aquí el cuchillo, ¿vale? —dijo mientras lo soltaba en el centro de la mesa.

—No quiero hablar, quiero que te vayas.

—Pensaba que te gustaba tanto como tú a mí. Te repito que lo siento.

Sentí que mi cara ardía. Aproveché que intentó acercarse por el lado más largo de la mesa para coger el cuchillo y le apunté con él.

—¿Qué crees que estás haciendo? —dijo entre risas.

—No te acerques más.

—Sólo ha sido un malentendido. No seas cría y suelta eso, que te puedes cortar.

—Vete de mi casa. Mañana informaré de esto.

—De qué, ¿de que te he hecho una visita porque estaba preocupado por ti? Ya he informado yo antes de salir del sector Cero.

Por un momento sentí que me quedaba sin fuerza y que lo mejor era rendirme, pero pensé en Ian. No tardaría mucho en llegar y si conseguía mantenerle así hasta que llegara seríamos dos contra uno. La mesa no era grande, pero lo suficiente ancha para que no me tocara. Seguí apuntándole con el cuchillo y él se movió de un lado a otro de la mesa como cuando papá jugaba conmigo al pillapilla, sólo que esta vez no era divertido.

Estuvimos así hasta que se cansó y volcó la mesa hacia mí. Aunque no me lo esperaba conseguí esquivarla, pero perdí el cuchillo y Lyon me barrió con un pie los tobillos, caí de espaldas y me aplastó contra el suelo con el peso de su cuerpo.

—No ha sido una buena idea —susurró en mi oído.

Mientras intentaba apartarle con la mano derecha, intenté coger con la izquierda el cuchillo. Logré tocar el mango con los dedos y maldije ser baja y diestra. Me revolví todo lo que pude hasta conseguir que Lyon se moviera un poco y pude acercar la mano izquierda al cuchillo. Agarré fuerte el mango y se lo clavé con toda la fuerza y la rabia que pude.

Soltó un grito tan cerca de mi oído que sentí que me perforaba el tímpano. Lyon se giró hacia el muslo del que sobresalía el mango y aproveché para levantarme y salir por la puerta trasera. Mientras huía hacia el desierto en mi cabeza resonaba la voz de Mika una y otra vez: «Vete, vete, vete»...

Dejé de correr cuando llegué al Oasis Seco y me apoyé en la sombra de uno de los árboles petrificados. Los pulmones me ardían, tenía la garganta seca y me picaba como si hubiera tragado arena.

Cuando recuperé la respiración busqué en los últimos árboles una planta de zekhala. Me quité la camiseta, me la enrollé en la mano para no quemarme, partí una rama como me había enseñado Ian y corté dos gruesas hojas. Una me la guardé en la cintura y la otra la exprimí hasta que absorbí la última gota. Aunque la garganta se me aclaró enseguida la cabeza tardó un poco más, pero tenía que hacer algo, y rápido.

Recordé que últimamente Ian estudiaba el terreno por encima de su túnel y, según sus cálculos, pasaba por allí. Sólo tenía que continuar en línea recta y le encontraría. Él sabría qué hacer y dónde escondernos, porque no pensaba regresar.

Rasgué la parte inferior de la camisa y me la enrollé en la cabeza. Después hice láminas todo lo finas que pude con la primera hoja, guardé uno de los juegos de vendas junto a la otra hoja en la cintura, cubrí manos y cara con el otro y me puse en marcha.

De vez en cuando miraba hacia atrás para asegurarme de que nadie me seguía, aunque estaba convencida de que Lyon no se metería en el desierto con un cuchillo clavado en la pierna.

Al recordarlo se me encogió el estómago. No podía entender por qué se había comportado de esa manera. Es cierto que me había gustado desde el principio y tenía la sensación de que yo también le gustaba a él y, a pesar de que era el primer chico al que besaba, sabía que luego vendría algo más, papá y mamá me lo explicaron cuando tenía casi doce años y, después de una pesadilla, entré en su habitación y les encontré desnudos y abrazados en el suelo.

Aunque me pareció muy pronto para que quisiera algo más que un beso, al principio casi no me importó porque paró cuando le pedí que lo hiciera, papá y mamá insistieron en que nunca debía hacer nada que no deseara, pero estaba segura de que había disfrutado cuando intentó cazarme alrededor de la mesa. Fue muy violento y eso no me gustó.

Además, tenía que haber una explicación para que cortara los cables. Si había avisado de su visita en el sector Cero no habría pasado nada si hubiese informado de que estaba allí. Habría cogido el siguiente tren. O no. Pasaban cada media hora y él había llegado casi detrás de mí, así es que tuvo que ir en el mismo que yo, y, entonces, ¿por qué no habló conmigo por el camino? ¡Lo tenía planeado! Pero ¿por qué? Aparté su imagen de mi mente y recordé las advertencias en la nave sobre el desierto. Estaba convencida de que nadie me seguiría y de que Ian ya no debía andar muy lejos.

La arena me hacía caminar despacio y estaba tan concentrada en utilizar mis huellas como guía para hacerlo en línea recta que no vi la montaña de colores que había a la izquierda hasta que paré a quitarme las vendas porque estaban tan tiesas que empezaban a molestarme. Era como si el arcoíris se hubiera caído encima de la montaña; a mamá le habría encantado. Me desvié hacia ella en busca de sombra y de Ian, quizás era eso lo que buscaba.

Cuando estuve a los pies de la montaña me puse vendas nuevas y la escalé. A veces tenía que apoyar las manos para no caerme y se me clavaban en las vendas chinitas de colores.

Pisé amarillo, verde y morado hasta que me encontré con una mancha negra que resultó ser una cueva. En la entrada la roca estaba tan fría que al apoyarme me sentí como cuando en casa abría la nevera en las tardes más calurosas de verano.

Llamé a Ian en la oscuridad varias veces. Nadie contestó. Pensé que podía estar dentro y que le hubiera ocurrido algo, pero no me atrevía a entrar. Entonces me pareció escuchar un ruido. Era como si alguien se arrastrara por el suelo, quizás era él y le volví a llamar.

Por más que abría los ojos no conseguía ver nada, pero tenía que ser él porque no había nadie más en el desierto. Y, de pronto, recordé que Ian me había dicho que había animales, pero que era difícil verlos y me aparté de la entrada. Si estaba allí y le había pasado algo tenía que ayudarle, pero si no era él podía meterme en un lío.

Me giré y vi que se acercaba un enorme lagarto negro con lengua de serpiente que arrastraba la panza por el suelo y ya no pensé más, corrí montaña abajo sin mirar atrás ni siquiera el par de veces que me caí, no había llegado hasta allí para que comieran unos estúpidos lagartos.

Fue fácil retomar el camino porque mis huellas aún seguían en la arena. Las huellas. No había visto las de Ian por ninguna parte. Había comentado que estudiaba la ruta de su túnel por el exterior, pero que sólo iría por allí si no podía continuar con la excavación. Miré hacia las montañas, hacia mis huellas y hacia el frente. Quizás caminaba hacia la nada.

Sentí el aire caliente y me vino a la cabeza la fina arena sobre el suelo de las calles del barrio Amanecer. Ian salía a sus investigaciones temprano y las huellas las habría borrado el viento. Saqué la segunda hoja de mi cintura, la exprimí hasta que salió la última gota y preparé un último juego de vendas. Continuaría hasta encontrarle, seguro que estábamos a punto de cruzarnos.

Los vendajes de zekhala estaban tiesos y tenía los calcetines llenos de arena, ya no sabía si iba en línea recta y no tenía ni idea de cuánto tiempo llevaba en el desierto. Tenía la boca seca y pastosa y repetí en alto lo que decía papá antes de salir a una excursión.

—Sara, hay que prepararse para el camino y prever cualquier contratiempo que pueda surgir según la zona que vas a visitar. Lo que nunca debe faltar en cualquier expedición es agua y algo energético.

Le recordé con un ojo guiñado y un abanico de barritas de chocolate en la mano. Sonreí y pensé que para ser improvisada no lo había hecho mal en mi primera excursión sola, pero necesitaba ver algo más que arena, aunque fuera una lagartija.

Cada vez me hundía más en las dunas y el aire caliente comenzó a bailar con la arena. Delante vi unas colinas con un lago a los pies y un remolino que giraba cada vez más deprisa. Al principio no estaba segura, me froté los ojos y, sí, dentro del remolino había una silueta y parecía la de mamá. Quise correr hacia ella y abrazarla, decirle cuánto la echaba de menos, pero no podía ser porque murió durante el viaje. Ese mismo día vi cómo su cuerpo fue lanzado al espacio y se alejó hasta que dejé de ver el punto en el que se había convertido. Aun así, me acerqué, aunque me daba miedo que desapareciera otra vez necesitaba verla de nuevo.

Cuando estaba algo más cerca me di cuenta de que mi madre tenía el pelo liso y el viento revolvía una melena salvaje que sólo podía ser de Mika. Ella me dijo que me marchara y quizás había salido antes que yo, tenía lógica que nos encontráramos. Pero el maldito viento desdibujó la melena y una voz interior me recordó que Mika estaba enferma y demasiado débil para recorrer este camino. Aun así, allí había alguien que me aguardaba y tanto las colinas como el lago ya estaban próximos.

Me regañé por dejar que el calor me hiciera pensar en tonterías. Por supuesto que no estaban ni Mika ni mamá, la única persona con la que podía encontrarme en el desierto era Ian. Corrí hacia él todo lo que me dejó la arena. Le llamé, pero no me contestó, seguramente la arena y el viento no le dejaban verme ni oírme, pero no importaba, ya casi podía tocarle. De pronto, el viento se llevó el remolino, a Ian y al lago. Me quedé sola frente a las colinas y rodeada de arena.

Por primera vez desde que hui pensé que había sido una locura entrar en el desierto, que Ian no sabía lo que decía y que allí no había nada más que viento, arena y calor. Arrastré los pies sin saber hacia dónde iba. Pensé en volver, pero tampoco sabría cómo hacerlo.

Entre las dunas y la arena distinguí una figura rojiza que me hacía señas con la mano para que fuera hacia allí. Parecía real, pero esta vez no me dejé engañar por las alucinaciones del desierto.

Seguí de nuevo el viento hacia ninguna parte, el aire se hizo más denso y me tapé la nariz porque noté un olor que me recordó el día en que encontré un nido con las cáscaras a medio romper y los pajarillos muertos, aunque allí no había nada más que arena.

De pronto perdí de vista a la figura roja y me encontré rodeada de unas extrañas setas con el pie estrecho y alargado. Aunque parecían de metal no estaban calientes y algo giraba sobre ellas. Entorné los ojos para fijar la vista y averiguar qué era lo que daba vueltas cuando noté una sombra. Levanté la cabeza y di unos pasos hacia atrás.

Tenía delante una gran medusa de piedra que movía sus tentáculos como si nadara en el aire.

Intenté convencerme de que era otra alucinación, pero la arena se desplazaba a su paso. Las piernas se me paralizaron. Caí al suelo de rodillas a pesar de que me había agarrado a una de las setas, los enormes tentáculos se abrieron y me pareció que era tan real como yo.

Por más que tiré de una de las setas para defenderme no conseguí que se moviera. La sombra que proyectaba la medusa sobre mí me pareció un agujero negro en el que desaparecería si no salía de él. Cavé alrededor de la seta, pero parecía no tener fin y seguía igual de recta. Me puse de pie y empujé el maldito tubo con mi cuerpo. Sólo conseguí caer sobre la arena.

Tumbada bocarriba observé cómo la medusa se acercaba cada vez más y los tentáculos blancos se cerraban a mi alrededor. Me agarré a la seta y vi a papá y mamá sonrientes con los brazos extendidos hacia mí. Hacía tanto calor que no me salían lágrimas y la garganta la tenía tan seca que no podía gritar.

Me abracé a la seta y cuando un tentáculo me rodeó por el pecho y tiró de mi pensé que si conseguía no soltarme al final no me comería. Pero la medusa era más fuerte que yo y tiró hasta que consiguió despegarme y me arrastró. Gasté mis últimas fuerzas en dar patadas al aire y separar el tentáculo de mi cuerpo hasta que no pude más. Lo último que vi fueron mis pies arrastrados por la arena y, antes de ser engullida, perdí el conocimiento.

KHALZAN

Khalzan admiró la colocación de los pétalos abiertos, era la rosa blanca más hermosa y perfecta que había crecido jamás. De pronto sonó una alarma de localización en un monitor, alguien había desaparecido en el desierto. Cuando comprobó el microchip y vio que era el de Sara sintió que el corazón le dejó de latir durante un instante.

Revisó la grabación del recorrido desde que salió del sector Cero y vio que llegaba a casa a la hora habitual. Poco después, el microchip de Lyon Mars entraba también y se movieron por la casa durante unos minutos.

El de Sara se marchó hacia el desierto hasta las coordenadas donde había saltado la alarma, a partir de ahí no habían conseguido que los equipos registraran nada. Luego examinó el de Lyon. Había vuelto al sector Cero y se encontraba en la enfermería. Activó el sistema de comunicación y contactó con él a través del monitor de allí.

—¡A sus órdenes, mi general! Me iba a poner en contacto con usted. Ha ocurrido algo.

—¡Explíquese! ¡Ya!

—Hoy he visto a Rosa Blanca en el sector Cero muy afectada por el estado de Rosa Roja y me pareció conveniente hacerle una visita. Estaba peor de lo que imaginé. Me ha atacado con un cuchillo y ha huido.

—¿Por qué no avisó desde allí?

—Cortó el cable del intercomunicador, señor.

—Qué ocurrió —preguntó sin levantar la voz y de forma pausada.

—Comenzó a decir las mismas cosas que Rosa Roja y enloqueció. Salí en su busca, pero las huellas se dirigían hacia el desierto y sabía que no estaba en condiciones de seguirla. Vine lo más rápido que pude para informar. No parecía ella, mi general.

Khalzan cortó la comunicación. Volvió a mirar la rosa y dos gruesas lágrimas recorrieron su cara color aceituna. Si no era pura de alma merecía que el desierto acabara con ella.

Cogió la rosa que hacía unos instantes admiraba y la apretó entre los dedos hasta que todos los pétalos cayeron rotos por el suelo. Después conectó a través del monitor con el oficial de guardia.

—¡A sus órdenes, mi general!

—Confirme fase dos.

—Completada, señor. Sólo queda operativo el almacén del barrio Amanecer. El resto de habitantes se encuentran instalados en el sector Cero. El proceso de la comida será algo lento para evitar efectos secundarios. Según nuestros cálculos se estima que llegará al cien por cien de efectividad a lo sumo en quince días.

—¿Cuándo observaremos los primeros resultados?

—Tras la primera semana.

—¿Y con el reactivo?

—Inmediato, pero podría causar numerosas bajas.

—Bien. Daremos una semana de margen al almacén. Que trasladen todas las existencias en ese tiempo y después que sean incluidos en el programa. ¿Alguna novedad sobre el punto K?

—No hay rastro del científico y los soldados desaparecidos, señor. Es complicado abrir sin que se caiga la montaña encima.

—Bien. A partir de mañana quiero que haya un destacamento dedicado en exclusiva y sin descanso. Preparen el material necesario y destine un correo para llevarles todo lo que necesiten en cualquier momento.

—¡A sus órdenes, mi general!

Khalzan cortó la comunicación, puso de fondo *Lacrimosa*, del Réquiem de Mozart, y recordó las veces que esperó en el río la llegada de Tot con su cántaro. Él lo llenaba y le pedía permiso para cargarlo hasta su aldea. Ella, envuelta en un vestido de algún color chillón, con su cabello negro recogido en una o dos trenzas, siempre sonreía y le permitía que la acompañara.

El día que limpiaron un campo de minas les llevó más tiempo del habitual. Satisfecho por el trabajo realizado se dirigió al río, aunque no pudiera esperar a Tot en la orilla aún estaba a tiempo de encontrarse con ella, cogerle el cántaro y acompañarla. Había decidido dar un paso más y, esa misma tarde, visitar a sus padres, pero el destino tenía otros planes para él.

Hacía mucho calor. En cuanto divisó el río, Tot ya estaba en la orilla con su cántaro en la cabeza. Una larga trenza caía por su hombro derecho y un vestido verde ceñía su delgado cuerpo de mujer. Le hizo señas y cuando ella le vio a lo lejos le dedicó su dulce sonrisa de niña inocente. De pronto sonó una ametralladora y Khalzan, de forma instintiva, se lanzó al suelo sin comprender qué ocurría porque estaban en zona fuera de conflicto. En cuanto levantó la cabeza y sólo vio cuerpos flotando en el río olvidó las pautas de entrenamiento y corrió hacia allí hasta que encontró a su amada.

Cuerpo a tierra, abandonó el camino con ella en brazos, se arrastró entre los arbustos hasta asegurarse de que estaba lejos e intentó reanimarla. Tardó en asimilar que había transportado un cadáver.

Se internó en el desierto con ella en brazos. Con cada paso sentía que un pedazo de su alma se quedaba en la arena. Cuando se encontró vacío de lágrimas y espíritu se paró para cavar con sus manos un enorme agujero y enterrar a la dulce Tot lejos de cualquier rastro humano y sin ninguna marca para que nadie pudiera encontrarla.

Tras cubrirla de nuevo de arena se arrodilló, maldijo a la humanidad y a la vida por arrebatarle sin sentido a las personas a las que quería una y otra vez. Arrancó las insignias del uniforme y las lanzó junto al casco hacia la nada. Después caminó sin rumbo bajo la luz del sol con el único deseo de morir.

OTRO MUNDO

Desperté en una habitación con poca luz y cubierta de cataplasmas. Al quitarme una comprobé que tenía la piel mejor que antes de entrar en el desierto. En cuanto cogí la segunda de entre las sombras salió una mujer de baja estatura y pelo largo, blanco y enmarañado. No entendí nada de lo que dijo, pero me regañaba seguro. A pesar de su aparente fragilidad me sujetó con fuerza por los hombros, volvió a tumbarme y suavizó el tono. Puso su arrugada mano en mi frente unos segundos y me cerró con dos dedos los ojos. Supuse que era su manera de decirme que descansara y le hice caso, lo necesitaba. Antes de que retirara su huesuda mano de mi cara ya me había dormido.

Cuando volví a despertar me quedé tumbada unos minutos. La habitación estaba en silencio, pero ya no tenía cataplasmas y en la mesilla de la derecha de la cama había un cuenco del que salía una columna de humo y un rico olor a caldo. Me incorporé despacio y cuando me acostumbré a la penumbra observé a mi alrededor. Entre las cuatro paredes no había más que la cama y la mesilla. Me costó, pero vi la puerta cerrada. Fijé la vista en el cuenco e intenté situarme. Recordaba la arena, las setas extrañas y la medusa gigante, estaba claro que no me había engullido. Fui más atrás y recordé el ataque de Lyon. Aunque ahora mismo parecía una lejana pesadilla me dio un escalofrío. Quizás la medusa no era real, pero Lyon sí.

Cogí el cuenco y tomé un sorbo. Fue como si mis venas tuvieran pólvora y el caldo la hubiera encendido, además estaba buenísimo. Recordé haber visto a una mujer y supuse que no había sido un sueño y que el caldo era cosa suya.

Cuando lo terminé me sentí con la fuerza suficiente como para cruzar de nuevo el desierto. Coloqué el cuenco en la mesilla y caminé hasta la puerta. Al moverme me di cuenta de que me encontraba bien, pero aún no estaba tan recuperada como había pensado, así es que de momento me conformaría con averiguar dónde estaba.

Salí de la habitación a un pasillo poco iluminado y más puertas iguales que la mía que se perdían a la izquierda en la oscuridad mientras que de la derecha salía algo de luz y olor a caldo. Caminé hacia allí y sonreí ante la idea de que el caldo era como el queso de una trampa para ratones y entré en una amplia cocina donde había un enorme caldero encima de un fuego. De buena gana me habría tomado otro cuenco, pero quería saber dónde me encontraba. Crucé la cocina hasta otra puerta, la abrí despacio y comprobé que era una salida.

Fuera el suelo estaba cubierto de arena fina como en el camino al almacén de Oskar, pero había mucha luz y el cielo era un arcoíris infinito que me recordó a la guarida de los lagartos. Había salido de una gran montaña con puertas y ventanas de la que entraba y salía gente que caminaba de un lado a otro, como si estuviera en la plaza central del sector Cero.

Tuve la sensación de que aquellas personas tenían algo extraño, aunque no conseguía saber qué. Tardé en darme cuenta de que todas tenían el pelo tostado como la arena del desierto y pensé que el mechón blanco era lo de menos, como mi pelo era más oscuro me resultaría imposible pasar desapercibida.

El ladrido de un perro me sacó de mis pensamientos. Me giré con el cuerpo en tensión y una gruesa gota me recorrió la espalda cuando vi una bola de pelo correr hacia mí. Di unos torpes pasos hacia atrás, tropecé y me quedé sentada en el suelo. Sólo me dio tiempo a cruzar los brazos delante de la cara antes de que se me subiera encima.

En cuanto dejé de notar su peso en el estómago me alejé como un cangrejo. El perro tenía la boca abierta y estaba a dos patas porque un chico alto le sujetaba por el pelo de detrás del cuello. Comprobé que estaba bien, aunque cubierta de babas. El chico le susurró algo y el perro se sentó, pero sin dejar de mirarme con la boca abierta y la lengua fuera. Mientras la gente se arremolinaba y murmuraba a mi alrededor el chico se acercó para tenderme la mano. En cuanto estuve de pie el perro se puso a dos patas y me olisqueó con su trufa marrón.

—¡Llévatelo! —grité.

—¿Te asusta Besnik? —preguntó.

El chico volvió a sentar al perro y yo no sabía muy bien qué hacer. No parecía que me fuera a atacar, pero no quería tener sus dientes tan cerca de mí, además, obedecía al chico, que insistió.

—Le gustas a Besnik. Sólo quiere saludarte.

—Prefiero que no lo haga.

El chico de ojos color miel se encogió de hombros y acarició la cabeza del animal. Yo no apartaba la vista del perro, por si acaso, así es que no vi llegar a la mujer del caldo. Con la larga melena recogida en dos trenzas parecía aún más pequeña. No entendí ni una palabra, pero me volvió a regañar y tiró de mí para que entrara de nuevo.

El chico del perro la frenó y, mientras hablaba con ella, me fijé en la gente que estaba a nuestro alrededor sin dejar de mirarnos y hacer comentarios en un idioma que no entendía. Me sentía como en la nave cuando murió mamá, sólo que esta vez no fui a ocultarme a ningún rincón ni bajé la cabeza.

Al devolverles la mirada descubrí a un chico que parecía observarme escondido entre el resto y quise hablar con él cuando me di cuenta de que tenía una larga y rizada melena negra, pero la mujer volvió a tirar de mí y le perdí de vista.

Regresamos a la casa seguidas por el perro y su amo hasta la puerta. El perro se sentó, giró la cabeza hacia un lado y lloriqueó. La mujer le dijo algo al chico mientras señalaba al perro y al final pasamos todos.

Entramos a la cocina y la mujer me sentó en una silla. El chico se presentó, se llamaba Dan, y me dijo que Qamra me cuidaba y que era mejor no enfadarla. No hubo tiempo para más explicaciones, mi enfermera le dio órdenes y Dan puso la mesa mientras el perro se tumbó en un rincón sin dejar de mirarme.

Qamra sirvió un estofado delicioso. Intenté hablar con Dan, pero ella nos obligó a comer en silencio y cada vez que nos mirábamos nos entraba la risa. Eso pareció enfadarla porque acabó por darle a Dan un sonoro cachete.

Después de comer, sin mirarnos para aguantar mejor la risa, Dan recogió la mesa y fregó los platos mientras Qamra se quedó a mi lado sin apartar su vista de mí, con los brazos cruzados sobre el pecho y dando continuos golpecitos en el suelo con la punta de un pie. Por el pelo canoso y los pómulos marcados debía ser ya una anciana, aunque apenas tenía arrugas.

Pasados unos minutos entró un hombre que parecía una montaña de músculos, sólo llevaba un pantalón y un tubo colgado al cuello. Andaba con los brazos separados del cuerpo y las piernas arqueadas, como si le costara moverse, y su cabeza estaba cubierta de gruesas y largas rastas. Las inclinó a modo de saludo y, cuando Qamra le dio permiso, se sentó frente a mí y también me observó fijamente. Cuando por fin terminó, Dan se unió a nosotros, pero se quedó en silencio hasta que la mujer le miró y le hizo una señal con la cabeza.

—¿Cómo te llamas?

—Sara.

—Este es Ciro. ¿Te acuerdas de él?

Moví la cabeza de un lado a otro. No le había visto en mi vida.

—¿Dónde estoy? — pregunté—. ¿Quiénes sois y cómo he llegado hasta aquí?

—Te encuentras en Teine, la tierra bajo el desierto de arena.

Una ciudad con gente, bajo el desierto... Podría ser lo que buscaba Ian. Pero él no estaba allí. Quizás se había perdido en el desierto o había vuelto a casa. Si le conocían podrían explicarme quién era, sólo por eso habría merecido la pena caminar bajo el día eterno. El día eterno. Algo no me cuadraba. Los miré. Miré a la ventana. El día eterno.

—No te creo. ¿Cómo puede ser de día si estamos bajo tierra? —dije un poco más alto.

—Tenemos un sistema con agujeros en la superficie que deja entrar luz y aire sin que se nos caiga la arena encima, por eso es siempre de día fuera de las casas. Unos metros más abajo están tapados con un material con el poro muy fino y, gracias a las corrientes de aire, la arena no se acumula sobre él.

—¿Y el arcoíris?

—Entre el suelo del desierto y la capa que nos protege de la arena hay una cámara de aire frío que condensa el vapor de agua y, como siempre entra luz por los agujeros, tenemos un arcoíris permanente.

—En el desierto no había agujeros —repliqué.

—Es algo más complicado. Desde la superficie se pueden ver, como mucho, remolinos sobre ellos.

Sonaba a Ian y su túnel y recordaba remolinos antes de encontrarme con la medusa. Tenía que ser esta ciudad lo que buscaba. Quizás fuera de aquí y por eso conocía también el planeta y no le gustaba el sector Cero. Y cuando los recuerdos no le terminaban de llegar, además del dolor de cabeza murmuraba en una lengua extraña, aunque su color de pelo era más oscuro, pero tampoco estaba segura y él no quería que le viera nadie, así es que decidí no mencionarle.

—¿Qué hacías en el desierto, Sara? —preguntó Dan.

—Luchar contra una medusa que quería comerme.

Dan se rio mientras los rostros de Qamra y Ciro permanecieron inmutables.

—Las medusas no hacen eso, se alimentan de gases y, además, proporcionan sombra.

—Tú no estabas allí. Esa medusa gigante me cogió con uno de sus tentáculos y me arrastró por la arena para comerme. No sé cómo he llegado hasta aquí.

—No te cogió la medusa, te rescató Ciro. Tenías quemaduras y estabas algo deshidratada, pero Qamra se ha encargado de curarte.

La mujer descruzó los brazos para meterse la mano en el bolsillo y poner sobre la mesa unos pétalos azules como los que me dio Ian, después volvió a cruzar los brazos sin dejar de mirarme. Tragué saliva.

—¿De dónde los has sacado? —preguntó Dan.

—De mi casa.

—Y ¿dónde está tu casa?

—Al otro lado del desierto. —Y del espacio, pensé.

—Allí no crece esta planta. ¿De dónde los has sacado?

—Ya te lo he dicho. Estaban encima de una mesa.

Los tres me miraban en silencio. Todo pareció irreal a mi alrededor, como si fuera un sueño del que en cualquier momento despertaría en casa, en la Tierra, al lado de mamá, se lo contaría y ella me abrazaría y encontraría la manera de consolarme, pero por más que pestañeaba aquellos desconocidos seguían ahí, bajo el desierto al que llegué por huir de Lyon, sola... Se me cayeron las lágrimas. Qamra se acercó para cogerme de los brazos, tiró despacio de mí y me abrazó. Al principio me resistí, pero la pena quemaba y lloré en su hombro como si fuera el de mamá. Cuando me separé de ella me ofreció un vaso de agua, bebí un par de sorbos y me llevó hasta la habitación donde desperté para acostarme de nuevo. La anciana me acarició la cara con su huesuda mano, cerró mis ojos y habló con voz dulce hasta que me dormí.

Me desperté de repente y sin saber dónde estaba hasta que me llegó el olor a caldo desde la mesilla. Al sentarme en el borde de la cama para coger el cuenco me pareció escuchar unas pisadas fuera. Antes de terminármelo se abrió la puerta y entró mi enfermera.

—¿Te encuentras mejor? —dijo Dan desde el pasillo.

—Sí, gracias —contesté a Dan con la boca y a la anciana con la cabeza.

—Qamra quiere saber si estás preparada para contarnos tu historia.

Respondí que sí de la misma manera y ella me rodeó con su brazo por la cintura para volver a la cocina. El hombre con rastas y el perro se encontraban en el mismo sitio, como si no se hubieran movido desde que llegaron. Cuando me senté inclinó un poco la cabeza y le respondí con la mano. Tenía la sensación de haber entrado en un bucle y que siempre terminaría sentada en aquella cocina con ellos. La mujer se sentó frente a mí y cuando levantó las manos con las palmas hacia arriba comencé a hablar.

—La Tierra, nuestro planeta, se hizo inhabitable por la contaminación y tuvimos que desplazamos hasta aquí en varios viajes, yo llegué en el último. Fui atacada en mi casa y hui por el desierto.

Dan actuó de intérprete. Ciro permanecía impasible y Qamra asentía con la cabeza. Después fue ella quien habló y Dan tradujo sus preguntas.

—¿Quién te atacó?

—Un hombre.

—¿Por qué?

—No lo sé. No quiero hablar de eso.

—De acuerdo. ¿Tu familia saldrá a buscarte?

—No tengo familia.

—¿Y los demás?

—Supongo que no. —Al menos eso esperaba—. Pensarán que he muerto porque nos aseguraron que no se puede sobrevivir en el desierto.

—Pues estaban equivocados —dijo con una sonrisa.

—Además afirmaron que el planeta estaba deshabitado. Otra equivocación. ¿Hay también una ciudad bajo el hielo?

—El planeta está divido en tres tierras: Fearann Stàball, la tierra en la superficie; Fearann Deighe, la tierra bajo el hielo y la nuestra, Fearann Teine, la tierra bajo el fuego. Todas se dividen en cinco ciudades. Ahora estás en Derman, donde se curan todos los males del cuerpo.

—Es como un hospital.

—Hablas igual que nuestro amigo de tu planeta.

—¿Conocéis a alguien de la Tierra? ¿Dónde está? Pero... Espera. Entonces ya sabíais todo lo que os he contado. ¿Qué queréis de mí?

—Hace tiempo que no sabemos nada de él y, como siempre lleva pétalos de esta flor, hemos pensado que le conocerías y que tú nos podrías dar noticias suyas.

Negué con la cabeza, aunque ahora estaba segura de que era Ian. Todo encajaba. Pero no quería hablar de él, se lo había prometido. Tampoco quería hablar del sector Cero, porque allí no estaban las ciudades que decían. Había pasado algo antes de que llegáramos y seguro que Ian podía explicarnos qué había sucedido. Ciro se levantó, volvió a inclinar sus rastas y se fue.

—Qamra dice que te quedarás aquí hasta que estés recuperada del todo.

—¿Cómo se dice gracias?

—Spas.

—Spas, Qamra.

La anciana sonrió y enseñó una dentadura completa.

—¿Y luego?

—Si mañana te encuentras con fuerza, te enseñaré Teine y cuando estés recuperada podrás quedarte en la ciudad que más te guste.

—Cuéntame cómo son.

—Mañana las verás tú misma —contestó sonriente.

—¿También vamos a ver las medusas?

—¿Quieres?

—La verdad es que no, dan miedo y huelen fatal.

—Es mejor que Ciro no te escuche hablar así. —Dan rio—. Las adora. En su defensa te diré que no son ellas las que huelen mal, es la descomposición de los cuerpos. Se alimentan del metano que desprenden, además, proporcionan oxígeno y sombra.

—Son como los árboles.

—Sí, oasis móviles.

—Los oasis aquí son extraños. —Pensé en mi Oasis Seco—. ¿Cómo pueden vivir con ese calor?

—Tienen una coraza protectora que regeneran cuando se dan sombra entre ellas.

—¡Qué curioso! Y, ¿para qué sirven las setas? Quise coger una para defenderme, pero fue imposible, están muy enterradas.

—Son receptores de agua.

—¿De agua? ¡Si no hay!

—En estado líquido no. En la descomposición también se genera vapor de agua y hay épocas en las que las nubes bajan a ras de suelo, el agua en estado gaseoso se condensa en estos receptores y, ya en estado líquido, se acumula en un estanque a varios metros bajo tierra para que no se vuelva a evaporar.

—¿Y dependéis de esa agua para vivir?

—No, hay ríos y lagos, pero el agua es demasiado valiosa como para desaprovechar cualquier fuente, ¿no crees?

—Desde luego. Uno de nuestros grandes problemas fue la contaminación del agua que había en la superficie del planeta y dependíamos de las aguas subterráneas.

—Tuvo que ser muy duro.

—Sí.

Miré a un punto fijo y, de forma inconsciente, contuve la respiración y me froté el brazo izquierdo con la mano derecha.

—Bueno, ahora no pienses en eso. Creo que te vendría bien dar un paseo, si Qamra te da permiso, claro.

Con el consentimiento de mi enfermera, caminamos por los alrededores con Besnik detrás y a cierta distancia. Tenía la sensación de estar dentro de alguno de los cuentos que me contaban papá y mamá cuando era pequeña y, en cualquier momento, aparecería un oso con un tambor o un elegante conejo con aire despistado. Dan saludaba a las pocas personas que veía.

—¿Los conoces a todos?

—Tenemos la costumbre de saludarnos, aunque no nos conozcamos.

—¿Cómo se dice hola y adiós? —pregunté.

—*Çawayê* y *genciyê.*

—Çawayê y genciyê —repetí—. Spas.

—Muy bien —dijo— aprendes rápido.

—Gracias. Oye, ¿por qué no hay casi nadie?

—A esta hora preparamos lo necesario para continuar mañana. Después de cenar habrá más gente fuera.

Mientras caminaba repetía en mi mente las palabras que acababa de aprender para saludar a la próxima persona que nos encontráramos. Estaba tan concentrada que no vi venir ni al chico moreno ni al perro, que se interpuso en su camino, y me llevé un buen susto.

—¿Qué ha sucedido en Stàball? ¡Habla!

Besnik le enseñó los dientes y comenzó a gruñir mientras él gritaba desde la distancia que marcaba el perro.

—¡Vete! ¡Déjala en paz! —gritó Dan.

El chico miró al perro y a Dan, me señaló con el índice, murmuró algo que no conseguí entender y se marchó. Dan se giró y me rodeó los hombros.

—¿Quién es? ¿Qué quiere de mí? —pregunté.

—Es de Stàball, la tierra de la superficie. Está nervioso porque no puede volver y lleva aquí un tiempo.

—¿Está atrapado?

—Algo así.

—Como yo.

—No estás atrapada. Puedes marcharte por el desierto cuando quieras.

Dan se rio y, aunque a mí no me hizo gracia, le sonreí mientras pensaba en el chico moreno y por qué me resultaba familiar.

—Es hora de regresar —dijo Dan—. Mañana conocerás Teine. Te advierto que puede resultar difícil elegir ciudad.

—Y ¿qué sucede si eliges una y luego no te gusta?

—Pues te vas a otra.

—¿Así de fácil?

—Hay personas, como Qamra, que les encanta lo que hacen y se dedican toda su vida a lo mismo, pero hay otras que se cansan y cambian. ¿Qué más da lo que hagas? Lo importante es colaborar.

—Pero tendréis que estudiar en algún sitio lo básico, si no ¿cómo vais a tener criterio para elegir una cosa u otra?

—Casi todos comenzamos por hacer lo que nuestros padres, a veces te enganchas y otras prefieres conocer algo diferente.

—Pero alguien te tendrá que enseñar.

—Aprendes con las personas que ya saben. Escuchas, observas y practicas.

—¿Y si te equivocas?

—Te equivocas porque no sabes. Así es como aprendes.

—Ya, pero todos los nuevos irán juntos con alguien que les enseñe al principio lo que tienen que hacer, ¿no?

—Imagina que Qamra ya te ha dado permiso para marcharte de Derman. Si mañana eligieras una ciudad te quedarías allí e irías aprendiendo de todos los que tienes a tu alrededor. Aunque algunos llevarán más tiempo y otros menos, todos te aportarán algo, y tú a ellos, puesto que tu punto de vista puede ser diferente.

—¿Pero no les molestas?

—¡Claro que no! Sería interesante verte aprender, pones más peros que Owen —dijo entre risas.

—¿Quién es Owen?

—Mi amigo de la Tierra, el de los pétalos azules.

Me miró fijamente y decidí callarme porque tuve la sensación de que, si continuaba esa conversación, acabaría por hablar de Ian, y no quería mencionarle.

Cuando entramos Dan preparó una cena a base de frutos secos y frutas que me recordó a las que preparaba Ian. Para terminar, me tomé otro cuenco de caldo. No sé qué llevaba, pero, además de estar buenísimo, parecía que daba vida. Dan volvió a recoger y Qamra me obligó a marcharme a la habitación.

Nada más acostarme escuché de nuevo las pisadas. Era como si alguien montara guardia en la puerta, pero estaba demasiado cansada para levantarme a comprobarlo. Pensé que sería una buena idea vivir allí, no quería volver y encontrarme de nuevo a Lyon. Raquel estaría bien con su familia y Mika era fuerte y se recuperaría, además tenía a Karlos. En cuanto a Ian, estaba segura de que era la persona de la que hablaban y que llegaría pronto, seguro que Qamra podría ayudarle a recordar y todo sería más fácil. De pronto un pensamiento lo borró todo. Si papá y mamá hubieran estado conmigo no habría ocurrido nada de esto. Me encogí en la cama todo lo que pude, apreté las sábanas y cerré los ojos. Unas pocas lágrimas después me quedé dormida.

TEINE

Desperté descansada, como si nunca hubiera cruzado el desierto, y con ganas de conocer la nueva tierra. En cuanto puse un pie en el suelo escuché de nuevo los pasos; estaba segura de que alguien me vigilaba. Salí a la cocina y allí me esperaban Qamra, Dan y el perro. Desayunamos sin hablar para no enfadar a la anciana. Esta vez no sólo pude retirar mi plato, además me tocó fregar. Una vez que estuvimos preparados Qamra puso las manos en las caderas y habló a Dan con cara seria, a mí me sonrió y se despidió con la mano.

Era la primera vez desde que llegué a Hiyoru que era de día de forma natural. Caminamos por las calles de Teine bajo el cielo de arcoíris con Besnik a nuestro lado. Cuando nos salimos del camino Dan me cogió de la mano y antes de que pudiera reaccionar corrimos por un bosque. Quise aflojar la marcha, pero como no bajaba el ritmo me centré en correr todo lo rápido que me dieran las piernas. Nunca pensé que pudiera ir a tanta velocidad, tenía la sensación de poder volar. De pronto, Dan tiró de mí hacia atrás y me sujetó por la cintura. Cuando recuperamos el aliento volvió a cogerme de la mano y caminamos unos pasos hasta el borde de un precipicio. Desde allí se veían unas islas que parecían flotar sobre una bruma densa y pensé que si hubiera podido agitar el paisaje habría llovido purpurina.

—¿Quién vive allí?

—Nadie. ¿Quieres visitar una?

—¿Podemos?

—Claro. Esa de allí es mi favorita —dijo mientras señalaba la tercera a la derecha—. Vamos a ver a un amigo. Nos proporcionará un vehículo para llegar hasta ella.

Volvió a cogerme de la mano y no protesté.

Llegamos a un enorme arco con un martillo grabado en la parte superior. Dentro, rodeada de un camino, había una enorme construcción en forma de rueda en la que, a su vez, parecían apoyarse otras ruedas más pequeñas. Cada una era de un color y todas estaban cubiertas de paneles rectangulares con diferentes tonos. La más grande contenía toda la gama de azul. Dan empujó un panel azul marino y se abrió una puerta. Besnik se quedó fuera.

A través de un largo pasillo iluminado con pequeños puntos fosforescentes llegamos a una puerta que, en cuanto Dan la golpeó con un ritmo específico, se deslizó hacia arriba. Entramos a una sala con tantas máquinas y ruido que preferí caminar detrás de él para no chocarme con nada, tenía miedo de que algo me quemara, cortara o aplastara.

Frenó en seco y yo, contra él. Como mi cabeza llegaba hasta sus hombros tuve que ponerme de puntillas para asomarme y saber por qué no continuábamos. Había alguien sentado en una silla de ruedas. Tenía unas gafas redondas sujetas por una gruesa goma y, a través de ellas, sus ojos se veían enormes. La parte superior de la cabeza estaba sembrada de unos alborotados e incontrolables rizos tostados. Hizo un gesto para que le siguiéramos y pasamos a otra sala en la que, por fin, cesó el ruido al cerrarse la puerta. Dentro, me fijé en que no tenía piernas, su cara era muy colorada y estaba plagada de pecas. Al sonreír, se le vio una dentadura torcida y cubierta de alambres.

Se cogieron los antebrazos y se dijeron algo en su idioma diferente al saludo que había aprendido. Luego Dan le habló mientras él escuchaba y asentía con la cabeza sin dejar de mirarme. Me escondí de nuevo detrás de Dan, pero él me cogió por los hombros para colocarme a su lado y dijo mi nombre.

—Nadir —dijo cuando le señaló a él.

Levanté la mano. Nadir inclinó la cabeza y, sin quitarme ojo, le dijo algo a Dan que le hizo fruncir el ceño mientras él se reía a carcajadas. No sé por qué me puse colorada. Se alejó en su silla de ruedas hasta un mueble y murmuró algo incomprensible mientras revolvía un cajón hasta que encontró lo que buscaba y le dio a Dan una tarjeta. Después, se acercó a mí, me cogió una mano con delicadeza y la rozó con sus labios. De cerca su cara resultaba simpática y le sonreí. Nadir pareció colorearse un poco más y me enseñó todos sus alambres. Al abrir la puerta se marchó la tranquilidad y le dejamos rodeado de sus ruidosas máquinas para regresar por el pasillo que habíamos entrado.

—¿Qué le ha pasado?

—Nació con múltiples problemas de salud y, aunque tenía pocas probabilidades de sobrevivir, en Derman consiguieron que saliera adelante. Le faltan las piernas y lleva muchas prótesis, pero eso no le frena, es un auténtico genio. Imagina una máquina o algo que necesites y Nadir lo fabricará.

—Es impresionante. Tendrá un almacén sólo para los planos.

—¿Planos?

—Sí. Tendrá que dejar escrito en algún sitio cómo lo ha hecho para poder repetirlo.

—Él lo guarda todo en su cabeza y se lo cuenta a los *civînan*, que son quienes se encargan de recopilar todo tipo de información para que cualquiera la pueda leer, ver o escuchar cuantas veces necesite, aunque, como muchos, prefiere investigar sobre lo que tiene delante en ese momento.

—Entonces el resultado no siempre será el mismo.

—A veces sí y otras no. Descubrir es demasiado divertido para que sólo una persona tenga ese privilegio.

—Pero si descubres siempre lo mismo no se avanza.

—Al contrario, hay más descubrimientos. Por ejemplo, fíjate en Nadir. Su verdadera pasión son los vehículos. La mayoría de los que vas a ver ahora los ha diseñado él, ninguno es igual a otro y te puedes desplazar por Teine con cualquiera de ellos. También los hay para llegar hasta Stàball. Ahora trabaja en un motor que pueda recorrer todo el planeta a gran velocidad sin que le afecten ni los cambios de temperatura ni los campos magnéticos.

—Y cuando lo haga, ¿no le contará a nadie cómo lo ha hecho?

—A los civînan y a quien tenga interés. Además, el vehículo siempre estará ahí de modelo y seguro que fabricará varios hasta que construya el definitivo.

—Tendrá que probarlo por todo el planeta.

—Él no sale de su taller. Soy yo quien prueba todos sus prototipos y le informa de los datos que necesita. Formamos equipo: él es un gran inventor y yo, muy buen piloto.

—Entonces conocerás todo el planeta.

—De fuera, sólo lo que cuentan los que vienen. Amo Teine y aún me faltan rincones por explorar. Ya habrá tiempo de conocer otras tierras.

—¿No has salido nunca de Teine?

—No. Tampoco he tenido motivo para hacerlo, aquí tengo todo lo que necesito.

—Pues cuando esté listo ese motor tendrás que salir de aquí para probarlo, ¿no?

—Supongo.

Frunció el ceño como cuando estábamos con Nadir. Parecía igual de molesto.

—Oye, ¿qué te ha dicho antes Nadir? —pregunté.

—¿Cuándo?

—Cuando nos has presentado.

—Nada, tonterías. Ya hemos llegado.

Entramos a un hangar repleto de vehículos. Dan me ayudó a subir a un platillo volante para dos. Se sentó a mi lado, introdujo la tarjeta de Nadir, nos pusimos el cinturón y despegamos.

—¿Cómo es posible que las islas floten?

—Es por los campos magnéticos. Otro problema para los motores y la comunicación.

—¿Y si sucede algo?

—Tranquila. Esta nave está adaptada a ellos. Además, ¿ves? —Me enseñó su reloj—. Mientras esta luz esté verde tenemos conexión con todo Teine.

—Entonces sí hay comunicación.

—Bueno, de momento sí. Es un dispositivo en pruebas y una de sus funciones es mantener la comunicación en todo el territorio. Esa función ya está probada —dijo con una sonrisa—. Mira, esta es la isla.

Se distinguían montículos rojizos cubiertos de vegetación a los pies de una enorme cordillera y sobre su cima dos aves planeaban con sus enormes alas oscuras extendidas.

—¡Son águilas!

—Eso mismo dijo Owen. Aquí se llama orol.

—¡Vaya! ¿Podemos acercarnos?

—Es época de apareamiento y están en pleno cortejo, no conviene enfadarlos.

Los contemplé hasta perderlos de vista mientras que Dan dirigió la nave hasta un claro de la isla y aterrizó. Al bajar noté un olor dulce y un aire suave y cálido. Alrededor había arbustos que parecían estar agrupados por colores. Me recordó al claro de las mariposas y sentí un pinchazo en el estómago. Dan me cogió de la mano y caminamos por las cuevas rojizas.

—Esta es la única isla en la que se forma nieve, allí, en la cima más alta, aunque no ocurre siempre. Debido a la temperatura se derrite enseguida, cae con fuerza y forma los túneles por los que caminamos —me explicó.

Paramos frente a una pared rocosa cubierta de vegetación para refrescarnos con el agua que salía por cuatro chorros. No era como estar en el desierto, pero hacía calor.

Más adelante salimos de las cuevas y continuamos al lado de un río hasta que llegamos a un barranco por el que el agua saltaba.

—Mira hacia abajo.

—¡Un lago violeta! —grité—. ¿Lo podemos ver de cerca?

—¡Claro! Ven, por aquí hay un camino.

Bajamos por un sendero que sólo Dan podía ver. Cuando llegamos me acerqué a la orilla e introduje las manos; estaba fresca. Para mi sorpresa, cuando las saqué en forma de cuenco el agua continuaba violeta.

—Es potable, puedes probarla —dijo con una sonrisa.

Acerqué los labios y di un buen trago. Estaba tan salada que me hizo toser. Intenté mojar a Dan, pero sólo conseguí hacerle reír. Sin parar de toser me puse de rodillas y acabé a cuatro patas. Dan dejó de reírse y se acercó. Comenzó a hacerme preguntas, pero yo sólo tosía. Se puso delante y, cuando se agachó, le empujé con todas mis fuerzas al lago. Al verle empapado y con la boca abierta me empecé a reír, eso me dio más tos y me lloraron los ojos.

—Empate —dijo entre risas—. Volvamos al río, con el agua de allí se te pasará la tos y yo evitaré que me pique el cuerpo todo el día.

Asentí sin parar de toser, más por la risa que por la sal. Me acordé de Ian y la visita al mar. Dan hacía que me sintiera segura y a gusto, como Ian, aunque Ian era como un hermano mayor y Dan era de mi edad, también más guapo... Sacudí la cabeza para quitarme esos pensamientos y le seguí.

Ya en el río nos refrescamos la garganta y el cuerpo. Después nos adentramos en la vegetación hasta llegar a un mirador natural casi al límite de la isla con unas vistas espectaculares. Además de otras islas se veía Teine desde arriba con sus cinco grandes puertas. Era como contemplar una enorme maqueta.

—Aquí tienes la tierra del fuego al completo. Tenemos cinco ciudades. Deighe, la tierra del hielo, y Stàball, la de la superficie, se organizan exactamente igual. Mira, la ciudad de la estrella es Derman, es donde te llevó Ciro, en la montaña de Qamra. Está en el centro para tener buen acceso desde las otras ciudades, es la única que tiene cuatro puertas. Si te fijas, su símbolo también está en ellas.

—Ajá.

—Hay un mineral fluorescente que sólo se encuentra en una de estas islas. Nadir estudia su polaridad para colocarlo en la punta superior de las cinco estrellas y que se mantengan en el aire de una punta a otra. ¿Lo ves?

—Sí. —Lo imaginé como hilos en manos de Mika. Sacudí la cabeza—. ¿De qué ciudad eres tú?

—Mis padres viven en Xwarin, la que tienes justo en frente.

—¿La de la olla en la entrada?

—Sí. Mi padre cuida de las plantaciones y mi madre es cocinera. Lo que comimos ayer lo preparó ella.

—¿Te manda la comida donde estés?

—No. Ella, como todas las personas que cocinan, lo hacen a diario desde muy temprano y luego se distribuye por las cinco ciudades a lo largo del día.

—¿Y si necesitas algo urgente?

—Tienes dos opciones: lo pides o lo haces tú. Por ejemplo, Qamra siempre tiene una olla con un caldo riquísimo que hace ella.

—Sí, todo el mundo debería tomarlo. ¿Y tú a qué te dedicas?

—Mis primeros años estuve entre fogones y sembrados. Aunque visité otras ciudades y aprendí cosas interesantes quise seguir los pasos de mis padres y dedicarme a la alimentación hasta que conocí a Nadir.

—Y te fuiste a vivir a la ciudad de las ruedas.

—Sí. Es Kişif. Ya lo has visto, se fabrica cualquier cosa que necesites o que ellos crean que puede ser útil. Todos son muy buenos, pero Nadir es el mejor. Yo creo que cada prototipo que fabrica lleva un poco de su alma. Consiguió convencerme para que probara sus vehículos, le diera informes sobre los resultados y le contara todo lo que veía de Teine. Bueno, consiguió contagiar también a Owen, que no le gustaba nada pilotar, pero aprendió por Nadir. Decía que, aunque no saliera de su cubículo, su ímpetu llegaría hasta todos los rincones del planeta. Es una pena que haya desaparecido.

—Parece un tipo estupendo —dije.

Estaba segura de que Owen era Ian. Un día desapareció de sus vidas, como papá de las nuestras, y ahora ellos esperan el regreso de Owen y yo el de los dos. Tenía que ser una señal y no perdía la esperanza de volver a reunirme con ellos.

—¿En qué piensas?

—En nada. Es un lío. Entonces, ¿tú vives en Kişif?

—Depende. Normalmente vivimos donde hacemos el trabajo a diario, aunque si hay alguna urgencia en algún lugar quienes podamos ayudar nos desplazamos allí. Siempre hay plato y cama para todo el que aporte lo que pueda en cada momento. Por ejemplo, cuando estoy de pruebas con Nadir vivo allí, en época de recolección estoy en Xwarin como mis padres y ahora estoy en Derman.

—¿Te vas dónde quieras, así, sin más?

—Siempre avisas. Mira. La de la izquierda, la de las manos, es Xuya. Ahí está mi hermana pequeña. Era una niña cuando la visitó por primera vez. Y ese mismo día se instaló allí.

—¿Y tus padres la dejaron?

—Por supuesto. Además, sabían que iba a ocurrir. Cuando acompañaba a mi padre le intentaba convencer para que sembrara en una misma parcela semillas de diferentes frutos de forma que, cuando brotaran, resultara una bonita combinación de colores y a mi madre le pedía que la dejara adornar sus comidas. Tiene unas manos pequeñas, pero rápidas como su mente. Aunque cualquiera que trabaje en Xuya hace maravillas a ella le gusta encargarse de mí y cuando hay alguna ocasión especial me pongo en sus manos. Dice que yo no combino, mezclo.

—A mí me pasa lo mismo.

Los dos nos reímos. Nos miramos y se acercó un poco más. Yo miré al frente y di un paso adelante.

—Y la de atrás, la del arco iris, que está como apartada. ¿Allí qué hacen?

—Es Cande —carraspeó—, donde se preparan celebraciones y entretenimientos. La ciudad más ruidosa con diferencia, incluso más que el taller de Nadir.

—Suena divertido.

—Y lo es. Qamra dice que Xwarin alimenta el cuerpo como Cande, el alma. A mí me encantan los contadores de historias, pero cuando me instalo allí formo parte de un grupo de música.

—¿En serio?

—¿Te gusta la música? —preguntó.

—Me encanta. En casa, en la Tierra, siempre sonaba algo de fondo. A papá le gusta cantar muy alto, y eso que lo hace fatal, no como mamá.

—Vaya, parece que sois tan ruidosos como en Cande.

—Eso era antes.

—¿Ya no escucháis música?

—La contaminación lo cambió todo. Primero fueron las plagas y luego las restricciones. Llegó un momento en que las depuradoras para el agua y el aire necesitaban funcionar todo el día a pesar del ruido, así es que, para evitar la contaminación acústica, entre otras muchas cosas prohibieron reproducir música. Nosotros lo que hicimos fue ponerla baja hasta que un día unos soldados se presentaron en casa porque nos habían denunciado por saltarnos la restricción acústica. Papá discutió con ellos y yo me asusté bastante, pero al final dijeron que sólo querían que se cumpliera la ley ambiental y nos requisaron el equipo y toda la música que teníamos, excepto la que grabamos en una micromemoria. ¿Sabes qué es?

—Creo que sí porque así llamó Owen al dispositivo donde recogió información para Nadir sobre las tres tierras para su motor.

—¿Y tenía dónde conectarla?

—No, pero eso no es un problema para él. Se fabricó un lector. ¿Dónde acabó la música?

—Mamá consiguió colarla en la nave y la trajimos con nosotras, aunque no tengo dónde escucharla. Lo grabó papá. Tiene todos los estilos de música y hay canciones muy divertidas.

—Me encantaría escucharla. ¿La tienes aquí?

—No. No cogí nada cuando me fui. Salí corriendo.

—Llevabas los pétalos contigo.

—Porque siempre los llevo encima.

—Igual que Owen. ¿Seguro que no le conoces?

—Seguro. Ya te dije que estaban en la mesa —dije mientras golpeaba mis pulgares—. Quizás fue él quien los dejó ahí.

—Quizás. Oye, dijiste que no tenías familia. ¿Dónde están tus padres?

—Mamá murió en el viaje.

—Lo siento.

Nos quedamos en silencio. Él me miraba a mí y yo, la hierba de entre mis pies.

Ya me atrevía a decir en alto que mamá no estaba, pero lo de papá era diferente. Levanté la cabeza y vi volar algo a lo lejos que pareció desaparecer al final de Teine. Di unos pasos hacia adelante.

—He visto algo —dije con el dedo índice extendido.

Dan se acercó y miró hacia donde señalaba.

—No veo nada.

—¡Mira! ¡Ahí está otra vez! ¿Lo ves?

—¡Ah! Es la nave que va a Sgudal.

—¿Sgudal? ¿Qué hay allí?

—Es la isla vertedero, sólo hay desperdicios. Esa nave recorre una ciudad para la recogida de basura y la suelta allí, luego va a otra, la recorre, y vuelve a descargar. Así por las cinco ciudades. Hace el mismo trayecto sin parar.

—Y nunca tenéis basura. ¡Qué bien! Pero tiene que ser aburridísimo para el piloto.

—No, no lleva, está programada. Entra directa al pozo, descarga y sale por el mismo sitio. ¿Ves? Justo por allí. Así no se puede chocar con nada.

—Llegará un momento que no entre más basura. Qué haréis, ¿la llevaréis a otra isla?

—Eso no ha ocurrido nunca. Además, la gente de allí se encargaría de ella.

—¿Echáis basura donde vive otra gente? —pregunté sorprendida.

—No. Vivimos entre las cinco ciudades. Cuando alguien no quiere colaborar en ninguna ciudad acaba en Sgudal.

—Es un castigo.

—Nuestro modo de vida se basa en la cooperación. Tú eliges dónde y cómo hacerlo. Si decides no cooperar eliges Sgudal.

—Comprendo, pero vivir con la basura no creo que les haga cambiar de idea.

—No lo comprendes. La gente que está allí no tiene interés en salir. Luchan entre ellos por ocupar un territorio, comida o lo que se les ocurra. El que es tu aliado hoy se puede convertir en tu enemigo mañana. No les importa nada ni nadie.

—Cómo sabéis todo eso si los abandonáis allí.

—Antes el recorrido se hacía con voluntarios en la nave. En uno de los viajes la atacaron y cogieron a uno de ellos. Los otros dos lograron encerrarse en la cabina de mando y escapar. Desde arriba buscaron a su compañero y vieron cómo se peleaban entre ellos como los animales salvajes cuando se disputan una presa. Los ganadores lanzaron a los perdedores al pozo.

Dan hizo una pausa. Tenía curiosidad por saber qué ocurrió, pero por su seriedad tuve la impresión de que no me iba a gustar.

—El pozo es donde se descarga la basura, ¿no?

—Sí. En realidad, es una colonia de bacterias capaz de desintegrar en minutos cosas que tardarían años en descomponerse. A su vuelta contaron que fue como si se los tragaran unas arenas movedizas. No dejaron de escuchar los gritos hasta que la nave salió de la isla.

—¿Qué fue del voluntario?

—Se sobrevoló la isla, pero no le encontraron. Desde ese momento se decidió que nadie más volvería a Sgudal si no era para quedarse.

—¿Nadie vuelve?

—Ellos no quieren volver y nadie quiere que vuelvan.

—¿Nunca? —insistí.

—Nunca.

—Quizás deberíais darles una segunda oportunidad.

—Sólo se importan ellos y allí tienen lo que desean.

—¡Vaya! Igual no sois tan perfectos como parecía —dije de brazos cruzados.

—No somos perfectos, sí equilibrados.

—Apartar a la gente no me parece muy equilibrado.

—Se apartan ellos en el momento en el que no quieren colaborar. Al final en Sgudal viven a su aire y colaboran, encuentran su cometido.

—No encuentran nada, se les obliga a hacer lo que nadie quiere. ¡Sois lo peor!

Cerré los puños y me giré para que Dan no me viera llorar.

—Sara, ¿qué te ocurre?

Intentó poner las manos en mis hombros tres veces y se las aparté de un manotazo.

—¡Déjame! ¡No te acerques!

Por mi cabeza pasaron las imágenes del río cubierto de suciedad, el aire denso y sus motas irrespirables, el cielo gris, las plagas de insectos, el último día que vi a papá salir de casa, cómo sacaron el cuerpo de mi vecina tapado, el de mamá expulsado al espacio… Le di patadas al suelo y grité.

—Sara, déjame ayudarte.

—No puedes. No lo entiendes.

Me tiré al suelo y di puñetazos hasta que me dolieron las manos. Dan se sentó a mi lado en silencio y cuando paré me dio un abrazo. Esta vez no me resistí y, apoyada en su hombro, solté las últimas lágrimas que me quedaban mientras él acariciaba mi pelo. No quería mirarle, me daba vergüenza. Despegué el pelo de mi cara y suspiré todo lo hondo que pude.

—No hay nada —dije.

—¿A qué te refieres?

—No sé qué ha sucedido, pero cuando llegué a Hiyoru sólo había dos barrios en los límites y un gran edificio blanco al que llamamos sector Cero. Primero destruimos la Tierra y luego, Stàball. Lo siento.

Aunque no dejó de abrazarme noté que su cuerpo se tensó.

—¿Por qué no dijiste nada antes?

—No sé. Miedo, supongo. ¿Qué va a pasar?

—Convocaré una asamblea para informar de esto. A su llegada, Kenzo nos dijo que Owen le aseguró que corríamos peligro si tu gente nos descubría y trazaron un plan para protegernos, pero tuvieron problemas con algunos soldados y lo cambiaron sobre la marcha. Al final consiguieron sellar la entrada que comunicaba las tres tierras y, desde entonces, le esperamos para que nos explique qué sucede, aunque a veces pienso que nunca va a regresar.

—¿Quién es Kenzo? —pregunté.

—El chico que nos cruzamos ayer. Mañana, en la asamblea, contarás lo que me has dicho y tomaremos una decisión. Hasta entonces conviene que él no lo sepa. Es un experto en explosivos y es capaz de hacer saltar por los aires el desierto para llegar a Stàball y buscar a su gente.

—Ahora entiendo por qué me persigue.

—No tienes que preocuparte por él, es nervioso, pero inofensivo. Es hora de volver.

Dan marcó algo en su reloj, nos levantamos y regresamos en la nave al hangar. Esta vez no vimos a

Nadir, dejó la tarjeta en un buzón y cogió dos cascos de un armario. Me dio uno y arrancó una moto sin ruedas.

—¿Es tuya?

—¿Mía? Todo es de todos. La utiliza quien la necesita.

—Pero esta la has arrancado sin llave y para la otra Nadir te dio una.

—Lo que introduje no fue una llave, sino un receptor de campos magnéticos. Nadir necesita un mapa magnético para que el motor de su prototipo se ajuste de forma automática a los cambios.

—¡Ah!

—Anda, ponte el casco y sube.

Salimos despacio. Fuera, Dan se quedó quieto mientras Besnik saltaba a nuestro alrededor. Cuando por fin se sentó a su lado con la boca abierta y la lengua fuera, le habló. El perro cerró la boca, movió la cabeza de un lado a otro y levantó las orejas como si le escuchara muy atento. Por primera vez me fijé en él con detalle. Su pelo también era tostado y se degradaba hasta volverse blanco en la panza y las pezuñas, me pareció precioso. Dan le dio dos palmadas en la cabeza y Besnik respondió con un par de ladridos. Nos marchamos en la moto y el perro corrió detrás.

No fuimos por el bosque. Me di cuenta de que cambiábamos de ciudad cuando cruzamos la puerta de la gran olla y no la estrella de Derman.

Llegamos a una gran casa circular de una planta y varias chimeneas con una puerta por la que habría entrado un camión. Aparcamos al otro lado y entramos por una puerta más pequeña hasta una de las cocinas donde había una mujer con dos gruesas trenzas y apariencia de hada. Cocinaba en tres fuegos a la vez mientras canturreaba una musiquilla alegre hasta que de pronto se quedó quieta y en silencio. Cuando se dio la vuelta y vio a Dan corrió a darle un abrazo. Después le dijo algo a Besnik con un dedo acusador y el perro se tumbó en una esquina. Los dos rieron. Habló sin parar hasta que Dan la frenó y nos presentó. Supuse que le habló de mí porque mientras le escuchaba asentía sin dejar de mirarme y sonreír. Luego debió contar lo de Stàball porque frunció el ceño y movió la cabeza de un lado a otro. Sentí cómo me hacía más pequeña que ella.

—Voy a buscar a mi padre. Vengo enseguida.

—¿Y yo qué hago?

—Puedes poner la mesa para los dos, ellos ya han comido. Mi madre te dirá dónde están las cosas. Hasta ahora.

Seguí las indicaciones de Mel y preparé la mesa sin prisa. Exprimió unos frutos rojos, llenó un vaso con zumo y lo puso en la mesa. Luego me indicó por señas que me sentara.

—Spas —dije.

La cocinera sonrió y volvió al trabajo con su canturreo, aunque de vez en cuando, me miraba por el rabillo del ojo. El zumo estaba buenísimo. Me lo tomé con calma para saborearlo y, de paso, hacer tiempo. Cuando Mel terminó de cocinar lo que tenía en los fuegos, lo preparó en recipientes, tocó un timbre y, desde otra puerta, dos hombres del mismo color de pelo entraron con un gran carro a por ellos. En cuanto se fueron, volvió a ocupar los tres fuegos.

Después de beberme el zumo y contar las flores que adornaban las paredes ya no sabía cómo ponerme y cuando resoplé sin darme cuenta Mel se giró hacia mí y me puse colorada. La madre de Dan llamó a Besnik y le dijo algo, luego me levantó, nombró a Dan y me empujó con suavidad hacia la puerta.

—¿Me llevas con Dan? —pregunté al perro.

Tomé como un sí el ladrido, salió al trote y le seguí. Detrás de él veía la cola peluda que se movía de un lado a otro y me acordé de la coleta de Raquel.

Llegamos a un porche con una escalera y me apoyé en la barandilla. Había una plantación más grande que la del sector Cero. En cada parcela había una planta diferente. Era como un enorme cajón ordenado a base de cajitas. Besnik dio un ladrido y le seguí por las escaleras.

En la segunda parcela de la derecha dos hombres sin camiseta hacían surcos en la tierra. De espaldas eran iguales, excepto por un detalle, Dan tenía tatuado un árbol que le ocupaba la espalda. Daba la sensación de que caminaba y me recordó al tatuaje que me enseñó Ian en el mar porque también parecía moverse. El ladrido de Besnik juntó las miradas de los tres y, al ver a su padre, supe cómo sería Dan dentro de unos años.

—¡El último surco y nos vamos! —gritó Dan.

Con Besnik a mi lado esperé a que terminaran. Trabajaban al mismo ritmo, como dos clones. Volví a fijarme en su espalda. Sin camiseta se le veía fuerte en lugar de delgado y noté que me ponía colorada. Bajé la cabeza y me entretuve en contar los surcos de la plantación hasta que llegaron.

—Ya está —dijo Dan con el antebrazo en la frente—. Este es mi padre.

—Çawaye —dije con la mano levantada.

—Çawaye —contestó con una sonrisa.

—Perdona por haberte hecho esperar, pero si le ayudaba lo dejábamos terminado. Es el momento para plantar semillas de ata porque darán su fruto en ocho meses, que es el tiempo que pueden tener almacenados los que ya recogieron, se utiliza mucho para cocinar.

—¿Se cultiva para las cinco ciudades?

—Sí, de aquí salen casi todas las plantas para alimento y medicina. En las primeras parcelas se planta lo mismo que en las otras tierras y las de atrás son las propias de Teine. Luego están los pastos y las minas.

—Es aún mayor de lo que parecía desde la isla.

—Sí, es una gran tierra. Vamos. Ya has esperado bastante y mi madre habrá terminado de preparar la comida.

Volvimos los cuatro a la cocina. Besnik ocupó su rincón y Dan y yo nos sentamos a comer. Estaba todo buenísimo. Dan me dijo que habló con sus padres de la última cosecha. Su madre, de vez en cuando me miraba de reojo y su padre, cuando se daba cuenta, le daba con el codo. Cuando terminamos no nos dejaron recoger.

—¿Quieres conocer Cande o estás cansada?

—¡Me encantaría!

—No sé si se parecerá a lo que estás acostumbrada, pero escucharás música en directo.

—Seguro que me gusta.

Dan se despidió de sus padres con un abrazo.

—Qenciyê —dije.

—Qenciyê —contestaron sonrientes.

Besnik nos miró desde su rincón con la cabeza entre las patas. Me dio pena que no se viniera, pero Dan me dijo que nos esperaría en Derman. Nos pusimos los cascos y montamos en la moto.

Supe que rodeamos Xwarin porque dejamos a nuestra derecha plantaciones y pastos. Dejamos a la izquierda la gran rueda de Kişif y su puerta con el gran martillo y, más adelante y a la derecha, Derman y sus estrellas. Antes de ver la puerta con el arcoíris cogimos velocidad. Me agarré fuerte a Dan para no caerme y cerré los ojos, pero la curiosidad me pudo y con los ojos abiertos asomé la cara por detrás de su espalda.

Íbamos a unos palmos del suelo tan rápido que apenas me daba tiempo a ver pasar la vegetación, tenía la sensación de que hacía surcos en el aire con la cara. Dan subía, bajaba y se metía entre los árboles. Cuando llegamos a Cande y paró la moto reviví con los ojos cerrados el viaje.

—Ya me puedes soltar —dijo divertido.

Bajé despacio y me apoyé para disimular el pequeño temblor de mis piernas. Me tomé unos segundos para terminar de recuperar el aliento y le miré fijamente.

—Enséñame a llevar una de estas.

—Es muy fácil. Con este botón arrancas. Giras aquí para activar el mando a la derecha o a la izquierda y sólo tienes que girar hacia ti el puño para acelerar. Luego desaceleras y giras para hacer un círculo y que se frene, apagas y te bajas.

—Arrancas, aquí giras, aceleras, desaceleras, haces un círculo y apagas.

—Muy bien, sólo te falta practicar. Lo dejamos para luego, ¿vale?

—De acuerdo.

Estábamos frente a una enorme construcción esférica con varios túneles que llegaban hasta ella. Me recordó a un sol que intenté hacer con arcilla cuando era pequeña. Entramos por uno de los túneles. Era un largo pasillo cuya única luz entraba por el arco del final, acompañada de un murmullo que se escuchaba más alto según nos acercábamos.

Al atravesar el arco salimos a una explanada repleta de gente. Vi una torre humana de cinco pisos con personas que trepaban por ella como arañas para hacerla más alta, una mujer de plata que hacía malabares con las luces de colores que expulsaba de sus manos, cómo un hombre de unos dos metros se doblaba hasta meterse en una caja que apenas llegaba a mis rodillas… Dan me cogió de la mano y tiró de mí hasta que paró sin avisar y choqué con su espalda.

Subimos a un escenario donde un grupo afinaba sus instrumentos y, en cuanto le vieron, le saludaron igual que se saludó con Nadir. Aunque todos tenían el pelo tostado los peinados y cortes eran muy diferentes, había trenzados que hasta a Mika le resultaría complicado repetirlos.

Dan mencionó mi nombre y todos levantaron la mano, yo hice lo mismo. Mientras hablaba con ellos me llamó la atención una mujer de ojos grises y edad indefinida. Tenía rapada la cabeza excepto la coronilla, de la que salía una larga y gruesa trenza. Su poca ropa se confundía con la enredadera que tenía tatuada en todo el cuerpo y que parecía moverse. Se acercó a Dan y, sin dejar de mirarme con sus ojos de gata, cruzaron sus antebrazos y se saludaron como el resto.

—Ya hi bajêr.

—Ya hi erdê.

—Le ji heman derê.

La mujer extendió su brazo hacia mí como si fuera una serpiente.

—La enredadera te ha elegido —dijo.

—¿A mí? —pregunté con los ojos más abiertos que la boca.

—Primero escucharemos a Ling —dijo Dan—. Luego nos vemos.

Sasha asintió y se quedó allí, de pie. Parecía colarse en mi interior a través de mis ojos y seguí a Dan sin dejar de mirarla hasta que la perdí de vista entre la multitud. Cuando paramos ya no estaba en el escenario.

—¿Qué quiere decir que la enredadera me ha elegido?

—Que te va a hacer un tatuaje.

—Nunca había pensado en hacerme uno.

—Nadie se los pide, ella elije. Además, son especiales. ¿Recuerdas a Ciro?

—Ajá. —Asentí con la cabeza.

—No se sabe de dónde salió. Apareció en Derman cuando tenía unos cinco o seis años, estaba muy sucio y apenas hablaba. Qamra se encargó de él. Se recorrió las cinco ciudades, pero no encontró su lugar.

—¿Y le expulsaron al vertedero?

—No. Los que van a Sgudal no quieren hacer nada, sin embargo, él se esforzaba por aprender allá donde iba. Qamra opinaba que aún no había encontrado lo que le alegrara el alma. Cuando probó suerte en Cande, Sasha le tatuó una medusa en cada antebrazo y le dijo que buscara en su pasado para encontrar su futuro. Un tiempo después hubo que salir al desierto a depositar. Él se ofreció voluntario y allí se topó por primera vez con una medusa. Los que estaban con él contaron que se quedó como hipnotizado.

—No me extraña. La verdad es que impresionan.

—Comenzó a salir todos los días un rato hasta que una tarde no regresó. A la hora de la cena Qamra le echó de menos, se temieron lo peor y salieron al desierto en su busca. Le encontraron tumbado bajo la sombra de una medusa y, cuando se percató de que había más gente, a una señal suya otra medusa salió a su paso para darles cobijo. Ahora, en lugar de vagar sin rumbo por el desierto, él las pastorea cerca de la entrada para que estén bien alimentadas y den sombra cuando se necesite, como cuando tú llegaste.

—Entonces, ¿Ciro vino del desierto?

—Nadie lo sabe y él nunca ha dicho nada.

—Sasha es un poco bruja ¿no?

—No sé qué es bruja, ella sabe observar y escuchar.

—Da miedo.

—Más bien respeto.

—Oye, tu tatuaje de lejos parece que se mueve. ¿Te lo hizo ella?

—Sí. Me explicó que un árbol es capaz de utilizar sus raíces para caminar tras una mariposa.

—¿Qué significa?

—Aún no lo sé, pero me gusta. Ya sale. Va a tocar Ling, la pupila de Sasha. A ver qué te parece.

Se escuchó el tintineo de unas campanillas y, a su ritmo, entró en el escenario una niña con la cabeza gacha que parecía contar sus pasos. En una mano llevaba un taburete y en otra, un instrumento que no había visto nunca. Cuando llegó un poco más adelante del centro colocó la banqueta y se sentó con las piernas abiertas. En su pierna izquierda, que estaba más adelantada, apoyó lo que parecía un cofre, con la mano izquierda sujetó el mástil en el que había tan sólo dos cuerdas y con la derecha, un arco similar al de un violín. Sin abrir los ojos movió la cabeza como si nos mirara al público y comenzó a tocar.

Sonó una música delicada. La niña y el instrumento se movían al compás, como si bailaran. Parecía que había terminado cuando comenzó a mover los dedos sobre las cuerdas arriba y abajo a un ritmo imposible de seguir con la vista y que hacía que se te moviera solo el cuerpo, hasta que sacó de las cuerdas el canto de un pájaro y silbó una dulce melodía que se perdió en el aire. Se hizo un breve silencio que rompimos con aplausos. La niña, sin abrir los ojos, saludó al público, recogió su taburete y, se fue marcha atrás por donde había llegado.

—Veo que te ha gustado —dijo Dan.

—Ha sido genial, pero ¿por qué no abre los ojos?

—Cree que si sale al escenario con los ojos abiertos alguien puede mal interpretar una mirada que en realidad no tiene porque es ciega.

—¿En serio?

—Claro. ¿Qué hay de ese tatuaje?

—Me encantaría.

—Vamos a buscar a Sasha, su casa no está lejos.

Me cogió de la mano y salimos de entre la multitud.

Entramos en una cabaña de piedra. Del techo colgaban espirales, círculos, rombos y plumas de vivos colores que giraban sobre sí mismos impulsados por un aire que olía a menta. Sasha, al fondo, preparaba una bebida mientras un gato negro con el rabo en alto se restregaba entre sus piernas sin dejar de ronronear.

—Te esperaba —dijo Sasha—, acércate.

—Yo me marcho —dijo Dan—. Cuando termines avísame, estaré con el grupo.

—Qenciyê —dije.

—Hasta luego —contestó con una sonrisa.

Nos quedamos las dos solas. Sasha encendió una vela, abrió un bote y me dijo que oliera. Me recordó a cuando me constipaba y mamá calentaba eucalipto en mi habitación. Cogió mis manos y se acercó tanto que vi mi reflejo en sus ojos grises.

—Ese mechón blanco, ¿por qué lo tienes? ¿Qué te ocurrió?

Tuve la sensación de que su voz me abrazaba. Le habría hablado de Ian si me lo hubiese pedido.

—Fue en una de las plagas, la última vez que me quedé sola en casa. Aunque mamá me advirtió mil veces que no debía salir, fuera se escuchaba un siseo y quise averiguar qué sucedía. Cuando abrí la puerta del portal vi que la calle estaba cubierta de unos enormes gusanos oscuros con unas alas pequeñas que movían sin parar, pero no debían ser suficientes para levantar su peso y se arremolinaban unos con otros. Del portal de enfrente salió un gato atigrado con pelo naranja. Era muy pequeño y parecía querer jugar con ellos. No sé muy bien cómo ocurrió, pero el gatito cayó entre los gusanos. Los maullidos eran tan horribles que crucé la calle para sacarle de allí. Cuando lo tuve en brazos los gusanos se me subieron por las piernas. Quise marcharme a casa, pero me caí. Levanté los brazos para mantener al gatito alejado de ellos e intenté ponerme en pie, pero me resbalaba. Lancé al gato hacia la puerta de la que había salido e intenté salir de la calle, pero eran demasiados. Pensé que no saldría de allí, cuando una mujer desaliñada y sin dientes tiró de mí y me metió en un portal donde me quitó los gusanos del pelo. Ella no decía nada y yo me quedé sin habla del susto. Subimos a la primera planta y entramos a una casa llena de gatos y basura que olía fatal, aunque ella no parecía notarlo. Me senté en el rincón que encontré menos sucio y me cogí las rodillas mientras los gatos maullaban a mi alrededor. La mujer se sentó frente a mí con el gatito en brazos y no dejó de acariciarle hasta que paró el siseo, entonces se asomó a la ventana y me empujó para que me fuera. Corría a casa y me di una ducha. Cuando salí y me vi en el espejo tenía el mechón blanco.

—Bebe. Te sentará bien. ¿Qué fue de la mujer?

—Al poco tiempo llegó otra restricción: no se podían tener animales de compañía. El día que se llevaron los suyos fue terrible. Los gatos no paraban de maullar y ella gritaba aún más alto que ellos. Desde la ventana vi cómo la empujaban cuando intentó marcharse con sus gatos y se quedó tirada en la calle, lloraba como una niña pequeña. Bajé con mamá y la ayudamos a subir. Entre las dos limpiamos la casa y todos los días le llevaba algo que pudiera comer sin masticar hasta que una noche vimos cómo la sacaban en una camilla y bajamos. Había muerto. Mamá estaba convencida de que lo único que hicimos desde que se llevaron los gatos fue retrasar el día de su muerte.

—Hicisteis algo más. Ven, túmbate.

Sasha me ayudó a colocarme boca abajo porque estaba adormilada. Noté un masaje bajo el hombro izquierdo. Abría y cerraba los ojos sin saber si estaba dormida o despierta. Cuando Sasha terminó me incorporó despacio.

—¿Cómo te encuentras?

—Un poco mareada, pero bien.

—Traeré un espejo para que lo veas.

Con el gato siempre enredado en los pies pasó bajo sus colgantes mágicos, cogió dos espejos, los acercó a una ventana y brillaron aún más, era como estar dentro de un caleidoscopio. Después se acercó, me puso un espejo delante y otro detrás y vi el reflejo de una mariposa.

—Aunque es un animal frágil su aleteo puede ser poderoso.

—¿Qué quieres decir?

—Tendrás que averiguarlo tú —dijo mientras cubría el tatuaje con una pasta verde y fría—. No lo toques, se caerá solo cuando esté lista para volar. Quédate aquí, voy a buscar a Dan.

—Spas.

Al poco tiempo de salir la puerta se abrió de nuevo y pensé que se lo había encontrado de camino, pero cuando me giré vi entrar al chico moreno.

—¿Qué ha ocurrido en Stàball? —preguntó.

—No sé nada —dije asustada.

Andaba despacio, en zigzag, y yo le seguía con la mirada. Cuanto más se acercaba más me parecía conocerle.

—¿Dónde está Owen? ¿Qué pasa en Stàball? ¡Habla!

No conseguía despertarme del todo, pero sentí el sudor frío por la espalda. Creí que iba a saltar sobre mí en cualquier momento como el perro del jardín, pero entraron Dan y Sasha.

—Vete —dijo Sasha con voz tranquila.

El chico apretó los puños y los labios tan fuerte que parecía que iba a explotar. Frunció el ceño y me señaló con el índice como si me fuera a lanzar una maldición o rayos que me harían estallar en mil pedazos. Al final, se dio la vuelta y se marchó. Dan salió para asegurarse de que no volvería y Sasha se quedó a mi lado.

—Me siento mareada —dije.

Sasha apagó la vela.

—Cuando salgas se te pasará.

—No dejará de perseguirme, ¿verdad? —pregunté a Dan cuando entró.

—Tranquila, mañana en la asamblea se solucionará todo. Hasta entonces es mejor que no sepa lo que me has contado, está más seguro aquí. Como ya te dije, es muy nervioso y puede hacer una tontería. Venga, nos vamos.

Dejamos a Sasha con su gato y, aunque nada más salir me despejé, no podía dejar de pensar en el chico moreno. Mi mundo se había deteriorado, pero el suyo había desaparecido, no me podía imaginar cómo recibiría él la noticia, aunque sabía por experiencia que la incertidumbre era peor, mamá estaba muerta, y dolía, pero papá... Sacudí la cabeza como si así pudiera expulsarlo todo de mi mente y eché de menos el gris de Stàball. Dan iba a decirme algo cuando el pitido y la luz de su reloj le cortó y se puso muy serio.

—¿Qué sucede?

—Hay una emergencia. Llegaremos enseguida.

Corrimos hacia la moto y seguimos la señal hasta un bosque situado detrás de Derman donde encontramos a un anciano tumbado en el suelo. De su reloj salía un pitido constante, igual que el del monitor de mamá el día que falleció en la enfermería de la nave. Sentí un escalofrío y me abracé a mí misma.

Me quedé quieta y vi cómo se inclinaba sobre el hombre, le tomaba el pulso y recogía algo del suelo. Enseguida apareció otro vehículo del que bajaron cuatro personas a las que Dan les dijo algo mientras hacía un gesto de negación con su cabeza y les enseñaba lo que había encontrado. Uno de ellos cogió lo que tenía en la mano y habló mientras apretaba su hombro. Luego se dio media vuelta y volvió conmigo.

—¿Quién es? —pregunté.

—Franz. Está muerto.

Al cerrar los ojos se le cayeron dos gruesas lágrimas. Yo apreté los brazos contra mi cuerpo aún más fuerte.

—¿Qué le ha ocurrido?

—Era uno de los que mejor arreglaba las cosas del cuerpo hasta que empezó a sufrir los dolores de una enfermedad que no tiene cura y que sólo se sobrelleva con unas plantas que te nublan la mente y eso no lo soportaba. Cuando me comentó que no sabía cuánto tiempo podría aguantarlo no me esperaba que acabara así con su sufrimiento a la vez que hacía la prueba que nos faltaba. Siempre fue un tipo increíble.

—¿Qué quieres decir?

—La última vez que hablé con él fue el día que llegaste tú. Me visitó cuando estaba en la plantación donde crecen unos hongos venenosos que, tratados de la forma adecuada, pueden curar algunas enfermedades. Aunque él sólo los recetaba, me dijo que necesitaba una pequeña cantidad para hacer un experimento. —Suspiró—. Lo que nunca imaginé es que la prueba fuera el nuevo dispositivo de constantes vitales con localizador —dijo mientras señalaba el reloj—. Aún es un prototipo y sólo lo tenemos unos pocos y gracias a él ya sabemos que funciona.

—No entiendo.

—En el momento en el que detecta que tus constantes vitales no son correctas envía una señal con ellas al resto de los dispositivos y tu situación para que alguien pueda atenderte rápido y contactar con Derman si es necesario. El veneno del hongo actúa muy rápido y él lo sabía, se lo tomó para dejar de sufrir a la vez que comprobábamos que el dispositivo funciona.

—Pero lo que ha hecho está mal.

—Ha decidido acabar con su sufrimiento a la vez que nos ha ayudado a los demás. ¿Qué ha hecho mal?

—¡Está muerto! ¡La muerte es horrible! —grité.

—La muerte no es horrible, es natural. Es peor no poder aprovechar la vida. Fíjate en Nadir, a pesar de todos los inconvenientes disfruta cada segundo en su taller. Estoy seguro de que el día que no pueda continuar hará algo como Franz. Además, ¿por qué tienes que soportar un sufrimiento que no te lleva a ningún sitio?

Recordé los últimos días de mamá en la nave y me di cuenta de que ella había dejado de sufrir, pero yo no, de que me dolían su falta y el recuerdo de su agonía.

—¿No le vas a echar de menos?

—Mucho.

Cogí su mano y la apreté muy fuerte y, aunque se me cayeron las lágrimas, le sonreí y él me devolvió la sonrisa.

—Ahora tenemos que prepararnos para el festejo. Así conocerás a mi hermana.

La palabra festejo fue como una bofetada y me subí a la moto como si fuera un robot. Lloré todo el camino y cuando llegamos a Xuya me dolía la cabeza. Dan me cogió la cara entre las manos y apartó con los pulgares las lágrimas.

—Sara, a todos nos duele la muerte, y cuanto más cercano es el que muere, más duele. Se asume poco a poco. Aquí, cuando alguien fallece, celebramos su paso por la vida para sobrellevar la pérdida. Además, hay que continuar, los que se van es lo que desean para los que se quedan.

—Pero es un dolor que parte por dentro y paraliza.

—Es cuestión de enfoque. No vas a cambiar nada por sufrir más.

—Pero sí sufres. Te he visto llorar.

—Y lo haré más veces, pero siempre me alegraré de haber coincidido con él en la vida. Ahora nos reuniremos para contar anécdotas vividas con él, después le llevarán arriba para que su cuerpo se descomponga y alimente a las medusas que nos dan sombra y que las tormentas del desierto le transporten a cualquier rincón del planeta para fertilizar tierra y generar vida. Nunca se van del todo, están a nuestro alrededor y en nuestra memoria.

La luz constante me agotaba y no quería hablar más de la muerte. Tenía ganas de acostarme y dormir durante el resto de mi vida. Dan rodeó mis hombros con su brazo y entramos en una de las casas redondas y blancas con techos anaranjados.

Había varias puertas. Dan abrió la de color violeta y entramos a un taller donde las personas que había allí hacían más ruido que las máquinas que utilizaban. Algunas cantaban, otras hablaban y reían, parecía que se lo pasaban bien. Una chica pecosa y regordeta nos saludó con la mano. Dan me señaló y la chica se marchó para volver enseguida con un cuenco que me ofreció sonriente. Le di las gracias y antes de probarlo se marchó de nuevo. Estaba dulce y, aunque no era el caldo mágico de Qamra, me reconfortó. Antes de terminármelo la chica apareció con otra que se lanzó a los brazos de Dan. Debía de ser su hermana porque cuando la dejó en el suelo vi que era igual que su madre. Ella empezó a hablar muy acelerada y, cuando pareció terminar, él me señaló y dijo mi nombre y algo más, ella asintió con la cabeza mientras me miraba de arriba abajo.

—Esta es Sira, mi hermana —dijo—. Se encargará de vestirte y cuando hayáis terminado iré a buscarte. Puedes estar tranquila, te dejo en buenas manos.

Sira me cogió de la mano y fuimos a una sala circular. Me colocó en el centro y me cubrió con diferentes telas hasta que se decidió por una, luego me tomó las medidas mientras tarareaba como su madre en los fogones y al terminar me hizo un gesto para que esperara, señaló hacia una mesa y desapareció con su canturreo.

La pared estaba cubierta de espejos de diferentes tamaños y percheros de colores excepto donde estaba la mesa. Cuando terminé de contarlos me acerqué para tomar algo de la mesa rectangular cubierta con un mantel blanco. Comí algunos frutos secos y probé los zumos de colores; el que más me gustó fue el azul. Después paseé por la habitación y en la segunda vuelta Sira apareció con un vestido blanco de tirantes anchos que se unían detrás de mi cuello y bajaban juntos desde la mitad de la espalda para unirse en la cintura a una falda que llegaba casi hasta el suelo. Al ponérmelo vi que aún tenía cubierto el tatuaje de Sasha.

Me masajeó la cara con aceites y me maquilló, después me trenzó el pelo con un recogido sencillo que adornó con margaritas y me colocó un brazalete dorado en el brazo izquierdo. Me llevó frente a un espejo y casi no me reconocía. Junto a mi reflejo Sira me miraba sin pestañear hasta que afirmé con la cabeza y me apretó la mano. De pronto arqueó las cejas y se marchó para volver enseguida con unas sandalias blancas con cintas que me até casi en las rodillas y con su hermano, vestido también de blanco con un pantalón recto y una camisa de cuello redondo. Dan cogió mi mano, hizo que girara sobre mí misma y me puse colorada.

—Estás preciosa.

—Muchas gracias. Tú también estás muy guapo.

Se escuchó el sonido de un cuerno varias veces y Sira dejó de dar palmadas y saltitos para empujarnos hacia la salida.

Volvimos en la moto hasta las afueras de Derman. Una banda tocaba música de fondo sobre el escenario de una gran explanada donde parecía que se había reunido todo Teine. Cada vez que alguien subía al escenario todo el mundo escuchaba y aplaudía las anécdotas sobre Franz. Cuando fue el turno de Dan contó cómo había muerto y que la prueba había sido un éxito; todos lo celebraron.

Al rato la banda tocó una música con la que daban ganas de bailar y el mar de gente se abrió en dos para dejar paso a Ciro. Detrás de él caminaban varias personas cubiertas de lodo rojo que transportaban sobre los hombros una caja que me recordó a los sarcófagos de los antiguos faraones de Egipto. Dan me explicó que eran familiares de Franz y le subían al desierto. A su paso el pasillo se cerraba con aplausos y comenzaron a traer bandejas repletas de bebidas y comida. Cuando la familia regresó Dan se despidió de ellos, me cogió de la mano y nos marchamos.

—¿Qué te ha parecido?

—Se me hace raro sentirme bien después de que alguien haya muerto. El ambiente aquí es muy distinto, aunque quizás sea porque no le conocía.

—Quizás. ¿Quieres probar a conducir?

—Vale.

Conducir la moto fue fácil, pero Dan tuvo que frenar para evitar que nos cayéramos.

Aparcamos frente a la montaña y Besnik se levantó de la puerta para recibirnos con saltos y ladridos. Dimos un paseo tranquilo hasta que Dan me recordó que al día siguiente habría una asamblea y yo tendría que contar que las ciudades de Stàball habían desaparecido. Me sentí como si hubiera salido a tomar aire de debajo del agua y nada más sacar la cabeza me hubieran metido hacia dentro de nuevo.

Regresamos a la casa de la montaña, entramos y, aunque no teníamos hambre, nos servimos un cuenco de caldo. Aún estábamos en la cocina cuando llegó Qamra envuelta en un vestido verde y con flores en las trenzas. Sólo tenía las arrugas marcadas por la sonrisa y era tan menuda que parecía una niña de doce años. Se sirvió un cuenco de caldo y cuando lo terminó nos mandó a descansar.

Apenas me dio tiempo a pensar en nada, me dormí enseguida, pero soñé que buscaba a papá en la Tierra y, cuando creí encontrarle, era Kenzo y me persiguió por Stàball mientras yo corría y llamaba a gritos a Ian... Me desperté empapada en sudor. Al salir de la cama escuché de nuevo las pisadas. Esta vez me asomé y vi a Besnik, él era el espía. Sonreí y salí a la cocina a beber agua con mi guardián.

Todo estaba en silencio. Me había desvelado y no quería despertar a nadie, así es que decidí dar un paseo, fuera era de día, como siempre. En compañía del perro llegué hasta la moto y se me ocurrió que una vuelta podría relajarme y descansaría mejor, sólo tenía que ir en línea recta y sería muy fácil volver, aunque no tenía pérdida, la estrella estaba justo sobre la montaña donde se encontraba la casa de

Qamra. Le dije a Besnik que me esperara allí, le di una palmada en la cabeza y arranqué.

Aunque no cogí mucha altura ni aceleré en exceso, el aire en la cara y no tocar suelo me daba sensación de libertad. Aún no había llegado al final de Teine cuando vi Sgudal a lo lejos y pensé que no pasaría nada por verlo desde arriba.

En cuanto salí de Teine sentí algo de vértigo cuando miré hacia abajo y no encontré el fondo. Levanté la vista hacia el frente y aceleré para llegar cuanto antes. Aunque no se veía el suelo por la densa vegetación hubo un momento en el que subió un olor más fuerte que el del desierto y pensé que Dan tenía razón y allí no había nada que ver, así es que quise dar media vuelta, pero hice algo mal y, en lugar de girar, frené. Debí soltar el manillar porque la moto salió despedida hacia un lado y yo hacia el opuesto.

SGUDAL

Tuve suerte y unos arbustos amortiguaron la caída. Sólo debía tener algunos arañazos y estaba segura de que al día siguiente tendría el cuerpo lleno de moratones, pero tardé unos segundos en abrir los ojos y levantarme. Allí también era de día y el cielo estaba cubierto por el arcoíris, pero olía como si la gente orinara justo donde hacía más calor.

Encontré la moto enseguida, la levanté sin mucho esfuerzo y le eché un vistazo; parecía estar bien. Me subí y apreté el botón. No arrancó. Volví a apretarlo varias veces con el mismo resultado. Cerré el puño y golpeé el botón una y otra vez. Nada. Comencé a respirar como si hubiera llegado hasta allí corriendo y me quedé sentada sobre la moto sin saber qué hacer.

Pensé en Besnik. Seguro que indicaría a Dan por dónde me había marchado y vendría a buscarme, pero no sabía cuánto tiempo podría pasar. Lo único que se me ocurría era subirme a los árboles que tenía enfrente e intentar hacer señales.

Aún no me había bajado de la moto cuando noté una mano sobre mi hombro que me congeló la sangre al momento. La mano me zarandeó y giré despacio la cabeza hasta ver a un hombre de pelo blanco y barba estropajosa vestido con algo parecido a un saco de patatas que me enseñaba sus tres únicos dientes. Apreté con el pulgar el botón de arranque y escuché un sonido como si se hubiera partido algo detrás de él. Me hubiera gustado volverme tan pequeña como para desaparecer entre la vegetación.

Bajé despacio y me coloqué detrás de la moto para protegerme de aquel hombre que no dejaba de mirarme y no cerró la boca hasta que comenzó a hablar tan bajo que era imposible entender lo que decía. Mientras yo buscaba un camino por el que huir él movía los brazos en círculos y se acercaba. Apartó la moto a un lado y se dio dos palmadas en el pecho.

—Osian —dijo.

Luego me dio golpecitos con el índice en el esternón.

—Sara —contesté.

Me señaló y repitió mi nombre, después se señaló a sí mismo y dijo el suyo, luego unió sus índices como si fueran dos eslabones. Yo negué con la cabeza, pero me cogió de una muñeca y me llevó tras él entre los arbustos. Lo único que pude hacer con la mano libre fue protegerme de las ramas que apartaba a su paso hasta que llegamos a un pequeño claro y me lanzó hacia adelante.

Mientras el hombre me hablaba miré alrededor y vi una cabaña camuflada con la vegetación. Osian se puso delante de mí con las manos en las caderas y movió la cabeza de un lado a otro. Sin dejar de mirarme se rascó la barba, luego me señaló, cogió unas hojas del suelo, las puso en el centro del claro y me volvió a señalar.

Sin perderle de vista comencé a recoger todas las hojas que encontré sueltas y las coloqué sobre las que él había puesto antes. Él volvió a enseñarme sus tres dientes, aplaudió y entró en la cabaña. No tuve tiempo ni de pensar en huir porque salió enseguida con una rama en una mano y un tubo gris en la otra del que bebió un líquido de olor agrio sin importarle que se le cayera encima. Luego me lo ofreció, pero dije que no con la cabeza y me tapé la nariz con la mano. Él se encogió de hombros y se sentó a beber.

Como no dejaba de mirarme me quedé quieta y localicé los árboles más cercanos para, en cuanto tuviera ocasión, escaparme hasta ellos.

Osian se levantó cuando vació el tubo, lo lanzó a un lado y se acercó de nuevo para llevarme a empujones hasta la puerta de la cabaña, levantó la rama y comenzó a canturrear. Supuse que estaba borracho. Primero dibujó varios círculos con la rama sobre su cabeza, luego apuntó con ella hacia el cielo y se quedó quieto, entonces las hojas de los arbustos se movieron y escribió en el aire grandes eses hasta que la punta de la rama tocó el suelo, trazó una línea en la tierra hasta las hojas que yo había recogido y se apartó. Cientos de escarabajos blancos con ojos rojos salieron de los arbustos por el camino que Osian había marcado hasta las hojas para comérselas. Cuando sólo quedaron los escarabajos el hombre levantó la rama y canturreó de nuevo, luego se marchó hacia los arbustos con un extraño baile seguido de los escarabajos.

Aproveché que estaba sola para entrar en la cabaña por si encontraba algo que me pudiera servir. Sólo había una habitación que apestaba a licor. A la izquierda había algo parecido a una cama con un montón de retales doblados a sus pies, enfrente había unos veinte tubos como el que había sacado antes, unos recipientes cochambrosos donde debía fabricar su bebida, una montaña de ramas como la que había utilizado para su ritual y algunas cuerdas. Cogí la que me pareció más larga y resistente y salí corriendo hacia los árboles.

Elegí un árbol que tenía las ramas grandes y juntas, aunque para llegar hasta las primeras tuve que utilizar la cuerda. Escalé un par de ramas y me arrastré por una de ellas hasta algo más de la mitad. Teine se veía desde allí y pensé que si hacía alguna señal la podrían ver. Mamá siempre decía que se ahorraba tiempo si primero pensabas, así es que me quedé en la rama para trazar un plan.

Podía coger dos de los retales y agitarlos, pero no estaba segura de que se vieran. Enfrente había más árboles que parecían estar colocados en línea. Me arrastré por la rama hasta casi el final y miré hacia abajo, sólo se veía vegetación, pero hacia la izquierda se formaba un pasillo con los árboles de enfrente y los que estaban en mi lado que se internaba en Sgudal. Trepé un par de ramas más y vi otros cuatro pasillos que llegaban hasta el centro de la isla. Un silbido me confirmó que había encontrado la solución, la nave de los desperdicios venía hacia aquí.

Cuando pasó a mi altura me fijé que tenía un alerón en la parte de atrás. No iba a mucha velocidad, así es que hice un nudo corredizo en un extremo de la cuerda y el otro me lo até a la cintura. Aún me sobró tiempo para practicar y formé un círculo sobre mi cabeza como hizo Mika antes de cazar a Karlos aquel día que lo pasamos tan bien.

Escuché el silbido de vuelta y me puse de pie. Giré la cuerda en círculos hasta que la nave pasó a mi altura y la lancé hacia el alerón. Lo peor no fue ver cómo la cuerda caía sin forma alguna, con el impulso perdí el equilibrio y fui detrás de ella. La cuerda se enganchó entre las ramas y en lugar de caer al suelo me choqué con el tronco y me quedé colgada. No podía quedarme ahí. Miré al suelo y como me pareció que no estaba a mucha altura deshice el nudo de la cintura y me dejé caer.

Me froté las piernas y los brazos y volví a la idea de buscar algo para hacer una señal y esperar a que Dan viniera a buscarme. Si hubiera algún lugar alto que no fuera un árbol podría encender un fuego con los retales de la cabaña. Me puse de pie e intenté orientarme para volver, pero escuché voces y corrí a esconderme entre los árboles hasta que tropecé. Antes de levantarme estaba rodeada por unas diez personas que olían peor que el licor de Osian. Me cogieron de los brazos y tiraron cada uno para un lado sin hacer caso de mis gritos. Cada vez tiraban más fuerte y ninguno me soltaba y, cuando creí que me partirían en dos, empezaron a pelearse entre ellos. Me arrastré fuera de la pelea y me escondí detrás de un árbol con la espalda empapada y sin poder pensar.

De pronto se escuchó un grito y se paró la pelea. De entre los arbustos apareció Osian. Les señaló uno a uno con la rama que llevaba en una mano y cuando levantó el tubo que llevaba en la otra todos lo siguieron con la mirada. Lo lanzó lejos y el grupo corrió entre empujones a por él. Osian se acercó a mí, me cogió de la muñeca y, como la primera vez que nos vimos, me llevó por el bosque hasta la cabaña. Allí me echó una bronca y luego se acostó. Enseguida comenzó a roncar y se encogió como si tuviera frío. Desdoblé una de las telas y le tapé.

A pesar de estar cansada no quería dormir y salí, pero no me atreví a alejarme. Comencé a pensar que nunca saldría de allí, que no volvería a ver a Ian y mucho menos a papá, y estaba harta de que siempre fuera de día.

Se me cayeron las primeras lágrimas cuando escuché un silbido como el que hacía la moto y pensé que por fin Dan había venido a buscarme.

Me puse en el centro del claro para avisarle en cuanto pasara por ahí, pero las hojas se movieron y de entre los arbustos apareció el chico moreno.

—Vaya. No esperaba que fueras tú. ¿Me has seguido hasta aquí? —pregunté.

—Yo hago las preguntas. Cuéntame qué sabes.

—No sé nada.

—Owen dijo que estábamos todos en peligro. Dime qué ha ocurrido en Stàball. ¡Ya!

—Cuando llegué ya no estaba.

—¿Quién?

—Dan me explicó que Stàball se dividía en cinco ciudades, como aquí. Ahora sólo hay un gran edificio blanco que se llama sector Cero.

—¿Dónde está mi gente? ¿Y Owen?

—Conozco a un hombre que podría ser Owen. No recuerda nada y está obsesionado con encontrar algo en el desierto. De tu gente no sé nada. Lo siento.

Kenzo cerró los puños. Por un momento pensé que me atacaría, pero se dio media vuelta para marcharse.

—Espera.

Le cogí del brazo y él se dio la vuelta, me agarró con fuerza la muñeca y me empujó. Me froté la muñeca y le hablé más bajo de lo que hubiera gustado.

—Oye, te he dicho todo lo que sé. No puedes dejarme aquí.

—Perteneces a la gente que ha destruido mi tierra y pudrirte en Sgudal es un precio pequeño.

Se dio media vuelta y desapareció entre los arbustos. Quise seguirle, pero cuando separé las primeras ramas ya no estaba.

—¡Espera! ¡Ayúdame! ¡Yo no he hecho nada!

Quieta entre las ramas me sentí más atrapada que nunca en esa maldita isla donde siempre era de día y lo más seguro era la choza de un borracho. Sentí fuego en el estómago y lo expulsé por la boca.

—¡Vuelve a Stàball por el desierto! ¡Ojalá te pudras por el camino y te devoren los dragones!

Me senté en medio del claro a pensar, pero la rabia no me dejaba, sólo quería destrozar la isla a patadas. Entonces escuché el silbido de la moto otra vez. Levanté la cabeza y vi a Kenzo sobre mí.

—Te sacaré de aquí si me guías hasta Stàball por el desierto.

—De acuerdo.

Me lanzó una cuerda desde arriba.

—Átate —ordenó—. Si haces alguna tontería te suelto.

Por segunda vez até una cuerda a mi cintura, me agarré a ella y Kenzo elevó la moto. Cuando salía del claro escuché un grito. Miré hacia abajo y vi a Osian que me hacía señas con las manos para que volviera. Le dije adiós, vi sus índices enlazados y salí del claro. No sé por qué razón aquel hombre me hizo pensar en papá y la posibilidad de que estuviera vivo en algún lugar de la Tierra.

Aunque el recorrido era corto, sentí un gran alivio cuando mis pies volvieron a tocar el suelo. Entramos a una cueva apartada de la montaña grande. Era más o menos como el salón de mi casa y se notaba que no se abría mucho la ventana.

—¿Qué necesitamos para el viaje?

—¿Puedo darme primero una ducha?

—Dime qué necesitamos.

—Agua congelada. ¿Aquí crece zekhala o alguna planta parecida?

—Sólo crece en las afueras de Stàball, pero la gente de Teine utiliza un barro para salir al desierto. Intentaremos hacernos con él. ¡Venga, dúchate!

Entendía que estuviera enfadado, pero no tenía derecho a tratarme así, cada vez que me miraba se me encogía el estómago.

Abrí la única puerta interior y entré al cuarto de baño. Una ducha me sentaría bien y librarme de su mirada, también. Empujé la puerta, pero rebotó y se volvió a abrir. Al girarme me encontré con Kenzo.

—¿Te importaría salir mientras me ducho?

—No me fío de ti.

—¿Y qué crees que voy a hacer?

—Intentar huir.

—No voy a huir. Te he dicho todo lo que sé y te voy a acompañar. ¿Qué más quieres que haga?

—Que te duches de una vez para que nos vayamos cuanto antes.

Se cruzó de brazos y clavó su mirada en la mía. Decidí aguantársela mientras me desvestía a pesar de la vergüenza. Él ni pestañeaba. Cuando llegué a la ropa interior no pude contener las lágrimas de rabia. Me protegí de su odio bajo el agua y la pena que sentí hacia él al principio se marchó por el desagüe.

A pesar de la tensión me sentí mejor después de la ducha. Salí envuelta en una toalla y, ya en el salón, me dio ropa suya.

—Hubo un primer viaje desde la Tierra con científicos y parte del ejército para reconocer el planeta y verificar que podíamos instalarnos aquí. ¿Qué es lo que ocurrió?

—Que nos engañasteis.

—Deja de hablarme así, yo no he hecho nada. Sólo quiero ayudarte.

—¿Ayudarme?

Aunque se acercó despacio respiraba como un toro. Entre su cara y la mía sólo se interponía su puño.

—Las ciudades, mi gente. Tu gente ha destruido mi mundo. Y tú eres uno de ellos. Sois todos iguales.

—No me conoces. ¿Y Owen? Él también es de mi gente y, sin embargo, confías en él.

—Quizás me engañó también.

—Pero todos los que le conocen de aquí dicen que es un buen hombre.

—No me importa lo que piensen estos cobardes que prefieren esconderse.

No me atreví ni a tragar saliva. Comprendí que nada le haría cambiar de opinión. Dio media vuelta, puso fruta en un plato y lo dejó encima de la mesa.

—En cuanto el agua esté congelada nos vamos.

—¿Puedo descansar un poco?

—Tienes una hora.

Comí algo y me tumbé en el sofá. Aunque conseguía dormir, me despertaba cada dos por tres, pero en cuanto veía a Kenzo frente a mí sin dejar de mirarme mientras sacaba punta a una madera con un enorme cuchillo volvía a cerrar los ojos.

Pasada la hora me dio un manotazo en el hombro, metió el agua congelada en una mochila, se recogió la melena y nos fuimos en la moto hasta Derman. Sabía que Ciro guardaba barro en su casa y su intención era cogérselo. Vivía también en la montaña, pero en el lado opuesto a la casa de Qamra. Cuando entramos en su habitación no había nadie.

—Estará en el desierto, pero puede volver en cualquier momento. Hay que encontrar el barro rápido.

—No sé qué buscar.

—Creo que lo guarda en sacos pequeños.

Mientras Kenzo buscaba en los cajones yo lo hacía en una gran repisa repleta de botes. Algunos estaban vacíos y otros, llenos de arena del desierto. De repente escuché «no» y se me cayó al suelo uno de los que tenía arena. Me giré despacio y vi a Ciro, que ocupaba todo el hueco de la puerta.

—Queremos un poco del barro que utilizas para salir al desierto —dijo Kenzo.

Ciro le miró sin decir una palabra.

—Vamos a dar un paseo.

No obtuvo respuesta.

—¿Estás sordo? —gritó Kenzo—. Paseo, un paseo.

Ciro se cruzó de brazos. Con sus gruesas y largas rastas tenía aspecto de medusa a la que convenía no enfadar.

—Vale, grandullón. Sólo queremos un saquito de barro y nos vamos.

—No.

—¿Qué más te da? Ni ella ni yo somos de aquí. Nos ponemos el barro, nos marchamos y os dejamos en vuestro agujero.

—Peligroso. Primero Owen.

—Según ella Stàball ha desaparecido y Owen anda por ahí sin recordar nada, vamos, que no va a venir. No pienso quedarme aquí de brazos cruzados.

Ciro me miró.

—Lo iba a explicar en la asamblea —dije.

—Primero asamblea.

—No voy a esperar a nada. Estoy harto de estar aquí encerrado. ¡Apártate!

Kenzo empujó a Ciro y, como no se movió ni un centímetro, le lanzó un puñetazo, pero Ciro cogió su muñeca y le arrastró hasta el fondo de la habitación para sentarle en una silla. Cuando se intentó levantar le empujó de los hombros hacia abajo. Kenzo se puso rojo y gritó en su idioma. Ciro le miró sin apenas pestañear hasta que cambió los gritos por un jadeo y se puso a llorar.

—Sara y Ciro, Stàball —dijo Ciro.

—No voy a quedarme ni un día más aquí escondido.

—Sara y Ciro. Tú, asamblea.

—Y luego, ¿qué?

—Tres días, Ciro aquí.

—¿Y si descubres que ella miente?

Ciro contestó en su idioma. Sólo fue una palabra, pero Kenzo sonrió. Cuando vi esa sonrisa sentí un escalofrío. La había visto antes, sólo le faltaba un detalle, el brillo del diente. Con el pelo recogido Kenzo era igual que Oskar.

—Hay un hombre —dije—. Vive en el barrio Amanecer, el que limita con el desierto. Se parece a ti. ¿Podría ser tu hermano o algo así?

—Tengo un hermano. Mi primo se fue para avisarle y yo me iba a reunir con ellos, pero tuve que escapar hacia aquí. Me voy con vosotros.

—Sara y Ciro. Tú, asamblea.

—Quiero ver a mi hermano.

—Ciro, Owen y Nahel.

—Es mi hermano. Vamos los tres.

—No.

—¡Cabezota! ¿A ti qué más te da?

—Qamra. Tú, asamblea.

—Pues informamos a la maldita asamblea y luego nos vamos los tres a Stàball.

—Sara y Ciro.

—Os puedo seguir.

—Desierto, peligro.

—Me da igual.

—Ciro, Nahel. Tres días.

—Está bien. Te espero tres días.

—Si el hombre que conozco es tu hermano le puedo dar un mensaje de tu parte —dije.

—Dile que me espere y dinamitaremos juntos el edificio ese.

—Eso no va a suceder.

—¿Y lo vas a impedir tú?

—Si es necesario, lo haré.

Mientras Kenzo y yo nos manteníamos la mirada, Ciro abrió una pequeña puerta de madera empotrada en la pared para coger unas bolsitas que guardó en el tubo que colgaba de su cuello. Salió de la habitación y tuvimos que dejar nuestro pulso para otro momento. Fuera se dieron un apretón en el antebrazo y repitieron el saludo que ya la había escuchado a Dan.

—Ya ji bajêr.

—Ya ji erdê.

—Le ji heman derê.

Kenzo se marchó en la moto y yo seguí a Ciro para cruzar de nuevo el desierto.

EL REGRESO

Entramos en un pasillo ancho iluminado por la luz verdosa de unas piedras colocadas en antorchas que colgaban en la pared. Caminamos hasta que se ensanchó para formar un gran círculo y Ciro sacó de su tubo una bolsita con lodo rojo suficiente para cubrirnos por completo, excepto los ojos. Nos montamos en un pequeño vehículo ovalado que nos llevó por los raíles de un túnel hacia arriba y a bastante velocidad, se paró en un rellano y salimos por un paso rocoso y estrecho al desierto.

El barro se había pegado a mi cuerpo como si fuera un guante de látex y no sentía el calor. Ciro me indicó con la mano que esperara y se adelantó unos pasos. De su tubo sacó una cuerda con una piedra en uno de sus extremos, la sujetó por el otro y comenzó a hacer círculos que silbaban sobre su cabeza. Con la otra mano tiró despacio de la cuerda y los círculos se hicieron cada vez más pequeños hasta que cogió la piedra y volvió el silencio. La arena flotó, Ciro dibujó grandes eses en el aire con la piedra hasta que tocó el suelo y, frente a él, comenzaron a llegar medusas. Cuando se puso de pie, a pesar de la diferencia de tamaño, parecía una más. Abrió los brazos y la medusa levantó los tentáculos. Ciro me llamó con la mano y nos metimos en el círculo de sombra que proyectaba. A su señal la medusa se movió en dirección a Stàball.

—Llegaste de Sgudal, ¿verdad? —pregunté.

Se encogió de hombros como respuesta.

—¿No lo recuerdas?

—Yo pequeño.

—Allí vive un hombre que hace un ritual parecido al tuyo, pero con ramas. Atrae a los escarabajos para que se coman las hojas.

Dejó de caminar y se giró hacia mí. Bajo el barro, los ojos grises se movieron a gran velocidad.

—También lleva un tubo como el que cuelga de tu cuello, pero más grande. Lo llena con la bebida que hace en la cabaña. ¿Es tu padre?

—No.

—Pero le conoces.

—Osian y mamá… —enlazó sus índices.

—Dime, ¿cómo llegaste hasta Teine?

—Osian y mamá… —Hizo el gesto de beber de su tubo y dormir—. Ellos —se cogió de los brazos—, pozo.

—¿Se peleaban por ti?

—Sí. Osian bueno. Osian: «¡Aaah!». Ellos —hizo el gesto de correr—. Osian. Mamá, Ciro.

—¿Los distrajo para que te recogiera tu madre?

Asintió.

—Nave, pozo —dijo a la vez que movía la mano como una nave—. Mamá… —Hizo el gesto de un lanzador de béisbol, imitó una explosión e inclinó la mano-nave—. Mamá, Ciro. —Se movió como si empujara a alguien hacia arriba—. Mamá. —Se cogió sobre un borde imaginario. Después estabilizó la mano-nave y la hizo volar.

—¿Tu madre llegó contigo?

Su silencio agrandó el desierto y encogió mi estómago. A pesar del vértigo, formulé la pregunta.

—¿Se cayó de la nave por el camino?

Me miró con los ojos casi cerrados y asintió con la cabeza.

—Ciro, Derman. Qamra buena. Sgudal malo. Ciro no Sgudal —dijo con voz ronca.

—Yo tampoco quiero volver allí. Será nuestro secreto.

Le ofrecí mi meñique y enlazó el suyo. Le sonreí y continuamos. Caminamos bajo la sombra de la medusa durante un tiempo, pero antes de llegar a la montaña de colores Ciro hizo que se marchara.

—Necesita la sombra de sus compañeras para regenerar su coraza, ¿verdad?

Ciro afirmó con la cabeza y abrió tanto los ojos y la boca que, si no le hubiera conocido, habría pensado que me iba a comer. Seguí a la medusa con la mirada para que no me viera reírme. Cuando la perdimos de vista, sacó una bolsita de su tubo y me dio una bola transparente con un ligero tono azulado y la volvió a guardar.

—Agua —me dijo.

—Spas.

Por primera vez vi sonreír a Ciro. Se metió la suya en la boca y yo le imité. Refrescaba como un caramelo de menta blanca, pero no tenía sabor.

Caminábamos en silencio, pero me miraba de reojo y si me quedaba atrás bajaba el ritmo. Cuando llegamos a la altura de las rocas de colores ni siquiera desvió la mirada. Yo las señalé.

—Allí hay sombra y dragones —dije.

—Bonito, peligro —contestó.

Cuando llegamos al Oasis Seco se me aceleró el pulso. Regresaba a una casa a la que me daba miedo volver, pero si encontraba a Ian y Oskar era el hermano de Kenzo todos encontraríamos respuestas y quizás pudiera volver a ver a Mika, a Karlos y a Raquel.

El barro ya estaba seco y comenzaba a tirar. Cogí un par de hojas de zekhala y le di una a Ciro. Cuando me vio cómo la utilizaba para refrescarme y quitarme el barro de la cara volvió a abrir mucho los ojos y sonrió mientras movía la cabeza de arriba abajo.

Dejamos atrás el desierto y su luz y me sentí aliviada al volver al gris. Aunque sabía que el barrio había quedado deshabitado, fuimos por detrás de las casas hasta la altura del almacén. Esperamos un poco para asegurarnos de que no pasaba nadie por allí, cruzamos la calle y entramos.

Oskar estaba tras su mostrador, como siempre. Si no fuera porque se levantaba podría pasar por un maniquí. Al vernos, en lugar de contestar a mi saludo comenzó a teclear con velocidad en el ordenador. Después se raspó en un brazo y se levantó hacia nosotros sin su sonrisa habitual. Cuando le brilló la mano me di cuenta de que llevaba un cuchillo y le tiré todo lo que encontré a mi alrededor. Él se protegió, dijo algo que no entendí y Ciro me sujetó con fuerza. Oskar se acercó a mí e ignoró mis gritos. Hundió su pulgar varias veces en mi antebrazo izquierdo, clavó en él la punta del cuchillo y sacó el microchip que me habían instalado.

Salió del almacén con el microchip y la mano ensangrentada y Ciro me soltó y se colocó delante de la puerta. Yo cogí agua para beber y limpiarme la herida. Después me acerqué a Ciro.

—¿Cómo has podido? —grité— ¡Creí que éramos amigos!

—Ciro amigo.

—Los amigos no hacen eso.

Alguien bajó por las escaleras del segundo piso. En cuanto estuvo en la luz vi a Oskar. Fue directo al mostrador, se frotó varias veces el antebrazo y se quedó sentado.

—Pero ¿qué pasa aquí? —pregunté.

La puerta del almacén se abrió y Oskar entró de nuevo. Miré a uno y a otro sin entender. Esta vez, el Oskar de la entrada sonrió y su diente brilló como de costumbre. Ciro le estrechó su antebrazo, como hizo con Kenzo y se dieron palmadas en el hombro mientras se sonreían.

—Ya ji bajêr.

—Ya hi erdê.

—Le ji heman derê.

—¿Alguien me explica qué sucede? —grité.

—Perdona, Sara —dijo Oskar—. Me alegra verte. Venid, hablaremos dentro.

Le dijo algo a su doble y este asintió. Subimos a la segunda planta por la escalera que bajó el falso Oskar y entramos a una sala repleta de estanterías perfectamente alineadas y numeradas.

—Lo habitual es tener el almacén en el sótano —dije.

—Oficialmente no hay sótano —contestó Oskar.

Metió la mano entre la pared y la última estantería. No sé cómo lo hizo, pero la pared se abrió y entramos en un pequeño ascensor que nos condujo a una gran casa subterránea. La cruzamos seguidos por las miradas de todos los habitantes que nos cruzamos hasta una sala donde había una mesa, cuatro sillas, otra puerta y un armario. Oskar cerró la puerta, nos señaló las sillas y nos sentamos los tres.

—Perdona mi brusquedad, pero no era momento de explicaciones. El microchip que llevabas es en realidad un localizador y, aunque oficialmente estás muerta, se podría activar de nuevo y te buscarían. Ahora lo lleva una ardilla, nos servirá para despistarles y ganar algo de tiempo si quieren encontrarte.

—¿Quién está en el mostrador?

—Un amigo. He insertado mi microchip en una piel falsa y nos lo turnamos para moverme con libertad. También hay una cámara en la entrada que sólo capta la imagen, pero es bastante precisa. Aunque podemos manipularla y que se vea en el monitor una grabación no debemos abusar, sería sospechoso que se viera muchas veces el pequeño salto que da la imagen cuando lo hacemos.

—¿Por qué tantas precauciones? ¿Qué sabes?

—Que estamos muy vigilados y cualquier pequeño detalle nos puede descubrir.

—Tu verdadero nombre es Nahel, ¿verdad? —le pregunté.

—¿Cómo lo sabes?

—Tu hermano, Kenzo, te envía saludos.

—¿Has visto a mi hermano? —me preguntó con los ojos muy abiertos.

—Sí —contesté—. ¿Conoces a Dan? —Nahel asintió—. Me contó que Owen y Kenzo sellaron una entrada que comunicaba las tres tierras. Tuvieron problemas con unos soldados y tu hermano acabó en Teine, desde entonces esperan a Owen para que les explique por qué corren peligro, pero aún no ha llegado. ¿Qué sucedió?

—Sabes que antes de que tú llegaras hubo dos viajes, ¿verdad?

—Sí.

—Owen llegó en el primero con otros científicos y el ejército. Nos aseguraron que venían para intercambiar conocimientos y, aunque en apariencia eran lo que hacían, no me fiaba de ellos, y me daba mala espina que su jefe nos hablara a través de emisarios. Enviamos por la gruta que comunicaba las tres tierras de forma directa un mensajero a Teine y otro a Deighe para notificar la presencia de los extranjeros. Deighe se negó a que supieran de su existencia, aunque sí querían saber cuáles eran sus intenciones y en Teine decidieron esperar también a conocer sus propósitos para contactar o no con ellos. Nosotros no tuvimos la opción de esperar.

Hizo una pausa y me miró. Vi en sus ojos el mismo odio que en los de Kenzo, pero, a diferencia de él, me sonrió y continuó con su relato. Esta vez el brillo de su diente no me molestó.

»La función del ejército era preservar la seguridad de los científicos mientras realizaban su trabajo, pero Owen era diferente, siempre iba solo. Recorría el planeta con gran curiosidad, le fascinaba absolutamente todo, y fue el único con el que realmente hicimos intercambio de información y cultura. Yo me encargué de acompañarle para poder vigilar sus movimientos, pero al final nos hicimos grandes amigos.

Ya no tenía ninguna duda sobre la identidad de Ian.

»Un día que andaba solo encontró por casualidad la entrada que une las tres tierras y llegó hasta Teine y, aunque fue bien recibido, no querían dejarle ir. Les convencí de que le dejaran marchar bajo mi responsabilidad porque sabía que debía entregar un informe semanal de sus descubrimientos y una ausencia prolongada podía hacer saltar las alarmas. No sólo le dejaron marchar, se ganó su confianza para volver cuando quisiera, y así lo hizo. Era tan especial que, cuando conoció a Zohar, la convenció para que le llevara a Deighe. Se recorrieron juntos el planeta durante meses hasta que un día vino mi primo Heber muy alterado. Había dejado a mi hermano Kenzo y a Owen en la entrada de las tres tierras para dinamitarla porque Owen le aseguró que le habían engañado, estábamos todos en peligro y debíamos protegernos de Khalzan. Juró que no había contado nada a su gente sobre Teine y Deighe, pero sabía que acabarían por descubrir la entrada. Zohar se marchó para avisar en su tierra, Kenzo debía venir aquí y él se marcharía a Teine, pero nunca llegaron ninguno de los dos. Avisamos a todos los que pudimos y nos ocultamos varios días hasta que, disfrazado de soldado, salí a inspeccionar. Excepto los barrios que conoces como Amanecer y Anochecer, habían arrasado todo Stàball.

Sus ojos brillaban y Ciro parecía de cera.

—Lo siento —susurré.

Aunque no disculpaba su manera de actuar, sentí de nuevo pena por Kenzo.

—Como el sistema de identificación era fácil de copiar y sabíamos por Owen que enseguida llegaría otro destacamento, suplantamos la identidad de algunos de los recién llegados que venían solos y sus trabajos estaban algo aislados, como el mío, hasta saber qué había ocurrido con Kenzo y Owen.

—¿Por qué no atravesaste el desierto? —pregunté.

—Sin la entrada que comunica las tres tierras no sé cómo llegar vivo a Teine y Deighe.

—Ciro te habría recogido.

—Demasiado peligroso. Además, al poco tiempo de comenzar la construcción del sector Cero descubrimos que los recién llegados no sabían nada de lo que había ocurrido en la primera expedición, al igual que los que llegasteis en el último, y que los científicos estaban aislados del resto, y empezamos a sospechar que Khalzan tramaba algo más que ocupar el territorio.

Recordé la desconfianza de Ian, que era Owen, hacia el sector Cero, todo encajaba.

—Mi primo Heber, uno de los infiltrados, conoció a una mujer excepcional que llegó en el segundo viaje con su hija. Dominaba el sector Cero como si lo hubiera diseñado ella y tenía una filosofía de vida que no se parecía en nada a la del resto. Cuando decidió mudarse al barrio Anochecer a Heber le extrañó mucho porque, aunque era una mujer muy independiente, no necesita alejarse de allí para seguir siéndolo. Intentó hablar con ella, pero se mostraba muy esquiva y decidió esperar a que se mudara para saber qué le había hecho cambiar de opinión, pero nunca llegó a hacerlo. Murió en un accidente sospechoso.

—¡Lilith! —grité.

—¿La conocías?

Los dos me miraron sin pestañear.

—Mika me habló de ella.

—Sé que has trabajado con Mika, pero es tan reservada como su madre y no le gusta hablar de ella.

—Sí, bueno, tenemos una situación parecida y al final hablamos de nuestras familias.

—Heber me había hablado de ti, pero no sabíamos nada.

—¿Heber? No conozco a ningún Heber… Espera, Heber es Karlos, ¿verdad?

—Así es.

—¿Qué sabes de ellos? Cuando me fui estaban enfermos.

—Están aislados porque no lo están.

—¿Cómo? Yo vi a Mika y no estaba bien.

—Aunque hemos conseguido ver a Heber, ha sido poco y es peligroso acercarnos mucho, pero le pudimos extraer sangre. Le han drogado e imaginamos que a Mika también.

—¿Drogados? ¿Para qué?

—En pequeñas dosis diarias la droga anula la voluntad. Creemos que han empezado con ellos como prueba para luego continuar con el resto.

—Por eso nos separaron por grupos para la comida. Mika tenía razón.

—¿Qué sabía?

—Nada en concreto. Quizás averiguó algo y la descubrieron.

—Es posible. Heber se quedó a su lado para protegerla, pero se empeñó en irse a la casa que solicitó su madre, es igual de testaruda que ella.

—Por eso estaba tan nervioso cuando enfermó y no le dejaron verla —recordé en voz alta—. Cuando me dijo que estaba sola quería decir en peligro.

—Seguro.

—¿Podemos hacer algo para ayudarles?

—Primero debemos encontrar a Owen para saber qué ocurre, así sabremos a qué atenernos.

—Pero nadie sabe dónde está, ¿no?

—Tú sí.

Me quedé sin respiración durante un segundo. Cuando la recuperé sólo se me ocurrió mentir.

—Yo no conozco a ningún Owen.

—Sí le conoces. El día que llegaste y descubrí que estabas sola en una casa del barrio lo preparé todo para que una chica de aquí con características parecidas a las tuyas ocupara tu lugar.

—¿Cómo? —grité.

—Con algo de tinte y maquillaje era casi igual que tú. El tren sería el lugar ideal, nadie se daría cuenta. Entonces apareciste antes de marcharte a por queso y gelatina, la comida preferida de Owen. Mi primera idea fue continuar con el plan de suplantación e interrogarte antes de hacerte desaparecer, pero al final decidí que era mejor esperar a que se encontrara contigo de nuevo. Supimos que había estado allí porque registramos la casa en cuanto te fuiste y vimos el cuenco con los pétalos azules, pero no encontramos ni rastro de él. Sólo era cuestión de tiempo, además, sabía por Heber que se mudaría todo el mundo excepto tú y pensé que sería más fácil y seguro localizarle cuando estuvieras sola. Entonces ocurrió lo de Mika y Heber y desapareciste. ¿Dónde podemos encontrarle?

Costaba digerir que había estado a punto de desaparecer y nadie se habría enterado, excepto Mika, y la tenían drogada. Noté como se me encogía el estómago y fijé la vista en la mesa.

—No conozco a ningún Owen.

—Sara, tu gente no sabe nada y allí ocurre algo que no puede ser bueno.

—Yo no sé nada.

—Pero sí sabes dónde está Owen.

—No conozco a ningún Owen.

—Podría haberte suplantado, pero no lo hice y te lo he contado, tienes que confiar en mí y ayudarme a encontrarle. Él se arriesgó para salvarnos.

—¿Confiar en ti? Ni en broma.

Me levanté hacia la puerta y Nahel me cerró el paso, pero Ciro le dijo algo y me dejó salir.

Caminé con los dientes y los puños apretados hasta que llegué a una pared sin salida y maldije con todas las palabrotas que se me ocurrieron mientras descargaba mi furia con unas cajas vacías. Cuando me harté de dar patadas apoyé mi espalda en la pared y me resbalé hasta sentarme en el suelo.

No conseguía imaginar qué pretendía Khalzan y le insulté. Luego recordé a Lyon y escupí insultos y saliva hasta que me vino la imagen de Kenzo y les maldije, a él y a su hermano. Pensé en Dan y la posibilidad de que formara también parte de algún plan contra mí. Me levanté a gritar cuanto los odiaba a todos hasta que me dolieron las cuerdas vocales. Después me senté de nuevo, apoyé los brazos cruzados sobre las rodillas, escondí la cabeza y me puse a llorar. Cuando levanté la cabeza Ciro estaba frente a mí.

—¿Sara, bien?

—No mucho, la verdad.

—Nahel, bueno.

—Me iba a hacer desaparecer, así, sin más.

—Tú aquí.

—Sí, claro. Oye, antes de irnos, Kenzo te preguntó qué pasaría si yo mentía. ¿Qué le dijiste?

Ciro abrió el tubo que colgaba de su cuello. Sacó un pequeño estilete, dobló el brazo izquierdo como si sujetara algo con él e hizo el gesto de clavarlo en lo que, imaginé, sería mi cuello.

—¡Genial! Este planeta es una mierda. Lo odio, al planeta y a todos vosotros —dije mientras lanzaba piedrecitas a la nada.

Hincó una rodilla en el suelo, extendió los brazos con el estilete entre las manos y agachó la cabeza. Tardé un poco en cogerlo. Aunque era ligero, su hoja tenía pinta de atravesar la madera como si fuera mantequilla. Él levantó un poco la cabeza y me miró.

—Spas, Ciro.

Inclinó la cabeza y le sonreí.

—¿Tú, Owen?

Suspiré. Tenía ganas de estar con alguien que no tuviera intención de matarme.

—Está bien. Volvamos dentro.

Nahel nos esperaba en la sala. En cuanto entramos se levantó y me puse frente a él. Con Ciro a mi lado no tenía miedo.

—Owen vivía en el sótano de mi casa, pero desde que me marché no sé si habrá vuelto —dije.

—Bien —dijo Nahel—, nos preparamos y vamos a buscarle.

—Un momento. Podemos ir todos a la casa, pero le buscaré yo sola.

—¿En la casa? ¿Por qué?

—Te lo explicaré cuando le encuentre y hablemos.

—Owen es mi amigo y se arriesgó para salvarnos. Necesito encontrarle.

—Este es el trato. ¿Aceptas?

—Te han dado por muerta, pude hacerte desaparecer antes y puedo hacerlo ahora.

De reojo vi cómo se tensaron los músculos en los brazos de Ciro.

—Pero me necesitas para encontrarle.

Aunque me costó un poco no apartar la vista le mantuve en silencio la mirada y sentí que me hacía algo más fuerte.

—Está bien, pero yo dirijo hasta allí, no quiero complicaciones.

—De acuerdo. ¡Ah! Necesitaremos una linterna potente.

—¿Alguna cosa más?

—No.

Abrió el armario y rebuscó entre la ropa hasta que sacó tres uniformes de soldado.

—Toma, cámbiate en el cuarto de baño —me dijo—. Luego te haré unos retoques para camuflarte.

Cogí el uniforme y abrí la puerta. Entre el lavabo y la taza apenas me podía mover. Me miré al espejo y pensé que, a pesar de la ropa, jamás tendría pinta de soldado. Por si acaso, guardé el estilete en un bolsillo lateral del pantalón. Cuando salí Nahel también se había cambiado y discutía con Ciro.

—¿Es necesario ir disfrazados? —pregunté.

—De vez en cuando viene algún destacamento por aquí. A ver cómo explicamos la presencia de esta medusa con piernas —dijo señalando a Ciro.

—De todos modos, no he visto ningún soldado que lleve rastas —dije divertida.

—O se las escondo en la gorra o se las corto.

Estoy convencida de que la mirada de Ciro podía haber convertido en piedra a cualquiera excepto a Nahel, que se carcajeó.

—Está bien. Tengo otra cosa para ti, cabezota. —Abrió de nuevo el armario—. Nadie te podrá ver y tú tampoco verás, pero yo te guiaré. ¿Te parece bien?

—Sí —contestó Ciro.

Nahel dejo doblado lo que parecía una sábana del mismo color de la mesa y un maletín. Le iba a preguntar qué iba a hacer con Ciro cuando le vi quitarse el diente de oro, lo guardó en el maletín y se puso uno blanco en su lugar. Luego se roció el pelo con un espray, se lo agitó con los dedos y, en cuestión de segundos, su perfecto pelo negro engominado se transformó en un cabello alborotado de color castaño claro. Al ver mi cara se rio.

—Ahora te toca a ti —me dijo.

Utilizó el mismo espray, pero en lugar de alborotarlo me lo aplastó con la palma de la mano. Después me puso una máscara un poco pegajosa, la frotó unos segundos y me la quitó. Cuando me miré en el espejo del baño era rubia, con el pelo liso, tenía la cara sonrosada y pecosa y mi mechón blanco había desaparecido.

—¡Esto es genial! —dije.

—Si tienes algo muy característico eres fácil de reconocer, como tu mechón. El mejor disfraz es ocultarlo y ponerte algo más llamativo o volverte neutro —explicó.

—¿Y Ciro?

Nahel se cubrió con la sábana de la mesa y desapareció delante de mí. Acerqué la mano y le toqué, aunque seguía sin verle.

—¿Cómo es posible? —pregunté sin terminar de creérmelo.

—Sólo hay que curvar la trayectoria de la luz y doblarla hacia atrás.

—¿Cómo se hace eso… en una tela?

—No es cualquier tela —dijo al quitarse la sábana—, es un metamaterial y funciona como un espejo, no te hace invisible, sólo refleja lo que tienes a tu alrededor.

—Con esto te puedes colar en cualquier sitio.

—No exactamente. Es cierto que el ojo no te puede detectar, pero tú no ves nada, cualquier sonido que emitas se escucha y también te pueden oler, además, ocupas un espacio y los sensores de movimiento te detectan.

—No te ven. Lo demás casi no importa.

—No hay que menospreciar los otros cuatro sentidos. Además, hay que tener cuidado de no pisarla, que no se te vean los pies…

—Aun así, es increíble. ¿De dónde sacas todo esto?

—Antes de vuestra llegada yo vivía en Aganuu, la ciudad que en Teine se llama Cande. Hacía muy buenas interpretaciones —dijo con orgullo.

Pensé en papá. Él, que era capaz de convertirse en un monstruo con tres vasos de plástico y un rotulador, alucinaría con todo esto.

—Enséñame más cosas —dije.

—Ya habrá tiempo. Ahora vamos a concretar lo que vamos a hacer.

—Está bien.

—Cuando lleguemos yo entraré a la casa para asegurarme de que está vacía. Si apareciese alguien, civil o soldado, limítate a saludar.

—Sí, señor —dije con la mano en la frente.

—Bien. Dispongo de documentación falsa. —Me enseñó una tarjeta con su foto—. Como tengo mayor rango respondo por ti. ¿Alguna pregunta?

—No.

—Pues vámonos ya.

Subimos de nuevo en el ascensor y sentí un hormigueo en el estómago. Antes de llegar a la planta baja del almacén nos cubrimos los tres con la sábana y, cuando el falso Nahel comprobó que no había nadie fuera, nos condujo hasta donde las cámaras ya no podían vigilarnos para que Nahel y yo pudiéramos caminar fuera de la sábana y regresó a su puesto.

—Pon tu mano en mi hombro para que te guíe —le dijo a Ciro.

Llegamos a la parte trasera de la casa sin ningún percance y Ciro y yo nos ocultamos tras unos árboles mientras Nahel entró con su tarjeta. Cuando comprobó que no había peligro nos hizo una señal y entramos. Ciro respiró aliviado cuando le quitamos la sábana. Bajamos por el sótano hasta el pasadizo y expliqué que lo estaba cavando para llegar hasta Teine.

—Dame la linterna y esperad aquí.

—¿No estarás intentando huir?

—Eres igualito que tu hermano —dije con un resoplido—. Si Owen está aquí, subiremos los dos. Si no, habrá que esperar a que vuelva, si es que vuelve.

Los miré, tomé aire y bajé por una cuerda hacia el túnel. Al principio no entendí cómo podía meterse allí todos los días, él era más grande que yo y a mí me resultaba bastante estrecho, pero una vez que toqué suelo se ensanchó y pude andar cómoda. Al rato debí llegar a la altura del Oasis Seco porque comenzó a estrecharse y recordé que a partir de ahí decía que le costaba avanzar.

—¡Ian! —grité.

Me pareció escuchar algo y continué. Más cerca el sonido me recordó a los aspersores del parque al que iba cuando era pequeña, no tenía mucho sentido, pero un poco de agua para refrescar el ambiente me habría venido bien, parecía que estaba en una sauna.

El aspersor parecía estar en un hueco de la pared derecha y lo alumbré. Vi una boca con dos dientes y sentí un picotazo que me hizo soltar la linterna. La recogí del suelo y al alumbrarme la mano me la vi enrojecida y con dos agujeros. Empezó a picarme y decidí volver, hacía mucho calor. Además, quería desinfectarme la mano, había ocurrido todo tan rápido que no tenía ni idea de qué me había mordido.

Se me empezó a hacer muy pesado el camino, me costaba respirar y sentí un sudor frío. Apenas había avanzado cuando empecé a tener náuseas y escalofríos. Después comencé a ver borroso, me apoyé en la pared para descansar y, de repente, todo se oscureció.

Desperté con dolor de cabeza. Al principio no sabía dónde me encontraba hasta que vi el botón rojo con los cables cortados y, aunque me costaba pensar, recordé que había bajado por el túnel para buscar a Owen y algo me mordió. Me miré la mano y al verla vendada me levanté del sofá.

—Despacio —dijo una voz.

Al girarme vi a Ciro.

—¿Cómo he llegado hasta aquí?

—Ciro.

—Gracias. Y el mordisco, ¿es peligroso?

—No.

Me enseñó el estilete que me había dado y volvía a tener él. Se dibujó con la punta una delgada línea blanca en la mano. Acercó sus labios a la marca e hizo el gesto de escupir.

—Spas —dije.

Me lo devolvió y lo guardé de nuevo en el bolsillo.

—¿Se sabe algo de Owen?

—No.

—¿Y Oskar?

—¿Nahel? —me preguntó.

—Sí. ¿Dónde está?

—Almacén. Nahel pronto.

—Ciro, necesito ir al baño.

Él hizo una pequeña inclinación, me señaló la luz apagada y se dio la vuelta. Salí del salón sin encender la luz, pero me negué a entrar al baño a oscuras, así es que encendí cuando tenía la puerta casi cerrada para que no se viera la luz del baño.

Aunque hubiese preferido una ducha, me sentó bien refrescarme. Cogí la toalla para secarme y algo cayó al suelo. Lo guardé en un bolsillo y miré a mi alrededor como si, de repente, alguien pudiera aparecer y darse cuenta de que era un pétalo azul; Owen andaba por allí. Abrí lo justo para sacar la mano y apagar la luz. Después salí muy despacio y sin hacer ruido.

Ciro continuaba en la misma posición. Cuando le veía tan quieto me daba la sensación de que era una estatua que algunas veces cobraba vida. Caminé hacia la puerta del final por la que hui de Lyon y al recordarlo me dio un escalofrío. La puerta estaba abierta, como siempre, y salí.

Sentí una gran decepción al ver que Ian no estaba y miré hacia el amanecer, si no le encontraba por aquí sólo se me ocurría ir a buscarle al Oasis Seco, pero antes necesitaba descansar. Ya me había girado para entrar de nuevo cuando alguien chistó desde los árboles donde nos escondimos al llegar. Me acerqué despacio y de detrás de un tronco salió una cabeza que me sobresaltó.

—¡Ian! ¡Eres tú!

—No grites —dijo en bajo—. Ven.

Se escondió de nuevo tras el tronco y yo miré hacia atrás para comprobar que no había nadie antes de seguirle. A pesar de tener el aspecto de un habitante de Sgudal nos dimos un abrazo muy fuerte.

—Pensé que no te volvería a ver —dijo—. Cuando llegué había sangre en el salón y huellas hacia el desierto ya casi borradas. ¿Qué pasó?

—Eso no importa ahora. —Me despegué de él y le miré a los ojos con algo de emoción—. Encontré lo que buscabas y sé quién eres. Ven, vamos dentro y te lo explicaré todo.

—No. Hay alguien ahí. Vi salir a un soldado y estoy seguro de que volverá. No quiero que nadie me vea.

—Son amigos. Ellos te conocen y nos pueden ayudar.

Le cogí de la mano y tiré de él para ir hacia la casa, pero no se movió. Me sujetó por los hombros y me miró de arriba abajo.

—¿Por qué vas vestida de soldado? ¿Y qué le ha pasado a tu pelo?

—Es un disfraz. Vamos.

—No.

—Por favor. Estamos más seguros dentro.

Me miró como mamá el día que la pillé en la nave vomitando y, a pesar de sus excusas, la llevé a la enfermería.

—Confía en mí.

—Está bien, Sara, confío en ti.

Entré yo delante. Seguía amnésico y no sabía si Ciro le haría recordar o le asustaría. Cuando entramos en el salón, Ciro se giró hacia nosotros.

—¡Owen!

El grandullón se acercó a él y estrechó su antebrazo. Owen respondió al saludo, incluso le cogió el hombro con la otra mano y le sonrió. Después se giró hacia mí.

—¿Quién es? —me preguntó.

—Ciro. Guardián de la entrada de Teine por el desierto y pastor de medusas.

—¿De qué hablas, Sara?

A Ciro se le fue la sonrisa y me miró. Todo él era una interrogación.

—Venid —dije—. Os haré breve resumen.

Le conté todo lo que sabía hasta ahora y expliqué a Ciro que no recordaba nada, desde que dinamitaron las tierras porque fue a partir de ahí cuando todo el mundo le perdió la pista. Ciro asintió sin dejar de mirarle y Owen no dejaba de frotarse las sienes y mover incrédulo la cabeza de un lado a otro. Conseguí que me creyera, pero seguía sin recordar.

—Ahora —dije—, con vuestro permiso, voy a descansar un poco. Me mordió una serpiente. —Enseñé a Owen mi mano vendada—. Cuando Nahel regrese nos organizamos.

Sus caras me hicieron sonreír. Me tumbé en el sofá y a pesar de la emoción de volver a ver a Owen me dormí enseguida, estaba cansada, había vuelto a casa y tenía a mi lado a dos hermanos mayores que me protegían. Sólo faltaban Dan y Besnik para completar la escolta perfecta.

Desperté como si hubiera dormido tres días seguidos. Alrededor de la mesa Ciro parecía de cera, Nahel tenía cara de preocupación y Owen degustaba un trozo de oloroso queso que hizo sonar mi estómago.

—¿Has descansado? —preguntó Owen.

—Sí, y tengo hambre. ¿Cuánto he dormido?

—Unas horas —dijo Nahel—. Lo importante es que te encuentres bien, hay mucho que hacer.

—En cuanto coma algo estaré como nueva. ¿Tienes algún plan? —le pregunté.

—Ciro me ha dicho que han convocado una asamblea y que os dieron tres días para vuestro regreso.

—Eso es cosa de tu hermano. Si no estamos allí en tres días con noticias tuyas intentará cruzar el desierto para volar el sector Cero.

—Y lo hará —sonrió.

—Pero tenemos que hacer algo más que ir y venir por el desierto. Habría que sacar de allí a Mika y Karlos, bueno, Heber, y avisar al resto de que corren peligro.

—Si desaparecieran sería muy sospechoso. Ahora podemos coordinarnos al menos con Teine y, en principio, no contaremos con Deighe. Es posible que quieran continuar apartados de todo, pero podemos intentarlo. Con todos los que somos en Stàball, refuerzos y el factor sorpresa podemos reconquistar lo que nos pertenece.

—Pero no podemos atacar al sector Cero así como así. ¿Con qué lo haríamos? ¿Y la gente? No saben nada, yo no lo sabía, y tú mismo lo has comprobado —contesté.

—No queremos luchar contra la población, sólo derrocar a Khalzan. Antes vivíamos en perfecta armonía, cada tierra aportaba algo a las otras y vosotros también podréis hacerlo. Lo único que pretendemos es recuperar nuestras vidas.

—Entonces habrá que avisarles de alguna manera —insistí—. Si no, ¿cómo van a saber que no se les ataca a ellos? Hay un sistema de megafonía. Si tuviéramos acceso a él podríamos enviar un mensaje.

—Buena idea. Haremos una grabación para que, además, se vea en todos los monitores. Explicaremos lo que sabemos y lo que deben hacer para estar a salvo. A ti te conocen y te han dado por muerta, será más creíble e impactante si sales tú. Heber trabaja en mantenimiento, si le desintoxicamos podrá hacerlo.

—De acuerdo.

—Dentro de tres días habrá una tormenta de arena —dijo Owen, que, por fin, se había terminado el queso—. Hay tiempo de hacer todo lo que decís y que este señor, ¿Ciro?, avise y venga con refuerzos por detrás de ella, así no se les verá.

—Ciro amigo.

Ciro se dio un par de golpes en el pecho con el puño y, aunque me dio pena, no pude evitar sonreír.

—Sorpréndenos —dije—. ¿Cómo sabes lo de la tormenta?

—En los arbustos de fuera hay minúsculas arañas rojas que se han situado en el lado que da hacia las casas. Se las ve porque se han juntado bajo sus telarañas en la cara abaxial —contestó.

—¿Cómo es posible que recuerdes algo así y a nosotros no? —dijo Nahel—. ¿Qué te ocurrió?

—Ojalá lo supiera. Por lo que me habéis contado la situación es grave y estoy cansado de los dolores de cabeza.

—Vamos a prepararlo todo y cuando vuelva me ocuparé de tu memoria, creo que puedo hacer algo. ¿Te parece bien? —preguntó Nahel.

—No —dije—. Si puedes ayudarle, hazlo ya. Yo iré al sector Cero.

—Es muy peligroso y si alguien te reconoce tendrás que dar explicaciones, se supone que estás muerta —dijo Nahel.

—Para eso tienen que verme —dije con la sábana invisible en la mano.

—Aun así, lo de la memoria lleva un tiempo y no es algo que se deba hacer a la ligera.

—Está bien. Vamos a hacer la grabación, la llevamos los dos y, a la vuelta, te encargas de que Owen recupere la memoria. ¡Ah! Quiero salir con mi pelo, que se me reconozca perfectamente.

—¿Dónde está la niña tímida y asustadiza que me encontré en el sótano? —preguntó Owen.

—Supongo que se quedó en el desierto —contesté.

Los dos nos reímos mientras Nahel nos miraba al uno y al otro y negaba con la cabeza.

—Bueno, volvamos al almacén —dije.

—Esperad —dijo Nahel—. Comprobaré que hay vía libre. Vosotros dos —dijo a Ciro y Owen— tendréis que caminar juntos bajo la sábana.

Aunque me parecían excesivas sus precauciones no dije nada y cuando llegamos al almacén me metí bajo la sábana sin protestar.

Cuando estuvimos de nuevo en el sótano dejamos a Ciro y Owen enfrascados en una conversación de mímica y palabras sueltas y fuimos a la sala. Una vez recuperado mi aspecto miré a la cámara, imaginé a la multitud que me iba a escuchar y, en medio de ella, visualicé a Raquel.

—Para quien no me conozca, mi nombre es Sara Krom. Llegué en el tercer viaje con la misma intención que vosotros, comenzar una nueva vida, pero Khalzan nos ha engañado. Primero arrasó las ciudades de Hiyoru y luego construyó el sector Cero. La división de la comida para nuestra recuperación es en realidad un programa a gran escala para dominar nuestra voluntad y el chip, un localizador para que nadie pueda escapar de su dominio.

Levanté el antebrazo para mostrar durante unos segundos la herida aún sin cicatrizar. Tuve cuidado de no cubrir en ningún momento el rostro.

»Se acerca una tormenta de arena y con ella llegará el fin de los planes de Khalzan. Protegeos en vuestras celdas. Iremos a buscaros y os prometo que podremos, de verdad, comenzar una nueva vida.

—Perfecto —dijo Nahel—. Este es el plan: Iremos en el camión de reparto. Cuando baje me sigues hasta la entrada y esperas a que entre con la mercancía. La llevo en una plataforma con ruedas. Dejaré la parte delantera con suficiente espacio para que subas. Te puedo dejar en la plaza central de camino al almacén, pero haré todo lo posible por llevarte hasta la enfermería. ¿Sabes dónde está?

—Sí.

—Bien. Te daré una llave maestra con la que podrás abrir todas las puertas que conozco, funciona a través de la tela. Heber se encuentra en ese pasillo, en la cuarta sala. Entras y le inyectas esto.

Me dio un tubo de cristal con un líquido verde. Aunque eran opacos y nunca vi el color, me recordó a las inyecciones para el dolor que le suministré a mamá en la nave los últimos días antes de morir.

—Giras la rueda de arriba y sale una pequeña aguja. No es necesario hacerlo en vena. Lo clavas y empujas hacia abajo. Es el sistema que utilizáis vosotros.

—Lo conozco.

—Esperas diez minutos a que le haga efecto. Asegúrate de que entiende lo que dices antes de explicarle nada. Si se limita a repetir tus palabras, espera un poco más. No debe tomar el alimento y el agua que le suministran, tendrá que fingir que lo hace y que continúa bajo el efecto de la droga. Podrá mantenerse con esto.

Puso sobre la mesa cuatro bolas iguales a las que me dio Ciro en el camino por el desierto y otras cuatro con un ligero tono amarillento.

—Las azuladas son agua, imagino que las otras son comida —dije.

—Algo así. Se las das junto con la grabación y una tarjeta maestra y vuelves al camión. El día de la tormenta de arena sabrán que se acerca. Una vez que hayan avisado por megafonía Heber la emitirá en bucle para que se vea y se escuche por todo el sector Cero. ¡Ah! Recuérdale que lleva un localizador.

—Falta Mika.

—Nos podemos encargar de ella cuando lleguemos tras la tormenta.

—Se puede quedar allí, pero habría que desintoxicarla. Ya estaba bastante mal la última vez que la vi.

—Pero tendrá que mantenerse durante tres días sin agua ni alimento.

—Le daré la mitad a cada uno.

—Heber lo necesita, tiene un trabajo que hacer, ella sólo tiene que esperar.

Con las palmas de la mano en la mesa me levanté de la silla y acerqué mi nariz a la suya tanto que casi se rozaban.

—Lleva drogada más tiempo que Heber y si el que se hace cargo de ella es como Lyon... Además, se arriesgó para advertirme, y eso que ya estaba drogada. No pienso irme de allí sin hacer nada cuando tengo en mis manos la posibilidad de ayudarla.

Nos miramos sin pestañear y sentí frío en la espalda. Sólo escuchaba un latido rápido y pensé que sería del corazón de Nahel porque tuve la sensación de que el mío se había parado.

—Está bien —dijo.

—Y una tarjeta maestra —exigí,

—De acuerdo —dijo con un resoplido—. ¿Has estado alguna vez en las celdas?

—Sí, en el ala oeste —contesté mientras me sentaba de nuevo.

—Las dos zonas son iguales. Mika está en la este. Aunque nunca hemos visto a Khalzan, sabemos que es allí donde se encuentra. También está el laboratorio, por tanto, es la zona más vigilada. Debes tener mucho cuidado, aunque a ti no te puedan ver las puertas no se abren ni se cierran solas.

—¿Cuál es su celda?

—Está en la planta baja. Es la última celda, luego hay un soldado que hace guardia en el pasillo.

—Entendido.

—Tienes hora y media, es lo más que puedo tardar para no levantar sospechas. Si pasa el tiempo y no has llegado tendré que marcharme. Desde que todo el mundo se instaló en el sector Cero y tú desapareciste el tren ya no funciona y tanto yo como el camión llevamos un localizador. Tendrías que regresar sola y a pie. Si no volvieras no puedo buscarte por todo el sector Cero, tendrías que ir a la recepción o la entrada para subirte al camión en cuanto me vieras llegar por la mañana a primera hora.

—Comprendo. ¿Cuándo nos vamos?

—Dentro de media hora. Ponte un mono de mantenimiento del sector Cero, son los únicos que llevan cinturón y así podrás guardar todo lo que debes llevarte y, de paso, si pierdes la sábana no llamarás la atención. Y deberías volver a teñirte y pintar tu cara.

—¿No crees que exageras un poco? —pregunté.

—Continúo libre gracias a ello. Toda precaución es poca.

—No sé por qué tienes tanto miedo, con todos tus inventos podrías llegar hasta donde quisieras.

—Lo que no sé es cómo con vuestra pobre tecnología y vuestra manera de hacer las cosas habéis logrado llegar hasta aquí sin perderos en el espacio.

—Pues no veo que estéis en muy buena posición con vuestra supertecnología.

—Quizás la diferencia esté en el uso que le damos. Voy a avisar a estos dos.

Nahel me dejó sola en la habitación. Cuando pude tragar saliva me puse el mono y di vueltas alrededor de la mesa mientras repasaba mentalmente todo lo que iba a hacer. Revisé el cinturón: tres tarjetas maestras, las bolitas de agua y comida y el estilete de Ciro. Ojalá tuviera más de agua. Calculé que estaría dentro del sector Cero a la hora que terminaba la jornada y con un poco de suerte podría ver a Raquel, aunque ella no me viera a mí, y asegurarme de que se encontraba bien. Tenía que llevarla al Oasis Seco y al mar para que los dibujara en su bloc.

—Vas sin maquillaje —dijo Nahel a su regreso.

—No lo necesito —contesté.

—Como quieras. ¿Lo tienes todo?

—Sí. Ciro, tú podrías ir a Teine para ganar tiempo.

—Ciro aquí. Sara bien.

—Spas, Ciro —dije con una leve inclinación de cabeza.

—Por favor, Sara, ten mucho cuidado —dijo Owen.

—Lo tendré.

Le sonreí y le acaricié la barba. Él dejó de sonreír, abrió mucho los ojos y se quedó como congelado.

—¿Te ocurre algo? —pregunté.

—No sé. Por un momento me ha parecido que esto ya ha sucedido.

—Eso se llama *déjà vu* —le dije.

—Es posible, pero tengo la sensación de haber vivido esta situación, sólo que algo no encaja, está borroso.

—Nahel te va a ayudar a recordar a la vuelta y podrás recordar qué te ocurrió, ya lo verás.

—Vámonos —dijo Nahel.

Fuimos al almacén bajo la sábana y a pesar de las protestas de Nahel, me paré a coger agua antes de salir a lo que resultó ser una camioneta de las que tienen descubierta la parte de atrás. Fuera del alcance de las cámaras el falso Nahel se quitó la piel postiza con el microchip para que se la pusiera el verdadero.

—Es mejor que te ocultes en cuanto divisemos el sector Cero. Me las apañaré para abrir la puerta del copiloto sin levantar sospechas y no la cerraré hasta que me vaya. Una vez que hayas bajado te coges a mi hombro, como hizo Ciro, y te meto dentro. Recuerda que tienes hora y media. Toma mi reloj, es de caballero, pero no creo que te importe.

Al sonreír volvió a asomar el brillo del diente. Esta vez me hizo gracia. Le devolví la sonrisa, cogí el reloj y me lo coloqué con la esfera en la cara interna de la muñeca.

—Una costumbre familiar —expliqué.

Fuimos por la pequeña carretera asfaltada que circulaba casi paralela a la vía del tren. Nahel me explicó que los trayectos desde los barrios se cruzaban en el sector Cero y dibujaban el símbolo del infinito. El estómago me empezó a dar vueltas y bajé la ventanilla para que me diera el aire mientras intentaba regular la respiración. En cuanto vi el edificio blanco en el horizonte me cubrí con la sábana y, aunque sólo quedaba algo más de un kilómetro, se me hizo eterno hasta que llegamos a la entrada.

—Buenas tardes —dijo Nahel—. ¿Qué tal el día de hoy?

—Tan emocionante como siempre —contestó una voz de sapo—. ¿Me traes algo?

—A la salida.

—No te olvides.

Aún se escuchaba la puerta cuando Nahel puso en marcha la camioneta.

—¿Qué tienes que darle?

—Cosas de la enfermería. Algunos soldados necesitan una ayuda extra para cumplir con las guardias. A mí me parece tan insano como innecesario, pero me viene bien, a veces miran sin ver y me permiten ciertas libertades. Ahora, silencio, ya estamos.

Apagó el motor y se bajó de la camioneta. Escuché que silbaba y esperé a que abriera la puerta, pero el silbido se alejó cada vez más hasta que dejé de escucharlo. No me lo podía creer, se había ido sin mí. Si me quitaba la sábana el soldado de la entrada me podía descubrir. También podía arriesgarme a abrir la puerta, pero era casi lo mismo que quitarme la sábana. Había sido una estúpida al confiar en él. Era tan odioso como su hermano.

UN FANTASMA EN EL SECTOR CERO

Me concentré de nuevo en mi respiración. Tenía que pensar en algo. Quizás, si cupiese agachada delante del asiento, podía colocarme la sábana de forma que dejara libres los ojos e intentar huir de alguna forma. Antes de moverme escuché voces. Enseguida pude distinguir a Nahel, pero venía con alguien. No pude entender lo que decían hasta que estuvieron a la altura de la camioneta. Ya no tenía forma de escapar.

—Lo siento. Tengo el albarán en la guantera. No creo que se enfaden los chicos del almacén por un minuto de retraso, ¿verdad?

—A mí me da igual —contestó una voz hueca.

La puerta del copiloto se abrió y escuché como se abría y se cerraba la guantera. Me había equivocado. Se me escapó un suspiro y me gané un toque de atención.

Recordé que se me escuchaba, así es que me concentré en mis movimientos para llegar hasta la voz de Nahel.

—¿Ves? Lo tengo aquí. Llevo un día de locos. Si yo te contara —dijo en alto.

—No hace falta que me lo cuentes —contestó la voz hueca—. Vamos.

—Espera, se me ha desabrochado un cordón. Llevo un día…

Me agarré a la puerta para bajar y di pasos muy cortitos hasta que mis rodillas dieron con Nahel. Se levantó, puse las manos en sus hombros y le seguí mientras él parloteaba sin parar. Era un buen actor y un excelente guía.

Entramos solos por la puerta giratoria y fuimos hacia la recepción. La estridente voz de Rebeca me hizo sonreír. Los dos entablaron una conversación de lo más absurda. No les hice mucho caso y pensé en lo que debía hacer para comenzar mi misión. Noté que Nahel me pisaba de forma leve con el talón y le escuché.

—Eres tan comprensiva como guapa y simpática —le dijo—. Gracias a ti mi torpeza va a servir para ayudar a los compañeros del almacén. Te dejo aquí el albarán y voy a por el material para la enfermería. A la vuelta te marco lo que dejo allí, tú sólo tienes que avisar a los chicos para que sepan que bajo más tarde con el resto, pero les ahorro trabajo.

—¡Qué bueno eres, Oskar! Siempre piensas en los demás.

—Tú sí que eres la bondad en persona.

Aunque me ponía nerviosa quedarme sola hasta que regresara me alegró saber que iría directa a la enfermería, era más seguro. Escuché a Rebeca canturrear y reírse ella sola. Después se acercaron unos pasos con voz de chica y supuse que era su compañera. Chismorrearon sobre soldados, compañeros y un largo etcétera que no me interesó ni por los nombres ni por los comentarios hasta que escuché el silbido de Nahel. Volvió a elogiar a Rebeca y a su compañera mientras guiaba mi pie con el suyo hasta la plataforma. Me subí con cierta facilidad y me agarré a las cajas. Cuando Nahel comprobó que ya estaba arriba se despidió de las chicas de recepción y nos pusimos en marcha.

—Estamos a punto de llegar —susurró—. Cuando descargue te dirigiré a la pared donde están las salas, apoyas la espalda en ella y te marchas en busca de Heber. Recuerda, cuarta sala. Yo haré el suficiente ruido como para que sus sentidos estén puestos en mí.

—Bien.

Escuché el sonido de las puertas al abrirse y enseguida noté el olor a desinfectante que había en la habitación donde me llevaron el día que me atacó el perro. La plataforma se frenó y una voz enfadada regañó a Nahel por su presencia. Él comenzó a dar explicaciones con un parloteo tartamudo mientras me guiaba de nuevo con su pie para que bajara y me desplazó despacio hacia atrás. Caminé con cuidado en línea recta hasta que me topé con la pared y, pegada a ella, me alejé de allí en busca de Heber.

Sentí alivio al notar la primera puerta y se me hizó eterno llegar hasta la segunda. Cuando alcancé la tercera estaba convencida de que era absurdo continuar a ciegas, sin la ayuda de Nahel no me sentía capaz ni de encontrar a Mika ni de regresar a la camioneta. Por fin toqué la cuarta, saqué una de las tarjetas, abrí la puerta lo suficiente como para colarme y la volví a cerrar.

Dentro me pegué a la pared y, como no escuché nada, me quité la sábana. La cama estaba colocada y vacía. Recorrí con la vista la habitación y me pareció asquerosamente blanca hasta que localicé un bulto gris en un rincón. Con las piernas encogidas y sujetas por los brazos, Heber se balanceaba de atrás hacia delante. Aunque le llamé por sus dos nombres mientras me acercaba él continuó con la mirada en un punto fijo. Cogí una de las inyecciones, saqué la aguja y se la clavé en el brazo. Tampoco se movió. Una vez que entró el líquido verde, regresé al lado de la puerta.

Mientras esperaba los diez minutos saqué el estilete y me coloqué la sábana de nuevo para hacerle dos agujeros a la altura de los ojos. Me reí al pensar que sólo me faltaría la cadena con la bola en el tobillo para ser un auténtico fantasma. Cuando me quité la sábana vi a Heber estirar las piernas y frotarse los brazos.

—Hola, Heber.

Se debió de asustar, porque se intentó echar hacia atrás, pero la pared no le dejó. Me acerqué a él despacio y le tendí la mano para ayudarle a levantarse. Cuando estuvo en pie quiso mirarme, pero entrecerraba los ojos.

—¿No puedes ver? —pregunté.

—Me molesta mucho la luz.

Saqué agua y se la acerqué a las manos.

—Toma, bebe un poco.

Tuve que frenarle para que no bebiera con ansia. Intentó mirarme de nuevo. Tenía las pupilas muy dilatadas.

—Veo borroso. ¿Quién eres?

—Soy Sara.

No esperaba que se alegrara como Owen, pero tampoco que se apartara de mí como si pudiera contagiarle algo. Él no podía saber que me habían dado por muerta, ya estaba drogado cuando hui por el desierto. No entendía su reacción.

—Sara. ¿Quién eres en realidad? ¿Quién te envía?

—No te comprendo.

Excepto por el detalle de los ojos, había reaccionado bastante bien. No repetía nada, pensaba por sí mismo, pero, por algún motivo, no se fiaba de mí. Quizás fuera la última persona que se imaginaba que le pudiera rescatar. Supuse que esperaba encontrar a alguien de Stàball, no a la chica con la que se metía por no saber trenzar como Mika y… claro, yo le había conocido como Karlos y le había llamado por su verdadero nombre.

—No tenemos mucho tiempo. Estoy aquí gracias a tu primo Nahel.

—¿Le conoces?

—Sí, él me ha traído. Te necesitamos para avisar a la gente de los planes de Khalzan y hacernos con el sector Cero. Escúchame —dije mientras levantaba su cara para que me mirara—, esto es importante. No puedes comer ni beber nada de lo que te traigan, pero no deben notarlo. Tienes que actuar como hasta ahora. ¿Entendido?

—Sí.

—Toma. —Saqué dos bolas de cada—. Raciónalo, es todo lo que podrás tomar.

—¿Has estado en Teine?

—Son de Ciro.

—¡Vaya! Eres una caja de sorpresas.

—Gracias. —Sonreí—. Pasado mañana habrá una tormenta de arena. Suponemos que la detectarán e informarán por megafonía. Aquí tienes una tarjeta maestra y una grabación. Una vez que hayan avisado de la tormenta tienes que ponerlo en bucle y que llegue a todas las pantallas. ¿Podrás hacerlo?

—Querida —dijo con voz cavernosa—, hablas con un experto.

Los dos nos reímos.

—Sólo hay un pequeño inconveniente —dijo—. Hay dos maneras de manejar el sistema: desde el centro de control y desde el acceso directo de Khalzan.

—¿Tienes que acceder a los dos?

—No podría, pero puedo bloquear la señal hasta sus monitores. ¿Cuánto dura la grabación?

—Aproximadamente medio minuto.

—Demasiado largo.

—¿Qué podemos hacer?

—No hay tiempo de grabar otro. Todos los días da orden de no molestarle durante una hora, lo pondré en ese momento. Calculo que se verá tres o cuatro veces hasta que se dé cuenta de que ocurre algo. Es todo lo que puedo hacer.

—Está bien. Recuerda que llevas un localizador.

—Sí, no es problema.

—Miré el reloj—. Debo irme. Voy a desintoxicar a Mika.

—No sé nada de ella desde que se la llevaron de su casa, la he fallado —dijo con la cabeza gacha.

—Tú no tienes la culpa —dije con mi mano en su hombro. Vendrán de Teine tras la tormenta junto con Stàball al completo y saldremos todos de aquí.

Levantó la mirada y terminó por asentir con la cabeza.

—¿Alguna duda?

—Sí. ¿Cómo has entrado?

—Tengo una tarjeta maestra y esto —dije con la sábana en la mano.

—Si me tratan como a cualquier otro enfermo, en breve traerán la merienda. Es mejor que te ocultes al lado de la puerta y salgas cuando ellos entren.

—De acuerdo.

Le tendí la mano y cruzamos los antebrazos.

—Ten mucho cuidado, Sara.

—Tú también.

Me situé al lado de la puerta y me cubrí de nuevo con la sábana. Por los agujeros vi a Heber como, después de estirar cuello y extremidades, volvía a la posición en la que le encontré. No pasó mucho tiempo hasta que se escuchó la puerta y entró el enfermero con una bandeja.

Aproveché para salir antes de que se cerrara y, pegada a la pared contraria, fui hasta la salida de la enfermería.

Caminaba despacio para no pisar la sábana y poder ocultar mis ojos si me encontraba con alguien. Tuve suerte porque, cuando llegué a la puerta de salida, esta se abría constantemente, era la hora del cambio de turno y aproveché el barullo para salir. Pegada a una pared, siempre que podía, me fui hacia el ala este para buscar a Mika.

En la entrada había un soldado de guardia. Me situé al lado del lector y de cara a la pared hasta que entró una familia, puse la tarjeta en el lector a través de la sábana para que no se cerrara la puerta y pasé tras ellos. Pasada la primera celda, el hijo pequeño se dio la vuelta y corrió hacia mí. Se chocó conmigo con tanto impulso que cayó al suelo y se puso a llorar.

Me pegué a la pared y mantuve la respiración cuando su padre se acercó a él. El niño insistió en que se había chocado con algo y el padre supuso que fue con la pared, aunque no entendía muy bien cómo había acabado en medio del pasillo. Decidió no darle más vueltas y, cuando le calmó, le cogió de la mano y se marcharon con el resto de la familia.

No me moví hasta que dejé de escuchar sus voces. Caminé despacio hasta que vi a un soldado tan quieto que se me pasó por la cabeza que en realidad era un espantapájaros. Con mucho cuidado, pasé entre él y la pared. Según caminaba noté que había menos luz y, por primera vez desde que llegué al planeta, me gustó la idea; así estaría más protegida.

Ya estaba casi en la oscuridad cuando se encendió la luz y tuve la sensación de ser un árbol del Oasis Seco. Recordé, entre las infinitas precauciones que me había mencionado Nahel, que los sensores de movimiento me podían detectar incluso debajo de la sábana, así es que, sin mirar atrás abrí la siguiente puerta y entré.

Comprobé que no había nadie a mi alrededor y me quité la sábana, necesitaba sentir aire en la cara, aunque fuera unos pocos segundos. Me encontré en una sala repleta de mesas con la tabla inclinada y cubiertas por tapas de cristal que se agrupaban bajo tres carteles: «atmósfera», «agua» y «reconstrucción». Me acerqué a las del cartel de «atmósfera». Casi todas tenían frascos que parecían vacíos, pero debían ser gases porque cada mesa tenía una etiqueta. Memoricé la que ponía «SO_2» para preguntarle a la vuelta a Ian, bueno, Owen. En las dos primeras del cartel «agua» ponía «nitratos» y «fosfatos» y en la tercera zona había sólo dos mesas, cada una con su etiqueta: «sumisión» y «muerte». En ellas había tubos como los que contenían las inyecciones de mamá y Nahel. Regresé a la puerta.

Supuse que los botes de «agua» y «atmósfera» eran muestras de la contaminación para analizar, pero a la mesa de «reconstrucción» no le encontraba sentido. No me podía creer que nos hubieran trasladado a otro planeta para anular nuestra voluntad. ¿Por qué? Y luego estaban las inyecciones de «muerte». ¿Para quiénes eran? Eso tenía menos sentido aún. Tendría que esperar a la vuelta. Quizás cuando Owen recuperara la memoria o, al menos, con su ayuda y la de Nahel, Llegaríamos a alguna conclusión. Ahora tenía que encontrar a Mika.

Su celda era la última y luego había un soldado, así es que tenía que regresar, pasar de nuevo junto al soldado y entrar en la siguiente celda sin que me viera. Podía atacarle con el estilete de Ciro, pero no me pareció buena idea. Otra opción era entrar, sin más, y confiar en que pensara que era algún fallo de la puerta. Miré el reloj y vi que me quedaban tres cuartos de hora, tendría que decidir sobre la marcha. Me cubrí con la sábana y abrí la puerta con la tarjeta.

Al salir, volvió a encenderse la luz y el espantapájaros continuó en la misma posición. Ya casi estaba a su altura cuando le sonó el intercomunicador. No entendí nada de lo que le dijeron, pero el soldado habló a su hombro.

—Aún no ha llegado el relevo, señor.

Volvió a sonar la voz entrecortada.

—Sí, señor —contestó el soldado.

Nada más terminar de hablar se marchó. En cuanto le perdí de vista me levanté la sábana para ir más deprisa y abrí la puerta de la última celda.

Entré a un salón como el de Raquel y, sin quitarme la sábana, fui al pasillo. Las puertas de las habitaciones estaban cerradas. Abrí la primera, me asomé y, al encontrarla vacía, tuve la impresión de haber entrado en una trampa. Cerré despacio, tomé aire y sentí como se me aceleraba el pulso cuando abrí la segunda y vi una maraña roja sobre la almohada de la cama.

Me quité la sábana y le puse la inyección en el brazo. Tenía los ojos abiertos y no reaccionó cuando pasé la mano por delante, apenas se distinguía un hilo verde alrededor de las enormes pupilas y unas marcadas ojeras moradas hacían que pareciera aún más pálida. Saqué agua y le refresqué la cara

—Mika, soy Sara. Estoy aquí contigo. Te vas a poner bien.

Ni siquiera pestañeó. Palpé sus antebrazos, pero no noté el microchip y recordé que el día que nos lo pusieron ella no fue y enfermó al día siguiente, desde entonces había estado en el sector Cero y vigilada; no lo habrían considerado necesario.

Pasados quince minutos continuaba igual. Levanté su cabeza y le di agua. Aunque la mayoría se resbaló por su cuello bebió algo. Volví a humedecerle la frente.

—Tenías razón, nos están manipulando. En el pasillo del fondo está el laboratorio. Lo he visto, Mika. No sé qué pretende Khalzan, pero no es la nueva vida que nos ha vendido. Tu madre debió descubrir algo, por eso se quiso marchar, pero no la dejaron. Tienes que hacer un esfuerzo y escucharme. En tres días anunciarán una tormenta de arena y después se verá un vídeo donde aviso sobre las intenciones de Khalzan. Cuando lo grabé no había visto el laboratorio, pero no importa. Ese día volveré con amigos y te sacaré de aquí, hasta entonces no debes tomar nada de lo que te traigan, ni comida ni bebida. Te dejo agua debajo de la cama junto con una tarjeta maestra. Si cuando anuncien la tormenta tienes problemas, utilízala para esconderte. Estas bolas son agua y comida. —Las metí en su puño izquierdo—. Te mantendrán con fuerza hasta que regrese a por ti.

Continuó con los ojos fijos en la nada y los labios entreabiertos, pero me negaba a pensar que no se recuperaría. Metí en su mano derecha el mango del estilete de Ciro.

—Toma, por si lo necesitas.

Al ver que lo apretaba respiré hondo.

—Volveré a por ti. Aguanta.

Le di un beso en la frente, apreté su mano y le cayó una lágrima.

Tenía unos veinte minutos para encontrarme con Nahel. Fui hacia el salón, me puse la sábana, abrí la puerta y me apoyé en la pared de enfrente, no había nadie. Llevaría la mitad del camino cuando un soldado pasó a mi lado con prisa hacia el fondo del pasillo. Solté un suspiro y continué.

Cuando llegué a la puerta había tanto movimiento que el problema pasó de abrirla sin levantar sospechas a cruzarla sin chocarme con alguien. Me pegué a ella y, en cuanto vi un hueco, salí a la plaza central. El pasillo que llevaba hasta la recepción estaba justo enfrente, pero era más seguro bordearla y me sobraba tiempo.

Casi estaba en el pasillo cuando vi a Raquel sentada en un banco con su bloc y no pude resistir acercarme por detrás a ver su dibujo. Repasaba la cola de una ardilla que trepaba por un árbol.

—Precioso —se me escapó.

Se le cayó el lápiz y, al agacharse para cogerlo, se le resbaló el bloc. Luego se giró y maldije mentalmente mi estupidez.

—¿Sara?

Me quedé quieta y en silencio, no sabía qué hacer. Ella empezó a buscarme alrededor de banco y elevó la voz.

—¿Dónde estás, Sara? ¿Por qué te escondes? ¿Qué te ha pasado?

Algunas personas comenzaron a mirarla y pensé que lo mejor era calmarla.

—Raquel, baja la voz.

—No te veo —susurró.

—Por favor, siéntate otra vez y haz como si dibujaras o no podré hablar contigo.

Resoplé cuando vi que me hacía caso.

—¿Eres un espíritu? —preguntó.

—Claro que no.

—Lyon contó que te fuiste por el desierto y que habías muerto allí —dijo a punto de llorar.

—¿Y cómo supo que había muerto? —pregunté intrigada.

—Porque nadie puede sobrevivir en el desierto y él no pudo ayudarte, le clavaste un cuchillo cuando te dio un ataque, dijo que tenías la misma enfermedad que Mika.

Noté cómo me ardía el estómago.

—Raquel, escucha, ahora debo irme, pero volveré a buscarte. No digas nada…

—¡Viene Lyon!

Se puso de pie, miré en la misma dirección que ella y le vi. Quise advertir a Raquel de que era peligroso, pero corrió hacia él y pensé que ahora sí la había liado bien. Decidí que lo mejor era volver a la pared y largarme. Caminé marcha atrás, pero debí hacerlo demasiado deprisa y pisar la sábana porque noté como se resbalaba por mi espalda y al quedar destapada me sentí desnuda. Maldije por no hacer caso a Nahuel y sus paranoias. y lo único que se me ocurrió fue agacharme para esconder mi cara con el pelo y recuperar la sábana. Me alegré de, al menos, llevar el mono de mantenimiento.

Raquel pasó con Lyon de la mano a mi lado y entraron por el pasillo que daba a la recepción. Palpé el suelo hasta encontrar la sábana y, cuando estuve segura de que nadie miraba, me cubrí de nuevo, ajusté los agujeros a la altura de los ojos y fui tras ellos por el pasillo acristalado.

—¿Se puede saber a dónde me llevas? —preguntó Lyon.

—Estoy buscando a alguien.

—¿A quién?

—No puedo decírtelo.

—¡No digas tonterías!

—Es que es una sorpresa —dijo Raquel en voz baja.

—Tengo muchas cosas que hacer. Si quieres venir a dibujar coge tus cosas ya.

Con las manos temblorosas busqué el estilete, pero no estaba. Intentaba que no se escuchara mi respiración mientras revisaba el cinturón hasta que recordé que se lo había dado a Mika. Cuando volví a mirarles la coleta de Raquel me decía adiós desde la entrada a la plaza central.

Aunque quería seguirles me autoconvencí de que debía regresar, si me descubrían podría echar todo el plan a perder y, ya que Raquel no le había dicho nada, tendría que confiar en que seguiría así.

Caminé hasta la recepción donde Rebeca y su compañera parloteaban como antes. El soldado de fuera miraba hacia el aparcamiento, así es que salí sin preocuparme de que la puerta girara sola. Vi la camioneta aparcada en el mismo sitio y suspiré aliviada, pero, cuando ya casi la podía tocar, se puso en marcha y me quedé como si me hubieran desconectado hasta que se paró de nuevo en la entrada y vi la mano de Nahel asomar por la ventanilla. Fue como recibir una descarga. Me levanté la sábana para no pisarla y corrí lo más rápido que pude. Sólo conseguí salir antes de que la puerta se cerrara y ver cómo la camioneta desaparecía por el camino asfaltado que rodeaba el sector Cero.

Hacia delante todo era gris y hacia atrás habían bajado la luz para simular el atardecer. Me di la vuelta y levanté la sábana como si fuera el velo de una novia. Si caminaba en línea recta y a buen paso tardaría menos de una hora en llegar.

Sólo escuchaba mis pisadas en la hierba negruzca y el aire entre las hojas de los arbustos y eché de menos los paseos con Dan y Besnik.

Recordé a Heber en el rincón, estaba segura de que cumpliría con su parte. Entonces me vino la imagen de Mika y me clavé las uñas en la palma de las manos al apretar los puños. Sacudí la cabeza y me acordé de Raquel y Lyon. Respiré como un búfalo y juré que le mataría si la tocaba.

Imaginé que si mamá supiera mis pensamientos se enfadaría conmigo, y si le pudiera contar todas las cosas que había hecho se asustaría, aunque en el fondo se sentiría orgullosa de mí, como papá... No sabía si quería pensar en él o no, hasta ahora me había imaginado su cara cuando le enseñara todos los rincones alucinantes que había conocido, pero descubrir los planes de Khalzan hacía que su llegada fuera un espejismo, como cuando vi a mamá en el desierto.

En cuanto divisé la parada aceleré el paso y en unos minutos vi la puerta del almacén y a Ciro de guardia a unos metros de distancia. Aunque no cambió su posición se le movieron los músculos de la cara. Quise darle un abrazo, pero su rigidez me frenó.

—¿Sara bien?

—Ahora sí. Vamos dentro.

Nos cubrimos con la sábana y fuimos hasta la puerta. Ciro la golpeó tres veces y esperamos a que nos dieran paso. El falso Oskar nos saludó y, bajo la sábana, subimos hasta el ascensor.

—¿Qué tal todo? ¿Ha recuperado Owen la memoria?

No contestó y su cara se volvió oscura, me pareció que se le arrugaban hasta las rastas.

—¿Qué ha pasado?

—Nahel.

—¿Nahel? La camioneta está fuera. ¿Está bien?

—Sí.

—Entonces…, es Owen. ¿Le ha pasado algo?

—Nahel.

Era inútil insistir. Tendría que esperar a que Nahel me explicara qué había sucedido.

KHALZAN

El piloto del monitor principal se puso en rojo y Khalzan abrió los ojos. Después de tres respiraciones dejó la postura de loto y ordenó al sistema que lo encendiera, tenía orden de que no le molestaran a no ser que hubiera alguna emergencia.

—¡A sus órdenes, mi general! —dijo Lyon.

—Espero que sea algo importante.

—No tengo pruebas, pero existe la posibilidad de que Rosa Blanca esté viva.

Khalzan respiró profundamente. No movió ningún músculo de la cara, pero el pulso se le aceleró.

—Habla.

—Raquel no la ha visto, pero asegura que ha hablado con ella en la plaza central. La he buscado por allí, pero no la he encontrado. Cree que va a volver.

—¿Cuánto tiempo hace que habló con ella? —Se le dilataron las pupilas.

—Aproximadamente una hora y media, pero no lo he sabido hasta hace unos quince minutos, señor.

—Espere.

Khalzan accedió al histórico. Activó de nuevo el microchip de Sara en el campo de visión y lo revisó. Comprobó cómo la señal reaparecía en las mismas coordenadas donde se perdió y regresaba directa al almacén del barrio Amanecer. Allí entró y, en apenas unos instantes, salió y se internó en el bosque, entonces sus movimientos se volvieron demasiado rápidos y de árbol en árbol. Khalzan llamó al centro de control.

—¡A sus órdenes, mi general!

—Localice el microchip de Sara Krom y envíe a dos soldados para traer a quien lo porte. Es posible que sea un animal.

—Sí, señor.

—Envíen un pelotón al almacén y traigan a todo el personal que se encuentre allí.

—A esta hora sólo está el encargado.

—Tráiganle y revisen el almacén por si hubiera alguien más.

—A sus órdenes, señor.

Khalzan cortó la comunicación y se dirigió al monitor donde estaba Lyon.

—No se separe de Raquel. Si la buscó una vez, volverá a por ella y usted la estará esperando.

—Sí, señor.

Khalzan cortó la comunicación y realizó otra llamada.

—¡A sus órdenes, señor! —contestó Nandi.

—¿Alguna novedad?

—Continúa igual, señor.

—Permanezca en su celda, es posible que Rosa Blanca intente visitarla. De ser así, tráigala a mi presencia.

—A sus órdenes, señor.

Khalzan cortó la comunicación. En las condiciones de ese desierto no era posible sobrevivir durante tanto tiempo. Debía haber alguna manera de vivir allí y estaba convencido de que encontraría la respuesta en la montaña dinamitada.

Llamó de nuevo por otro monitor.

—A sus órdenes, mi general.

—Informe sobre el punto K.

—El riesgo de desplome es alto, señor. Aunque aún retiramos escombros parece ser una gran cueva. No hay rastro del científico, pero hemos encontrado el cadáver de un soldado. A primera vista parece que murió por la explosión.

—¿Tiempo estimado?

—Seis días.

—Doblen el personal. Quiero resultados cuanto antes.

—Sí, señor.

Tras cortar la comunicación recordó cómo se adentró en el desierto con la mente y el corazón perdidos. Cuando volvió a abrir los ojos se encontró en un poblado con casas de adobe y tejados de paja. El jefe de la tribu wanoahele le acogió como a un hijo y, cuando las heridas de su cuerpo estuvieron curadas, contemplaron juntos cada amanecer y cada anochecer envueltos en el silencio del desierto. Aprendió a meditar e imaginó una nueva vida entre el alba y el ocaso.

Un año después su nuevo padre adoptivo consideró que se le habían curado las heridas del alma y le ofreció una choza y esposa. Él se disculpó por no aceptar su ofrecimiento, pero estaba convencido de que había sobrevivido de nuevo porque tenía una misión importante y debía partir.

A su regreso tuvo una buena acogida en el ejército y utilizó los contactos de Helena y David para comenzar un nuevo camino. La firme convicción de que él era la única esperanza para la humanidad le daba fuerza cada día, pero, a pesar de la grandeza de su destino, siempre tendría la tristeza de que lo llevaría a cabo en solitario.

Buscó en el sistema la colección de Tchaikovsky, seleccionó *El lago de los cisnes* y activó el acto final. Podría ser una mera casualidad que su preciada Rosa Blanca hubiera sobrevivido al desierto, pero él sabía que no era así, como sabía que después de esta experiencia se descubría el sentido de la vida. El día en que por fin se encontraran estaba cerca, ella le enseñaría el secreto del polo donde siempre era de día y él le mostraría la grandeza de su misión y que sus destinos estaban unidos.

UN NUEVO CAMINO

Llegamos a la habitación donde nos reunimos el primer día a la vez que Nahel.

—Siento haberme marchado. Me entretuve todo lo que pude.

—Lo sé. Salí detrás de ti.

—¡Vaya! Lo siento, no te vi.

—No importa. Dime, que ha ocurrido.

—¿Recuerdas que Owen se puso un poco raro cuando te despediste?

—Sí.

—Parece ser que, a partir de ahí, comenzó a dolerle la cabeza. Ciro se fue en busca de ayuda y regresó con Yan, uno de los curanderos de Vai, la ciudad que es como Derman en Teine.

Escuchaba en silencio, pero sin dejar de tamborilear los dedos sobre la mesa.

—Yan pensó que había algo en esa despedida que podía hacer que su memoria despertara, preparó un brebaje que adormece y le llevó a un nivel del subconsciente para buscar la conexión —hizo una pausa—, y la encontró.

—¡Entonces ha recuperado la memoria! ¡Eso es genial!

—Sí, bueno… Resulta que el mensajero que marchó a Teine antes de dinamitar la entrada era Zohar. Parece ser que ella se despidió igual que tú. Ellos estaban… estaban muy unidos. Yo no me meto en esas cosas ni sé lo unidos que estáis vosotros, pero Yan dice que…

—Espera un momento. ¿Qué insinúas con eso de que estamos unidos? Owen es como mi hermano y quiero saber dónde está.

—Tranquilízate, Sara.

—¡No me da la gana de tranquilizarme! ¡Quiero saber dónde está! ¡Ahora!

—Déjame que te explique. Cuando él y Kenzo iban a dinamitar la entrada de las tres tierras les siguieron dos soldados. Si informaban de la entrada descubrirían Deighe y Teine. Owen no sabe pelear, pero mi hermano es pura dinamita.

—Cuéntame algo que no sepa.

—Aunque consiguieron deshacerse de ellos y dinamitar la entrada, Kenzo acabó en el camino hacia Teine y perdió de vista a Owen que se golpeó en la cabeza. Cuando comenzaron a llegar más soldados huyó porque no recordaba nada más que la idea de buscar algo donde siempre es de día.

Se levantó a beber agua y me ofreció.

—No, gracias. Sigue.

—Owen descubrió el motivo por el que Khalzan quiere dominar las mentes de su propia gente, os quiere utilizar para descontaminar la Tierra y volver a vivir en ella.

—Pero eso no tiene sentido. Nos dijeron que ya no tenía remedio, por eso vinimos aquí. Si eso hubiera sido posible habríamos trabajado allí en lugar de marcharnos hasta otro planeta.

—No lo entiendes, Sara, para él seréis esclavos que trabajaréis hasta morir.

Recordé las mesas del laboratorio bajo el cartel «reconstrucción» y negué con la cabeza.

—Sigues sin decirme dónde está Owen.

—Cuando llegué había revuelto todas mis cosas, actuaba como si hubiera recuperado la memoria a cambio del juicio. Dijo que tenía que llegar a Deighe como fuera. Entre Ciro y yo no conseguimos retenerle.

—¿Y le habéis dejado que se fuera solo? —grité.

—Sara, Ciro no le podía sujetar.

—Pues haberle inyectado algo.

—Lo pensamos, pero con el brebaje de antes Yan dijo que la reacción era peligrosa.

—Y la mejor solución ha sido dejarle que se marchara solo.

—Estaba fuera de sí. No pudimos retenerle.

—¿Cuánto tiempo hace que se fue?

Miró la esfera de un reloj igual al que me dio.

—Aún no debe de haber llegado al barrio Anochecer.

—¿Y nos hemos cruzado por el camino? Esto es absurdo. Vamos a por él.

—Aunque llegáramos antes de que entre en el desierto de hielo no va a regresar. Además, nos pueden ver desde el sector Cero.

—Nahel, ni mi madre era tan alarmista. ¿Se ha ido con una sábana de las tuyas?

—No, lleva un traje que diseñamos entre los tres.

—¿Qué tres?

—Owen, Zhoar y yo. No te hace invisible, pero es térmico y se puede cruzar el desierto de hielo sin frío.

—Pues dame uno y llévame hasta allí.

—Pero no sabes cómo llegar a Deighe. Es peligroso.

—Crucé el desierto de arena y estoy aquí —dije con la cara levantada.

—Tuviste suerte.

—He dicho que me lleves. —Di un puñetazo en la mesa.

—Estáis locos. Todos los de vuestro maldito planeta. ¡Todos!

Se levantó hacia su armario y rebuscó hasta sacar un mono de color negro que podía cubrir desde la cabeza hasta los pies a un niño de cinco años.

—Eso me está pequeño —protesté.

—No, se adapta al cuerpo. Cuando te cubras la cara junta las dos partes desde la izquierda, desliza los dedos hasta la derecha y quedará cerrado. Para abrirlo haces lo mismo en dirección contraria.

Cogí el mono y entré al baño. Mientras me cambiaba pensé que ese pequeño cuarto de baño era como las cajas de los magos que vi una vez que papá y mamá me llevaron al circo: cada vez que entraba salía una Sara diferente.

Como Nahel había dicho, a pesar de su tamaño se adaptó a mi cuerpo y, aunque volvía a estar cubierta otra vez por completo, veía bien y respiraba como si no llevara nada en la cara. Era más cómodo que la sábana, aun así, en cuanto di con el cierre juré que cuando acabara todo esto no me pondría ni una gorra. Salí de nuevo a la sala.

—¿Qué te parece? —preguntó Nahel.

—Es bastante cómodo. Necesitaré una linterna.

—Con una linterna llamarías la atención, además, no la necesitas, tiene visión nocturna.

—¿Visión nocturna?

—Cuando detecte que tu ojo no recibe luz suficiente se activará. Lo verás todo en blanco y negro.

—Bueno, será casi como continuar aquí —dije con un suspiro.

—También tiene un intercomunicador con una frecuencia específica para que todos los trajes estén comunicados, eso hace que tenga muy poco alcance. Funciona muy bien incluso si te descubres la cara, pero para captar la señal sin problemas es mejor activarlo dentro de su perímetro de acción. Sólo tienes que presionar el bulto de detrás de cualquiera de las orejas.

—Bien, lo activaré en cuanto localice a Owen.

—Además conserva la temperatura corporal en cualquier clima. Es mil veces mejor que el barro asqueroso de Ciro.

Ciro le lanzó una de sus miradas que parecían poder petrificarte, pero Nahel se echó a reír.

—El barro no es asqueroso —dije.

Ciro me sonrió e inclinó la cabeza. Después se puso muy serio, tomó aire y se acercó.

—Sara: Arena, desierto. Hielo, desierto. Montaña, bonito, peligro. Medusa, miedo, bueno.

—Comprendo. Spas.

Ciro volvió a inclinar la cabeza.

Un hombre entró corriendo, dijo algo en su idioma y Nahel se puso muy serio.

—Nos han descubierto. Salgamos antes de que lleguen los soldados —dijo Nahel.

—¿Y los demás? —pregunté.

—Era cuestión de tiempo. Ya saben lo que deben hacer.

Cruzamos el almacén bajo la sábana y nos ocultamos tras los árboles de la acera de enfrente. Ciro se embadurnó con su barro y cruzó su antebrazo con Nahel.

—Ya ji bajêr.

—Ya ji erdê.

—Le ji herman derê.

Ciro inclinó la cabeza hacia mí. Esta vez no pude contenerme y le di un fuerte abrazo a la enorme medusa con piernas. Al separarnos me sonrió durante una milésima de segundo y se marchó por el desierto.

—Sara —dijo Nahel—, yo debo encargarme de mi gente y no tengo ningún vehículo sin localizador, quédate conmigo, es más seguro.

—Gracias, pero voy a por Owen.

—Es peligroso y Ciro regresa pasado mañana tras la tormenta, sólo son dos días.

—No puedo esperar.

—Si no le encuentras no sabrás el camino a Deighe.

—Le encontraré.

—Aun así, son buena gente, pero prefieren quedarse encerrados a mezclarse con extraños y podrían reteneros.

—Tu hermano está en Teine desesperado por volver y no le dejan.

—No es lo mismo.

—Volveremos al sector Cero el día de la tormenta con refuerzos o sin ellos.

—Eres igual de cabezota que Owen. Dijo que bordearía el sector Cero por la izquierda, lo lógico es que entre al desierto de hielo por ese lado.

—Bien.

—Tened mucho cuidado.

—Nos vemos pasado mañana en el sector Cero. Suerte.

—Suerte.

Nos dimos un apretón de antebrazos y me dirigí hacia mi casa. Allí cogí una bici, me alejé de la carretera para evitar ser vista y bordeé el sector Cero por la izquierda hasta el barrio Anochecer. El gris era igual que en el barrio Amanecer, pero hacia el horizonte se oscurecía hasta volverse negro y, a pesar del mono térmico, sentí un escalofrío.

Inspeccioné el suelo de la parte de atrás de la primera casa y me encontré con roca dura y fría donde no se dejaba huella. Recordé a papá y sus organizaciones meticulosas antes de ir a cualquier excursión y la insistencia de Nahel en que no fuera, pero no me sirvió de nada, ahora no podía volver hasta el día de la tormenta porque los soldados estarían en el almacén y no tenía ni idea de sus planes. Decidí adentrarme un poco y, si lo veía complicado, regresaría a Teine.

Sólo había suelo y, según avanzaba, el aire se oscurecía, tuve la sensación de caminar por el espacio hacia la nada. De pronto todo se volvió más claro a mi alrededor, como si viera en blanco y negro. Pensé que me habían encontrado y me quedé quieta sin saber dónde esconderme, hasta que comprendí que se había activado la visión nocturna. Más adelante el suelo se volvía blanco y me animé a continuar hasta allí. Cuando llegué, además de blanco era esponjoso y, sobre él, pude ver las huellas de dos pies que cada vez se hacían más profundas, me sentí como al sacar la cabeza del agua después de bucear de una orilla a otra del río.

Por el camino vi que se formaban entre las huellas pequeñas rosas blancas y recordé que Owen me habló de ellas, así es que me alejé sin perderlas de vista, no quería acabar en el río.

De pronto vi destellos intermitentes en el horizonte que me recordaron a las señales nocturnas que hacíamos con linternas cuando era pequeña y dormía en el campo con mamá y papá. Como las huellas se dirigían hacia ellos continué hasta llegar a una pradera de bloques de hielo redondeados que emanaban una luz azulada intermitente, parecía una reunión de luciérnagas gigantes.

Las huellas comenzaron a hacerse más débiles y el suelo, resbaladizo, además, la luz cambiaba la visión del traje y mareaba. Miré hacia dónde se dirigían las huellas y entre destello y destello me pareció ver algo que se movía en el suelo. Aproveché los momentos de oscuridad para moverme de un bloque a otro hasta que estuve cerca y me asomé. Un bloque a ras de suelo se iluminó y vi un agujero en el hielo y alguien que intentaba salir de él. Cuando la luz se apagó distinguí aún mejor el mono negro entre el hielo blanco.

Iba a gritar su nombre cuando se iluminó un bloque más elevado a su izquierda y me tapé la boca. Sobre él, un enorme tigre blanco de grandes rayas negras se movía de un lado a otro. Sólo se paraba para mirarle fijamente, como si no terminara de encontrar el ángulo adecuado para lanzarse, y entonces volvía a su paseo. Me recordó al perro que me atacó en el jardín. A pesar del frío y el traje mi espalda se empapó en sudor y, sin pensar en lo que hacía, corrí hacia Owen y grité todo lo fuerte que me dejó el miedo. Cuando el bloque donde estaba el tigre se volvió a iluminar el animal se había marchado.

—No te acerques más —dijo Owen—, el hielo se puede romper.

—¿Y cómo te saco?

—Agáchate y cógeme de los brazos. A la de tres, te echas hacia atrás, como si fueras a hacer una voltereta y yo me impulso con las piernas. Mantén las rodillas dobladas y los pies en el suelo. ¿Lista?

Asentí con la cabeza. No me salían las palabras.

—Una, dos y tres —contó.

Owen salió del agujero hasta la cintura y se arrastró hasta llegar a mi lado.

—¿Se puede saber qué demonios haces aquí? —dijo entre jadeos.

—Yo también me alegro de verte —contesté tumbada en el hielo.

—Perdona. Será mejor que nos alejemos del río —dijo mientras se levantaba—. Por aquí.

Salimos enseguida de la pradera de bloques luminosos.

—¿Cómo has acabado en el río? —pregunté—. Vi salir rosas de hielo entre tus huellas.

—Yo no vi ninguna. El hielo se debió abrir después y se habrá resquebrajado en esa dirección. Por cierto, te has arriesgado un poco, pero ha sido buena idea ahuyentar al tigre desde el camino sin grietas.

—En realidad sólo me he dejado llevar por el pánico.

—Bueno, eso me deja más tranquilo —dijo muy serio.

Los dos reímos hasta que un gran rayo rompió la noche durante unos segundos.

—Parece ser que al tigre le ha espantado la tormenta, no tu locura.

—Qué decepción. —Reí.

—El camino hasta Deighe no es muy largo, pero una tormenta nos lo puede complicar, ya hablaremos allí más tranquilos.

Según avanzábamos comenzó a llover con viento fuerte y tuvimos que caminar encorvados y cogidos del brazo. Debía hacer mucho frío, pero gracias al traje mi cuerpo estaba aislado del exterior. Lo que comencé a notar fueron pequeños impactos, era como si llovieran alfileres. Owen me señaló un enorme arco de hielo y fuimos hacia él para protegernos. Una vez dentro, nos sentamos en el suelo con la espalda apoyada en la pared y nos abrazamos. En unos minutos, igual que llegó la tormenta, se fue.

—¿Cómo puedes tiritar con este traje? —dije.

—Uno de los cristales me ha hecho una fisura en un costado. Aunque es pequeña entra frío.

—Ponte el mío —dije mientras buscaba el cierre por el cuello.

—¡Ni se te ocurra! Nos congelaríamos antes de intercambiarlos.

—Entonces, ¿qué hacemos?

—La entrada ya no está muy lejos. Ve tú y pide ayuda.

—Ni hablar. No me marcho de aquí sin ti.

—Sola irás más deprisa.

—Te he dicho que no me voy. No conozco a nadie y según Nahel puede que luego no me dejen salir de allí.

—Conectaremos los intercomunicadores y estaremos en contacto todo el tiempo.

—Si el tigre llegara hasta aquí necesitarías mis gritos y él no lleva intercomunicador.

—Sara, escucha…

—No, escúchame tú, no te he sacado del río para dejarte aquí tirado.

—No dispongo de mucho tiempo antes de perder el aliento y la energía.

—Entonces deja de discutir.

—¿Por casualidad te han dicho alguna vez que eres una cabezota? —dijo mientras se incorporaba.

—Alguna. Vámonos.

Conectamos los intercomunicadores y nos pusimos en marcha. Owen calculó que estaríamos en unos diez o quince minutos, pero andaba muy despacio y pasé su brazo por mis hombros. Cuando comenzó a arrastrar los pies susurró algo sobre serpientes y temí que hubiera comenzado a delirar. Tiré de él hasta que se me resbaló y cayó al suelo como si estuviera hecho de la gelatina que tanto le gustaba.

Cuando le vi tumbado bocarriba y tan quieto, por un momento pensé que había muerto, pero sacudí la cabeza para quitarme esa idea, me agaché por detrás, metí los brazos bajo sus axilas y tiré de él. Como iba marcha atrás utilicé la marca de sus pies para continuar en línea recta.

Pesaba bastante y tras caer varias veces al tropezar con piedras de hielo me vi incapaz de continuar y pensé que había sido una estúpida, si le hubiera hecho caso se habría quedado protegido en el arco y, posiblemente, ya estaría de vuelta con ayuda.

Le dejé tumbado en el hielo y continué, la entrada debía estar cerca. Lloraba tanto que tardé en darme cuenta de que una mancha se movía enfrente. Me acerque a ella y, en cuanto distinguí lo que era me frené como si hubiera un muro invisible, tenía delante un enorme nido de serpientes. Recordé la mordedura en el túnel y se me secó la garganta. Serpientes. Esa fue la última palabra de Owen. Regresé a por él.

Estaba muy rígido. Le arrastré hasta el borde del nido y examiné los alrededores. No había nada ni nadie. Pensé en Ciro cuando me dijo que esto era también un desierto y que en el de arena las medusas daban miedo, pero protegían del calor, así es que, de alguna manera, aquellas serpientes nos protegerían del frío. Noté como si hubiera recibido un latigazo y la espalda se me empapó en segundos. No quise pensar más, si lo hacía podría cambiar de opinión. Me tumbé al lado de Owen, le rodeé con brazos y piernas y rodamos por el hielo hasta llegar a una mezcla de barro y serpientes.

DEIGHE

Apoyada en el pecho de Owen, cerré los ojos mientras las serpientes se deslizaban entre nosotros y comencé a contar hasta que me perdí. Intenté recordar si iba por el quinientos sesenta y seis o por el quinientos setenta y seis cuando Owen comenzó a tiritar de nuevo. Le llamé en bajo por sus dos nombres, pero sólo escuché el roce de las escamas contra los trajes y empecé a contar de nuevo. En el doscientos ochenta y siete escuché lo que parecían unas pisadas y alguien tocó mi hombro. Con la ayuda de un hombre enfundado en una capa que parecía hecha con algas sacamos a Owen del nido. Apenas se le veía la cara barbuda, aunque le vi que tenía los ojos muy claros cuando le tuve en frente.

El hombre nos condujo a una gruta oculta a la vista donde esperaba un vehículo similar al de la entrada de Teine. Me descubrí la cabeza e hice lo mismo con Owen.

—Spas —dije.

El hombre abrió mucho los ojos y sentí orgullo al ver su asombro por hablar su idioma, hasta que habló él.

—¡Owen! ¡Está vivo!

Tardé en reaccionar. De hecho, no dije nada hasta que el hombre inspeccionó sus ojos y le buscó el pulso.

—Su traje se rajó y perdió el conocimiento. El calor de las serpientes le ha reanimado un poco porque ha vuelto a tiritar, pero no consigo que reaccione.

—Hay que llevarle a Lääketiede. ¿Tú quién eres?

—Sara.

—Kalil.

El guardián de Deighe me miró de arriba abajo, puso en marcha el vehículo y lo condujo por los raíles. Owen respiraba muy despacio e intentó abrir los ojos en un par de ocasiones, pero cuando llegamos seguía inconsciente y Kalil se marchó a por un vehículo para transportarle.

Allí la luz era escasa y amarillenta y noté frío en la cara. Se me ocurrió que era el ambiente ideal para rodar una película de vampiros y eché de menos el gris de Stàball.

Pasamos bajo una gran puerta con el mismo símbolo que Derman hasta una montaña negra que parecía desprender algo de fluorescencia y tenía puertas y ventanas como la de Qamra. Kalil paró frente a una puerta y entre los dos metimos a Owen en una de las casas.

Entramos en una sala redonda donde nos recibieron dos mujeres muy delgadas de cara pálida y pelo negro, daba la sensación de que se iban a romper cada vez que se movían. Una de ellas cubrió a Owen con una manta de algas y se lo llevó con ayuda de Kalil, la otra me señaló hacia la mesa con seis sillas y me ofreció un cuenco con caldo que olía muy bien y me recordó a Qamra y mi llegada a Teine. Antes de terminármelo regresó Kalil, se quitó el abrigo y se sentó a mi lado. Era también muy delgado y su piel, tan blanca que casi se trasparentaba.

—¿Y Owen? —pregunté.

—Está en buenas manos. Tú también debes descansar.

La mujer hizo ademán para que la siguiera.

—No. Quiero ir con él.

—Tranquila, ahora descansa. Ve con ella.

—No.

—Como quieras, pero antes cámbiate.

Se dirigió a la mujer en su idioma. Ella asintió en silencio sin dejar de mirarme.

—¿Podrías convocar una asamblea para mañana?

—¿Quién eres?

—Soy amiga de Owen, Ciro, Qamra, Dan y Nahel. Os puedo explicar qué sucedió tras nuestra llegada.

—Ya lo sabemos.

—Y las intenciones de Khalzan.

—También.

—Pero no sabes los planes de Teine y los supervivientes de Stàball.

—Está bien —dijo—, mañana habrá una asamblea. Vendré por la mañana. Owen habrá despertado y hablaremos antes de que comience. Ahora ve con ella. Podrás cambiarte y te llevará junto a él.

—Spas.

Los dos inclinamos la cabeza. Kalil se marchó y yo seguí a la mujer. Aunque el traje era cómodo y me aislaba del frío, agradecí el contacto del aire con mi piel. Después me llevó hasta la habitación donde Owen descansaba y la temperatura era algo más agradable. La mujer removió las piedras calientes que había en una esquina y me sacó del armario una manta de algas. Le di las gracias y nos dejó solos.

Me senté en el suelo de forma que pudiera verle por si despertaba y recordé cuando durmió conmigo toda la noche el día que fui atacada por el perro. Al principio me desperté tres o cuatro veces al dar una cabezada y me regañé por quedarme dormida hasta que, sin darme cuenta, me dormí en el suelo. Unas horas después me desperté enrollada en la manta. Owen seguía dormido. Me acerqué a él y, al coger su mano, abrió los ojos.

—Buenos días.

—Hola, Sara. ¿Dónde estamos?

—En Deighe. ¿Cómo te encuentras?

—Lo recuerdo todo, excepto cómo hemos llegado hasta aquí.

Owen se incorporó demasiado deprisa y le tuve que sujetar para que se quedara sentado en el borde de la cama.

—La tormenta hizo una fisura en tu traje, nos metimos en el nido de serpientes para evitar que te congelaras y Kalil nos trajo hasta aquí. Te sentirás todavía un poco débil, pero en cuanto te tomes un par de caldos estarás como nuevo.

—Gracias por salvarme la vida dos veces —dijo con un guiño.

—Espero no tener que hacerlo más. —Reí—. Por cierto, ¿de qué se alimentan las serpientes? Allí no hay nada. Hubo un momento en el que pensé que seríamos su comida.

—Ninguna serpiente de ese tamaño come personas. Están en movimiento continuo para no helarse y se turnan para ingerir la tierra del subsuelo que su metabolismo filtra, se queda con los microorganismos y la expulsa de nuevo.

—Es asqueroso.

—Pero efectivo.

La mujer que me llevó hasta allí el día anterior entró, le hizo un breve reconocimiento y nos hizo un gesto para que la siguiéramos. Fuimos con ella hasta la sala del día anterior. En la mesa teníamos caldo, zumos y diferentes frutos.

Durante el desayuno me explicó lo que ya me había contado Nahel sobre su recuperación de memoria. Puesto que Teine estaba avisado por Kenzo y Stàball por Nahel, sólo le quedaba volver a Deighe para recuperar a Zohar. Cada vez que decía su nombre parecía rejuvenecer.

La puerta se abrió de golpe y apareció otra mujer algo más alta que la enfermera de Owen y de aspecto aún más frágil. El contraste del pelo negro y la piel casi transparente le daban un aire a ninfa del bosque. Dejó con cuidado el canasto de mimbre que traía con ella sobre las dos sillas que había en la entrada y dio unos pasos hacia nosotros.

Miró a Owen con sus ojos de un azul frío como el hielo y le habló en un tono bajo y áspero. No entendía nada, pero parecía que le echaba una maldición. Owen levantó despacio la mano para tocarle la cara y ella se la apartó de un manotazo, luego la mujer le tocó la barba y el pelo enmarañado. Sin dejar de mirarse Owen levantó la palma de la mano y la llamó Zohar. En su antebrazo, la nave tatuada parecía despegar. Ella entrecerró los ojos, juntó la palma de la mano con la de él y dijo su nombre. En su antebrazo un planeta parecía girar. Después se dieron un abrazo tan fuerte que me dio la sensación de que iban a desintegrarse.

Owen le puso al corriente de lo que le ocurrió cuando se separaron y explicó quién era yo. Zohar se dirigió hacia mí con una sonrisa y me dio las gracias por encontrar a Owen y llevarlo hasta allí.

De pronto irrumpió en la cocina un hombre alto y, al igual que el resto, moreno de ojos azules. Miró con desprecio a Owen y habló a Zohar en un tono bajo, pero no me gustó como sonaba. Cuando Owen quiso intervenir Zohar le frenó y le dijo algo al hombre que le enfureció aún más. Ambos se miraron fijamente. Ella se mantuvo con la cara alta y los labios apretados, me recordó a Mika. El hombre estaba tan enfadado que parecía que le iban a crecer colmillos de un momento a otro. Al final lanzó un gruñido y se marchó. Zohar se mantuvo en la misma posición incluso cuando el hombre dio un portazo. Su cuerpo casi trasparente estaba tan tenso que se me ocurrió que estallaría como el cristal con un solo soplido.

—No comprendo nada —dijo Owen—. ¿Quién puede odiarme tanto sin conocerme?

—Mi padre —contestó Zohar.

Él abrió los brazos y ella se dejó caer en ellos.

—Zohar, yo no quiero ser el motivo por el que no te lleves bien con él.

—Tú no eres el motivo.

—Cariño, ha dicho que me habíais dado por muerto y que así debería ser.

—Porque le hablé de ti, pero os odia a todos los de tu planeta por igual y esa no es la filosofía de nuestro pueblo. Le he dejado claro que debe cambiar de parecer si quiere hablar conmigo fuera de la asamblea.

—Pero es tu padre —me atreví a decir.

Bajó la mirada hacia el suelo. Owen la cogió por la cintura y nos volvimos a sentar alrededor de la mesa, pero no tomamos nada.

—Antes no era así —dijo Zohar—. Todo cambió hace años. Él estaba orgulloso de mí y de lo que me parecía a mi madre, nos adoraba. Yo la solía acompañar a por raíces y plantas y ella me enseñaba sus propiedades y cómo recogerlas. También me hablaba sobre las costumbres de los animales y cómo convivir con ellos. Un día encontramos a un lobezno con una pata ensangrentada y mi madre me pidió que le sujetara mientras ella le limpiaba la herida. De repente, apareció un lobo enorme y la apartó de un empujón. El lobo se puso frente a mí con la boca abierta y gruñó mientras el lobezno gemía en mis brazos, tenía tanto miedo que no se me ocurrió soltarlo. Estaba convencida de que me iba a despedazar cuando apareció una loba despacio. Gruñó al macho e hizo que se apartara, luego me miró durante unos segundos, cogió al lobezno por el pescuezo y se marcharon los tres. No reaccioné hasta que les perdí de vista y me levanté para reunirme con mi madre. Al principio pensé que estaba quieta porque tenía miedo como yo, pero cuando la moví para avisarla me di cuenta de que se había golpeado en la cabeza y no respiraba, había muerto. Lloré mucho. Luego la arrastré como pude hasta el poblado. A partir de ahí mi padre trabajó más que nunca para Deighe, pero dejó de relacionarse con las otras tierras. Apenas nos hablábamos, creo que le dolía verme porque le recordaba demasiado a mi madre y no soportaba su ausencia, pero yo tampoco podía continuar así y decidí recorrer las ciudades de las otras tierras para encontrar mi lugar. Cuando le dije que me marchaba pensé que se enfadaría y querría impedírmelo. Sólo me dijo que el aire no se puede guardar en una botella, dio media vuelta y se marchó.

Un llanto nos devolvió a la realidad. Zohar se acercó al canasto que trajo cuando llegó y sacó un bebé envuelto en una toquilla que parecía hecha con algas, como el abrigo de Kalil y la manta. En cuanto lo tuvo en sus brazos se calmó. Se acercó de nuevo a nosotros y entregó el bebé a Owen, que lo cogió y miró a Zohar sin comprender.

—Lia —dijo Zohar.

—Es un nombre muy bonito —contestó Owen—. ¿Quién es?

—Nuestra hija.

Owen miró a la niña y a Zohar con la boca abierta, no conseguía decir nada. Con la niña en brazos se levantó, se cogieron por el cuello y juntaron las frentes.

—¿Tu padre me odia por ella? —preguntó Owen.

—Te habría odiado igual. Bueno, quizás un poco menos. Mi padre es un hombre sabio que ha aportado muchas cosas buenas, pero después de la muerte de mi madre se quiso aislar del mundo y, cuando llegasteis, convenció a la mayoría para mantenerse al margen, y eso no es lo que me enseñó cuando vivía mi madre. Pero lo peor fue el día que descubrimos los planes de Khalzan porque afianzó la idea de permanecer alejados de vosotros, la raza exterminadora. Durante los días en los que esperaba que llegaras intenté que viera su error, que no erais así, sobre todo tú, pero para él tu ausencia sólo le confirmaba que no eras de fiar. Cuando le conté que te había explicado cómo venir a través del desierto y que si no habías llegado era porque te había ocurrido algo él contestó que era mejor que estuvieras muerto y, si te atrevías a llegar con el resto de tus compañeros, os aniquilaría.

Owen le besó la palma de la mano. Zohar tomó aire y continuó.

»Aunque tardó en notarse, hubo un momento en el que ya no podía ocultar el embarazo y tú seguías sin venir. Intenté que lo viera como un motivo para darte una oportunidad, pero casi enloqueció. Tuvimos una fuerte discusión y me alejé de él. Tras el nacimiento de Lia intentó acercarse, pero continuaba sin estar dispuesto a aceptarte como el padre de mi hija. Ahora estás aquí. Nada volverá a separarnos y él tendrá que comprender que debemos ser todos o ninguno.

Owen me dio al bebé y se acercó a Zohar. Le cogió la cara entre sus manos y la besó. Después la miró con tristeza sin soltar su cara.

—A pesar de vagar sin memoria tú eras quien alegraba mi corazón y me daba fuerza para continuar adelante. En cuanto recordé salí en tu busca y no sólo te he encontrado, también está Lia y es fantástico, pero la situación en Stàball es complicada y debo marcharme de nuevo, no puedo quedarme aquí escondido.

Zohar apretó las manos de Owen y asintió.

Lia sonreía y aprisionaba mi dedo con fuerza. Era un bebé blanco y regordete con pelusilla rubia en la cabeza y los ojos de un azul casi trasparente. La puerta se abrió de nuevo y entró Kalil que saludó a Owen con un apretón de antebrazos y una sonrisa.

—Ya ji bajêr.

—Ya hi erdê.

—Le ji heman derê.

—Todos os saludáis así —dije—. ¿Qué significa?

—Tres tierras, tres frases —explicó Owen—: de cualquier ciudad, de cualquier tierra, pero del mismo mundo.

—Comprendo.

Zohar cogió de nuevo a Lia y nos sentamos alrededor de la mesa. Owen resumió la situación y los planes con Nahel. Teníamos el día de hoy para explicar lo que sabíamos y que Deighe tomara su decisión. Al día siguiente Owen y yo partiríamos con o sin ayuda.

—La asamblea comenzará en un par de horas —dijo Kalil con una inclinación de cabeza que le devolví—. Volveré a por vosotros un poco antes. Voy a preparar *neste*, espero que necesitemos bastante para vuestra vuelta.

Cuando Kalil se marchó nos quedamos los tres en silencio. Dos horas era poco tiempo para tantas cosas que ninguno sabíamos por dónde comenzar. Miré la mesa. No me entraba nada y, a la vez, tenía ganas de probarlo todo. Quería que me enseñaran Deighe y que se fueran solos a recuperar el tiempo perdido. Eché de menos a Besnik y Dan y me enfadé conmigo por pensar en hacer turismo mientras Mika y el resto corrían peligro. Me levanté y salí.

Aunque había luz suficiente para ver tenía la sensación de que al caminar traspasaba la oscuridad. Quería correr y alejarme por el desierto de hielo, pero no quería pararme en Stàball y, si llegaba a Teine, tendría que volver al sector Cero, de una manera u otra, todos los caminos me llevaban al mismo sitio. Cuando noté una mano en el hombro me asusté.

—¿Te encuentras bien? —me preguntó Owen.

—Sí. Bueno, no. No sé. La vida en este planeta no es como esperaba.

—Te comprendo. Vine para hacer informes sobre habitabilidad y materias primas y he descubierto que soy padre antes de iniciar una rebelión contra el hombre que me contrató.

—Bueno, si tú tienes una hija, quizás yo consiga reunirme con mi padre.

—Sara, no va a venir nadie más. Lo siento.

Respiré hondo para evitar llorar. No me importaba que Owen me viera, simplemente no me apetecía hacerlo en ese momento.

—Lo sé. Supongo que en el fondo siempre lo he sabido. Mi padre desapareció unos días antes de embarcar. Además, él era quien tenía que haber venido conmigo. Mi madre ya estaba enferma, no pasó el control, pero consiguieron cambiar las pruebas porque pensaban que, de esa manera, ella tendría posibilidades de curarse y él, como tenía buena salud, resistiría hasta el último viaje. Yo no supe nada hasta que mi madre se dio cuenta de que no llegaría a ver Hiyoru y me lo contó en la nave dos días antes de morir.

—Actuaron de forma inteligente.

—No. Me dejaron sola.

—Ellos no sabían los planes de Khalzan. Él es el único responsable de que nos encontremos todos en este lío. Además, no sé por qué desaparecería tu padre, pero eso no significa que no siga vivo y que no puedas volver a verle.

—No quiero pensar en eso. Me duele considerar que esté muerto y no voy a verle nunca más, por eso siempre prefería creer que seguía vivo, pero vi cómo quedó la Tierra y al confirmar la sospecha de que no va a venir no me gusta pensar que está allí y yo no puedo regresar, ni siquiera sé si podré salir de aquí. No lo soporto.

—Nunca pierdas la esperanza. Cuando salgamos de esta veremos cómo regresar y le buscaremos. Te lo prometo.

—No hagas promesas que no puedas cumplir.

—Para instalarnos en Hiyoru tuvimos que encontrarlo, para hacerlo en la Tierra sólo hay que planificar el regreso.

—¿Y la contaminación?

—Nos encargaremos de eso cuando hayamos derrocado a Khalzan. Entre su laboratorio y lo que hay aquí encontraremos la manera.

—¿Sgudal?

—Exacto. Venga, vamos a por Zohar y Lia y demos un paseo.

—De acuerdo.

Dentro, Zohar le daba el pecho a su bebé. Owen se sentó a su lado y se sonrieron. Cada vez que los veía juntos tenía la sensación de que creaban su propio mundo, como cuando me iba de excursión con papá y mamá, y pensé que algún día me gustaría tener mi propia familia donde pudiéramos parar el tiempo con independencia de lo que ocurriera en el resto del universo, aunque en un momento como este, en el que era imposible saber qué iba a suceder, debía ser muy difícil tomar decisiones, así es que, si salía de esta y alguna vez tenía hijos... No, mejor no tendría.

—Vayamos al lago de las cascadas —dijo Zohar—. Está cerca y seguro que a Sara le gusta. Además, allí es donde mejor se encuentra Lia.

—¿Qué le ocurre? —preguntó Owen preocupado—. Yo la veo bien.

—A veces algunos bebés no tienen la resistencia suficiente al ambiente de Deighe y según van creciendo se regulan, pero creo que en ella es diferente. Tú no eres de aquí y su piel es como la tuya, además, a los diez días de nacer comenzó a bajarle la temperatura y tuve que inyectarle ampollas de glicoproteínas que extraje de los *mummis*. Es muy posible que el clima de Stàball sea el más favorable para ella, al menos de momento.

—Cuando esto termine, nos instalaremos donde estemos mejor todos. —Owen me guiñó un ojo—. Ahora vamos a las cascadas.

Paseamos por la oscuridad envueltos en algas, excepto Zohar. Por el camino me explicaron que tenían un sistema de ventilación similar al de Teine, pero su techo estaba recubierto del mismo mineral de la montaña. Era tan frío que el aire se condensaba a su alrededor y daba lugar a la bruma con luz amarillenta que actuaba de aislante, aun así, había zonas muy frías, como en Ulkomuoto, la ciudad donde se hacía la comida. Gracias a ese clima tenían un gran almacén de semillas congeladas de todas las especies del planeta.

Entre las sombras vi lo que me pareció una puerta de luz y caminamos en esa dirección. Al cruzarla entramos a un camino formado por árboles a los lados que juntaban sus copas. Allí la temperatura era más agradable y se distinguían los colores sin necesidad de acercar una luz. Aunque la bóveda era de color verde a ambos lados del camino crecían plantas repletas de flores de color azul con un olor y una frescura familiar. Había pétalos en el suelo a ambos lados. Recordé cuando los vi por primera vez y Owen me dijo: «Los llevo siempre encima porque me hacen sentir bien. Y tú también».

—Sacaste de aquí los pétalos —le dije a Owen.

—Sí, es la flor de medianoche —contestó.

—¿Por qué se llama así? En Deighe siempre es de noche —pregunté.

—Cuando en Stàball llega la medianoche su fragancia es más intensa que en ningún momento del día y se abre con tanta fuerza que sus pétalos se desprenden y se mantienen como si estuvieran en la flor durante semanas. Es el resultado de la unión de las tres tierras —explicó Zohar.

—¿Y Teine? —pregunté.

—El viento trae hasta aquí la arena del desierto, es fundamental para su crecimiento. Ya hemos llegado.

Al final del túnel había un lago de agua cristalina con pequeñas cascadas que parecían rellenarlo. Toqué el agua del lago y me sorprendió que estuviera templada. Me giré con la intención de hablar, pero me dejó muda un lobo que se acercaba hacia mí con paso lento y sin dejar de mirarme. Zohar entregó a Lia a Owen y se colocó a mi lado.

—No temas, no te hará nada —me dijo.

Zohar acercó su mano al hocico del lobo y él la olisqueó, luego se acercó más y comenzó a darle lametazos como hizo conmigo Besnik la primera vez que me vio. Cuando ella le rascó por la garganta el lobo levantó la cabeza, parecía que le gustaba. Luego volvió a mirarme.

Se acercó e imité a Zohar. El lobo actuó igual conmigo, aunque yo me limité a tocarle un poco la cabeza. Cuando dio por finalizado el saludo se dio un breve chapuzón en la orilla y, con el mismo paso lento con el que había llegado, se marchó.

—¿Es el lobo al que curaste con tu madre? —pregunté.

—Es uno de sus lobeznos. Los adultos no se acercan a nosotros a no ser que crean que somos un peligro para sus crías —dijo Zohar.

—Pero son cazadores y nosotros, una presa fácil.

—Para ellos el lago no es lugar de caza. Sólo hay que respetar sus costumbres para que ellos no te ataquen.

—Creo que nunca me acostumbraré a verte acariciar a un lobo como si fuera un perro —dijo Owen.

—La próxima vez tendrás que probar. Sara lo ha hecho.

—Y casi me muero de miedo —confesé.

—Cruzáis el espacio para instalaros en un planeta desconocido y os asusta un lobezno. No os entiendo.

Zohar se desnudó mientras se reía de nosotros, cogió a Lia en brazos y se metió con ella en el agua. Owen fue detrás. De pronto tuve la sensación de que el tiempo se había parado y que todo lo que había ocurrido hasta ahora sólo era un sueño.

—¿A qué esperas? —gritó Owen.

—Voy.

Me desnudé y me metí en el lago. Lia se reía cuando aparecíamos de debajo del agua y chapoteaba con los brazos y las piernas cuando nos la pasábamos de uno a otro. Al rato salimos y nos tumbamos en unas rocas planas que tenían una temperatura agradable.

—¿Por qué están calientes? —pregunté.

—El calor sale de dentro —contestó Owen—, es como si estuviéramos sobre un volcán sin peligro de erupción.

—Aquí es donde enterramos a casi todos nuestros muertos todo lo profundo que nos dejan las bolsas de gas para que formen parte de nuestras vidas para siempre y contribuyan a mantener la temperatura con la energía que libera su descomposición —dijo Zohar—. Si los sacáramos a la superficie como en Teine el frío congelaría una parte importante de su existencia.

—¿Tu madre está aquí?

—No, ella quería alimentar la entrada al lago porque le encantaba la flor de medianoche.

Pensé en el cuerpo de mi madre por el espacio. A ella le gustaba mirar las estrellas y quise creer que ahora formaba parte de ellas para siempre.

—¿Puedes elegir dónde quieres que te entierren?

—Sí.

—Entonces se podría decir que todo Deighe es un cementerio.

—Casi todo. No se hacen entierros en Bo'ron.

—¿Bo'ron? —repetí—. ¿Qué es?

—Más allá del nacimiento del río hay una zona realmente fría, el agua está congelada y hay una constante lluvia y evaporación de los lagos porque son de metano, todo allí es tóxico.

—Un momento —dije alarmada—. Khalzan dijo algo sobre el hielo contaminado. Sabe de la existencia de Deighe.

—Tranquila —dijo Owen—. Todo lo que os haya dicho se basa en mis informes. Cuando llegué por casualidad a Teine me dejaron volver con la promesa de no hablar ni de ellos ni de su tierra. Gracias a esa promesa conocí también Deighe. —Miró a Zohar—. Hablé de Bo'ron como una suposición y más cercana al barrio Anochecer para que no se adentraran en el desierto de hielo. Ojalá hubiera podido hacer algo para impedir que arrasaran Stàball —dijo con la cabeza agachada.

—¿Y cómo conseguiste averiguar los planes de Khalzan? —pregunté.

—Yo me había instalado en una casa del barrio Anochecer y tenía carta blanca para ir por todo el planeta. Aunque solía hacerlo con retraso, entregaba un informe semanal sobre flora, fauna, clima, minerales... Estudiaba el planeta al milímetro para que ese monstruo lo conociera. Me engañó con la promesa de una segunda oportunidad en equilibrio con el planeta.

—Nos engañó a todos —le recordé.

—Entre los tres —dijo mientras sonreía a Zohar— se nos ocurrió diseñar unos trajes para poder viajar por los dos desiertos. Nahel se encargó del remate final y el día que estuvieron listos quedé con Zohar en mi casa para enseñárselo. Cuando entré, un soldado con muchos galones estaba en mi salón. Sobre la mesa tenía el mono y mi ordenador. Había accedido a todas las fotografías, vídeos y anotaciones que tenía de Teine, Deighe y la entrada de las tres tierras. Me acusó de alta traición y dijo que sería juzgado y ejecutado. A punta de pistola y empujones me sacó de mi casa para llevarme ante Khalzan. Al salir, Zohar le golpeó y entramos de nuevo. Le atamos a una silla y Zohar se marchó a por unas plantas para preparar una infusión que le haría contarnos todo lo que le preguntáramos. En cuanto recuperó el conocimiento se la hizo beber y fue cuando descubrimos que Khalzan quería adueñarse del planeta para crear el ambiente idóneo donde formar su ejército de esclavos con los que limpiaría la Tierra. Sólo los elegidos no serían sometidos y disfrutarían del nuevo mundo.

—Cuando fui al sector Cero para llevar la grabación vi un laboratorio —dije—. En una parte había gases embotellados, sólo recuerdo uno, SO_2. Luego había otra parte que tenían que ver con el agua y había muchas sustancias, entre ellas nitratos y fosfatos. ¿Sabes qué son?

—Los principales problemas de contaminación en atmósfera y agua. Pensé que eran muestras hasta que descubrí la verdad, ese loco provocó la destrucción de la Tierra.

—También vi unas mesas bajo el cartel de «reconstrucción» con tubos de inyecciones.

—Eso no estaba cuando yo trabajaba allí. ¿Estaban clasificados como los otros?

—Sí, en dos mesas, cada una con un cartel: «sumisión» y «muerte». Nahel tenía razón, no le importamos. ¿Por qué lo hará?

—Eso sólo lo sabe él.

Zohar acarició el pelo de Owen mientras él movía la cabeza de un lado a otro.

—¿Y qué hicisteis después? Pregunté.

—Destruimos todas las pruebas de la existencia de Teine y Deighe y decidimos dinamitar la entrada para asegurarnos de que no llegarían hasta ellos. Zohar se puso el mono, me explicó cómo llegar hasta Deighe a través del desierto de hielo y se marchó para avisar a su gente.

—¿Y el soldado? —pregunté.

—Me ocupé de él —contestó Zohar.

—Corrí hasta la casa de Kenzo en Aganuu, sabía que encontraría allí lo que necesitaba porque es especialista en explosivos. Como no estaba y no había tiempo para esperar, cogí las cargas, los detonadores y un mando y me marché a la entrada de las tres tierras. Cuando casi las tenía colocadas, Kenzo llegó de Teine con Heber. Sólo me dio tiempo a decirles que corrían peligro porque llegaron los soldados de la ronda de esa zona y nos atacaron. Después de una breve lucha les redujeron. Heber se marchó a avisar a Nahel y Kenzo se reuniría con ellos al terminar, mientras yo marcharía a Teine. Desde allí volvería a Stàball para reunirme con Zohar en Deighe. Pero uno de los soldados resultó no estar muerto y se abalanzó sobre mí. Kenzo me lo quitó de encima, estoy vivo gracias a él. En la pelea el mando rodó hacia la salida y corrí a por él, por eso Kenzo puso la última carga y se marchó a Teine sin saber de los planes de Khalzan, no tuve tiempo de explicarle nada. Yo la detoné, pero me golpeé en la cabeza por la explosión y perdí la memoria. El resto ya lo sabes.

Mika siempre había tenido razón y yo la había dejado allí. Se me encogió el estómago. Luego pensé en Kenzo y se me revolvió. Podía comprenderle, pero jamás le perdonaría cómo se había comportado conmigo, yo no era el enemigo.

—Sara, ¿estás bien? —me preguntó Owen.

—Sí, no te preocupes —le sonreí.

—Claro que está bien —dijo Zohar—. Es una luchadora. Y se atreve a acariciar a los lobos, no como otros.

Los tres nos reímos.

—¡Vaya! —exclamó Owen a la vez que tocaba mi tatuaje—. Veo que has visitado a Sasha. Aún no está listo, todavía hay parte cubierta.

—Ya me había olvidado de él —contesté—. Los vuestros también son de ella, ¿verdad?

Ambos mostraron sus antebrazos tatuados.

—Sí, pero los hizo antes de que nos conociéramos.

Zohar se acercó a mi espalda y tocó con la yema del dedo las partes descubiertas.

—Es como si las alas fueran la luz y la oscuridad.

—No sé quién me da más miedo, Sasha o tú —dijo Owen.

Él la besó en la mejilla y ella se vistió.

—No debe quedar mucho para la asamblea —dijo Zohar.

Nos vestimos y regresamos. Por el camino, Zohar recogió del suelo varios pétalos de las flores de medianoche, le dio un puñado a Owen y se besaron con pasión. Después se acercó a mí y me dio otro puñado de pétalos. Me cogió la cara entre sus manos transparentes y me dio un beso en los labios.

LA ASAMBLEA

Apenas llegamos a la cocina cuando Kalil entró a buscarnos. Zohar dejó a Lia con la mujer que cuidó de Owen y los cuatro salimos hacia la asamblea. Aquella penumbra fosforescente de fuera me empezaba a marear.

Al entrar en el enorme salón nos sentamos en un lateral cercano a la puerta y me sentí aliviada por la luz hasta que se empezó a llenar de personas altas, delgadas y trasparentes con pelo negro y unos ojos azules tan claros que parecía que no podían ver.

Cuando dejó de entrar gente Owen me cogió la mano y yo se la apreté fuerte. Un anciano tan trasparente que parecía un fantasma inició la asamblea y cedió el turno de palabra a Owen que se levantó, hizo un saludo a la asamblea y comenzó su discurso.

Recordó cómo dinamitó la entrada de las tres tierras cuando él y Zohar descubrieron los planes de Khalzan. Contó que Nahel consiguió reunir a la mayoría de los habitantes de Stàball y estaban escondidos o infiltrados en el sector Cero. También, que todos los que habíamos llegado después del primer viaje desconocíamos lo ocurrido e igualmente nos habían engañado. Explicó cómo Teine y Stàball se habían coordinado para atacar al día siguiente al sector Cero y animó a que Deighe se uniera a la recuperación del planeta y la libertad de todos, incluidos los habitantes de la Tierra.

El anciano le dio las gracias por su intervención, le cedió el turno de palabra a alguien llamado Geb y se levantó el padre de Zohar. Aunque utilizó un tono sereno su entrecejo estaba furioso. Owen me tradujo lo que dijo.

—Los extranjeros sólo han traído muerte y destrucción y al sellar la entrada de las tres tierras con el consentimiento de los habitantes de Stàball nos han aislado del problema y ahora les corresponde a ellos solucionarlo, por tanto, esta asamblea es innecesaria y la presencia de dos de los causantes de este desequilibrio es una ofensa hacia todos nosotros. Propongo su envío a Bo'ron para evitar que informen a su gente de cómo llegar hasta aquí y que arrasen también nuestra tierra. Somos un pueblo generoso y acogedor, pero ellos no son de ninguna de nuestras ciudades, ni de nuestras tierras y, por tanto, no pertenecen ni pertenecerán a nuestro mundo.

Observé cómo muchas cabezas se movían de forma afirmativa durante su discurso. Cuando Nahel me dijo que quizás no nos dejaran regresar en ningún momento pensé que fuéramos a ser castigados y, aunque sabía que Owen y Zohar no lo consentirían, me entraron ganas de correr y no parar hasta llegar a Teine.

El anciano le dio las gracias a Geb y le cedió el turno de palabra a Zohar. Tanto en el tono como en el gesto era igual que su padre, pero su discurso fue muy diferente. Owen volvió a hacer de traductor.

—Mi padre es un hombre sabio que conoce bien a su pueblo. Dice bien cuando recuerda que somos un pueblo generoso y acogedor y por eso hemos acogido a los dos extranjeros que hoy nos acompañan. Es cierto que otros extranjeros destruyeron Stàball, pero Owen arriesgó su vida para avisarnos de que corríamos peligro y Sara también lo ha hecho para informarnos de los planes de Stàball y Teine. Y no debemos olvidar que los extranjeros llegaron a Stàball sin conocer la existencia de Deighe y Teine. Nosotros tuvimos la opción de escondernos, ellos no. Propongo unirnos a las otras tierras para recuperar el equilibrio y la paz. Mirad con ojos inteligentes nuestro saludo, cualquier ciudad y cualquier tierra también pueden estar en otro planeta, por tanto, todos podemos formar parte del mismo mundo.

El anciano le dio las gracias, inclinó la cabeza y anunció que había llegado el momento de deliberar y se volverían a reunir en dos horas. Owen y Zohar decidieron que no regresaríamos a la asamblea y Kalil nos informaría de la decisión que se tomara. Nos despedimos de él y cruzamos de nuevo la penumbra para regresar a la casa donde estaba Lia. Al llegar, la mujer entregó la niña a Zohar y nos dejó solos.

—Mi traje tiene una pequeña fisura —dijo Owen a Zohar—. Necesitaré neste.

—Déjame verlo. Si no es mucho lo puedo arreglar. ¿Dónde está?

—En la habitación en la que pasé la noche.

—Vamos. ¿Te importa quedarte con Lia? —me preguntó Zohar.

—Claro —contesté.

Cogí a la niña en brazos y nos quedamos solas. Antes sólo había pensado en los bebés en una ocasión, hace años, cuando mis padres me dijeron que iba a tener un hermanito que nunca llegó, pero quizás porque era el primero que tenía en mis brazos o porque su padre era Owen y sentía que era también un poco mío, por el motivo que fuera, este era especial.

Le dibujé eses en la tripa con la yema de los dedos y se rio. Nunca había visto una piel tan blanca y brillante. Seguía muy atenta cada uno de mis movimientos. De pronto se escuchó un ruido como si se hubiera caído una vajilla completa y Lia comenzó a hacer pucheros. Le canté la nana que me cantaban mis padres y la mecí en brazos hasta que se tranquilizó. Cuando volvió a sonreír sentí la necesidad de prometerle que me encargaría de que siempre estuviera bien y no le pasara nada. Ella me miró como si hubiera comprendido mis palabras y supe que no tenía ni idea de cómo cumplir mi promesa, pero que haría todo lo posible para conseguirlo.

En cuanto Zohar y Owen regresaron les di a la niña y les observé. No sabíamos que iba a suceder, pero ellos estaban juntos a pesar de todo. Salí a tomar el aire.

A pesar de la molesta penumbra, agradecí la baja temperatura. Aunque me alegraba mucho verlos juntos sentía mucha pena por no poder estar con mis padres. Pensé en Mika, Karlos y Raquel. En Dan y Besnik. No sabía nada de ellos, ni siquiera si volvería a verlos. Cada vez que pensaba en el día siguiente sentía vértigo y ganas de huir, pero no estaba dispuesta a ser sometida por nadie, mis padres nunca lo habrían consentido. La voz de Owen me sacó de mis pensamientos.

—¿Estás bien, Sara?

—Sí, sólo quería tomar el aire.

—Aquí hace demasiado frío para estar mucho tiempo fuera. Mejor vamos dentro.

—Estoy bien. Además, no sabemos qué sucederá mañana y supongo que te apetecerá disfrutar lo que queda de día con tu familia. Acabas de conocer a Lia.

—Tienes razón —contestó sonriente—, excepto por un pequeño detalle, tú nos has reunido y formas parte de nuestra familia. Tu sitio está con nosotros, si quieres.

Owen levantó la mano como hizo con Zohar cuando volvió a verla. Solté un suspiro, levanté la mano y junté la palma con la suya, luego nos dimos un fuerte abrazo como en el mar.

—Lo que pase a partir de ahora lo afrontaremos juntos los cuatro. Zohar está decidida a marchar a Stàball. Si su pueblo decide unirse a nosotros dejaremos a Lia aquí y, cuando todo haya terminado, la recogeremos y nos instalaremos en Stàball, pero si no lo hacen nos marcharemos de Deighe hoy mismo para evitar el exilio a Bo'ron y uno de nosotros se quedará con Lia en una de las casas del barrio Anochecer hasta que todo termine. ¿Te parece bien?

—Por supuesto —contesté.

Cuando entramos Zohar acunaba en sus brazos a Lia.

—Sara está de acuerdo con la propuesta —dijo Owen.

—Gracias —dijo Zohar—, es un honor formar una familia contigo.

—Para mí también —contesté—. Spas.

En ese momento entró Kalil con noticias de la asamblea.

—Amigos, mañana marcharemos a Stàball acompañados de los voluntarios que se presenten a primera hora. Será una decisión personal de cada habitante. Yo me encargaré de recibirles según lleguen.

—Gracias, Kalil —dijo Owen.

—Os dejo. Nos vemos mañana. —estrechó su antebrazo con Owen—. Ya ji bajêr.

—Ya ji erdê —dijo Zhoar.

—Ya ji heman derê —dijo Owen.

Owen y yo preparamos algo de comer mientras Zohar acostaba a Lia y, en cuanto cenamos, nos fuimos a descansar. Mi cabeza se empeñó en ver cómo Raquel se perdía por el jardín y yo iba a buscarla con Besnik, que tuvo que luchar con un perro guardián que resultó ser Lyon, el cual, después de la pelea, se descompuso y del suelo creció un árbol donde se sentó una mujer de Deighe a contarle un cuento a una niña pequeña, que resultó ser Mika, que corrió tan rápido que se convirtió en mariposa y con su vuelo se fueron todos los sueños y pude descansar.

Al día siguiente Owen me avisó temprano, desayunamos y nos despedimos de Lia porque Zohar se la llevaba a su padre. Kalil entró al rato de irse ella.

—Os traigo neste —dijo.

—¿Qué es? —pregunté.

—Lo utilizamos para cruzar el desierto de hielo. Mira.

Abrió un bote que tenía una crema blanca con aspecto grasiento. No olía a nada.

—En Teine utilizan un barro para protegerse del calor en el desierto—dije.

—La mezcla es diferente. En el desierto de arena necesitas que no entre el calor en el cuerpo y se evapore tu agua, en el de hielo hay que evitar que escape el calor de tu cuerpo y tu agua se congele —explicó.

—Aunque nosotros tres no necesitamos neste lo llevaremos a mano por si nos coge otra tormenta—dijo Owen.

La puerta se abrió de golpe y Zohar entró con Lia. Salía fuego de sus ojos. Entregó la niña a la mujer que nos atendió y, aunque no dijo nada, se abrazó a Owen unos segundos. Después nos organizó.

—¿Sabes ya cuántos somos? —preguntó a Kalil.

—No exactamente, pero parece que Deighe se va a quedar muy vacío. En diez minutos todos los voluntarios estarán listos para seguiros —dijo Kalil.

—Bien. Poneos los trajes —ordenó—. Es la hora.

Con su gran altura y tapados desde la cabeza con los abrigos de algas parecían árboles cubiertos de musgo. La escasa luz les daba un aire espectral.

—Estamos listos —nos dijo Kalil—. Antes de llegar al barrio Anochecer provocaremos un tsunami de hielo con dinamita y entraremos tras él, al igual que los habitantes de Teine llegarán tras la tormenta de arena. Además de protegernos, cuando los efectos de los dos fenómenos se junten en Stàball lloverá barro, así sabrán que también vamos en su ayuda desde Deighe.

—Pongámonos en marcha —dijo Owen.

Nada más salir al desierto de hielo levantaron sus antorchas de piedras luminiscentes y rompimos el silencio con nuestros pasos. El camino de vuelta fue más rápido que el de ida. Una vez que pasamos los bloques de luz, antes de llegar a las rosas de hielo, colocamos los cartuchos para provocar el tsunami. Por delante de nosotros, el hielo avanzaba como una marabunta de hormigas blancas. Ya no había marcha atrás.

KHALZAN

Khalzan acarició sus rosas rojas con delicadeza. Después se dirigió al monitor.

—A sus órdenes, mi general —contestó Nandi.

—Informe sobre Rosa Roja.

—Conserva sus constantes, pero no admite alimentos, señor.

—Hágala reaccionar.

—Lo he intentado, señor, pero no he conseguido arrancarle ni un gemido.

—Insista.

—Sí, señor.

Cortó la comunicación y se acercó de nuevo a las rosas rojas. Ignoró los pinchazos de las púas, las arrancó y, sobre un cofre con lenguas de fuego grabadas, las deshojó.

Cuando estuvo lleno introdujo las manos, cerró los ojos y grabó el tacto en su cerebro. La llamada de un monitor le hizo volver a la realidad.

—A sus órdenes, mi general —dijo un soldado desde el punto K.

—Novedades.

—Aún queda trabajo, pero hemos llegado al final del derrumbe. Se ve un amplio hangar y dos caminos subterráneos a los lados.

—En cuanto esté abierto y asegurado, envíen dos comandos especiales y sitúe un francotirador. Nadie debe acercarse sin permiso.

—Sí, señor.

Khalzan cortó la comunicación. Seleccionó *La cabalgata de las valquirias*, de Richard Wagner, regresó junto al cofre y prendió fuego a los pétalos. Hipnotizado por las llamas recordó el último día de su poblado, los funerales de sus padres adoptivos y el cadáver de Tot en sus brazos. Con los músculos crispados y las llamas reflejadas en su cara nombró las plagas con las que asoló la Tierra. Cuando su ejército de restauración estuviera preparado volvería para recuperarla. La humanidad ya no volvería a hacerle daño. Pero antes arrasaría lo que encontraran tras los dos caminos como hiciera con Stàball para asegurarse de que nadie impediría sus planes.

LA REBELIÓN

Bajo el mismo gris de siempre y una lluvia de barro llegamos al sector Cero. En lugar de la puerta de entrada encontramos una gran brecha en el muro; la gente de Teine y Stàball estaban dentro. Desde la recepción se escuchaban gritos, explosiones y disparos, era insoportable. Antes de llegar a la plaza central nos cruzamos con Dan y Nahel, que corrían hacia la salida.

—¡Qué bien que estéis aquí! ¡Y con refuerzos! —dijo Nahel.

—Te dije que nos volveríamos a ver —le contesté mientras miraba a Dan de reojo.

—¿Dónde vais? —preguntó Owen.

—Hay un problema —contestó Nahel—. El ejército está en la entrada de las tres tierras. Parece ser que la investigan desde el día que la cerrasteis. Hicisteis un buen trabajo, pero están a punto de abrirla de nuevo. En cuanto lo hagan descubrirán cómo llegar a Teine y Deighe y no hay tiempo para avisarles a través de los desiertos. Queremos adelantarnos a ellos y dinamitar las dos grutas para impedir que entren.

—Iremos nosotros —dijo Zohar.

—Es mejor que seamos cuatro —dijo Dan—. Dos podremos sobrevolarlos para poner las cargas con los detonadores y otros dos os encargáis de explosionarlas desde fuera, es más seguro.

—Voy contigo —dije.

Me dio una barra con un botón en uno de los extremos.

—Yo pondré la otra carga —dijo Owen—. Dame tu mochila, Nahel—. Toma el mando —le dijo a Zohar.

Como no teníamos bolsillos, Zohar se lo metió en el traje por el cuello a la altura del pecho y yo la imité.

—Toma mi intercomunicador —dijo Nahel mientras se quitaba un reloj como el de Dan—. Vosotros podéis utilizar el de los trajes.

—Estamos los tres conectados desde que partimos de Deighe —dijo Owen.

—Bien. Nuestro plan es vaciar el sector Cero. Empujaremos al ejército de Khalzan hacia la parte del bosque para que la gente salga de sus celdas hacia las plantaciones, allí estarán más seguros. Id con ellos a la vuelta. Suerte.

Nahel regresó por donde había venido seguido de los habitantes de Deighe que dejaron el pasillo plagado de abrigos de algas. Me coloqué el intercomunicador en la muñeca y corrimos hasta las motos que había en la puerta, eran parecidas a la que conduje cuando caí en Sgudal.

Monté detrás de Dan y, seguidos de Owen y Zohar, fuimos hacia la entrada. Paramos tras unos árboles situados a unos metros de la cueva. Cuando Dan y yo bajamos de la moto me destapé la cabeza, sólo caía agua.

—Te busqué con Besnik hasta que Kenzo explicó que te habías marchado con Ciro. Estaba muy preocupado por ti —dijo Dan mientras exploraba la entrada con unos prismáticos.

—Me hubiera gustado avisarte —contesté.

Owen y Zohar, también con la cabeza descubierta, se unieron a nosotros.

—¿Qué ves? —preguntó Owen.

—Parece despejada —dijo Dan—. Está abierta de nuevo y la tienen apuntalada para que no se venga abajo.

—Quizás no haga falta entrar —dije—. Sería más fácil volver a cerrarla desde fuera.

—No sabemos cuántos son ni a qué altura de las grutas se encuentran —dijo Owen—. Es mejor asegurarnos de que nadie llegue ni a Teine ni a Deighe.

—Os avisaremos cuando las cargas estén colocadas. Si no tenéis noticias nuestras en diez minutos, utilizad los mandos —dijo Dan.

—De acuerdo —contestó Zohar.

—Por favor —dije—, tened mucho cuidado.

—Soy muy buen piloto, todo irá bien —dijo Dan—. Y Owen también. Practicó mucho conmigo, ¿verdad?

—Sí —contestó Owen—. Es como montar en bicicleta. Una vez que le coges el truco ya no se olvida.

—Buscaré un lugar donde esperar vuestra señal —dijo Zohar.

Enseguida la perdí de vista.

—Voy con ella. Tened cuidado —dije.

Apenas di unos pasos cuando sonó un disparo. Dan arrancó su moto y se marchó en dirección a la cueva mientras Owen y yo corrimos hacia Zohar. La encontramos tendida boca arriba con la mano ensangrentada sobre el vientre. Respiraba despacio. Owen rajó el mono por donde había entrado el proyectil y dejó al descubierto un agujero en su cuerpo, tuve que apartar la vista de la herida y morderme la mano para no gritar. Owen, agachado a su lado, lloraba y decía «no» una y otra vez.

—Owen —dijo Zohar—, guarda las lágrimas y los recuerdos para buscar consuelo más tarde. Ahora debes proteger a Lia y salvar Deighe. Sara se quedará conmigo.

Zohar levantó la mano hacia su cara y, entre gestos de dolor, consiguió sonreír.

—Te vas a poner bien —dijo Owen.

—Ya ji bajêr —susurró Zohar.

—Ya ji erdê. Le ji heman derê —dijo Owen sin dejar de llorar.

La besó en los labios, se giró hacia mí, me apretó el hombro y se marchó en silencio.

Me acerqué a ella sin poder evitar que las manos me temblaran.

—Sara —dijo Zohar—, dile a Geb que sea tan buen abuelo como buen padre.

—Se lo diré. Lo prometo.

Owen pasó sobre nosotras y Zohar puso una mano en mi mejilla. Un grito que no salió de su garganta retorció su cara, su mano cayó con brusquedad al suelo y sus ojos se volvieron de cristal. Apenas me dio tiempo a apartarme unos pasos y vomité.

Nunca había tenido tantas ganas de correr. Tardé unos segundos en darme cuenta de que la voz de Dan salía por el intercomunicador.

—¡Sara! ¿Va todo bien? ¿Me escuchas?

—Sí. Estoy aquí.

—Ya no hay peligro, hemos reducido al soldado. Conecta el comunicador de tu traje.

—Está conectado.

—Bien. Hazte cargo también del mando de Zohar. Y recuerda, si en diez minutos no tienen noticias nuestras, úsalos.

—De acuerdo.

Me acerqué de nuevo a Zohar. Aunque había dejado de llover estaba empapada. Lo primero que hice fue cerrarle los ojos. Las manos me temblaban tanto que me costó coger el mando. Como llevaba el traje no aprecié su temperatura, pero sí noté su cuerpo tan rígido que me pareció una estatua de hielo y sentí como si me despertaran en plena noche con agua gélida. Le di un beso en la frente y me senté al pie de un árbol. El reloj se iluminó en seguida. Según el cronómetro, habían pasado algo más de siete minutos.

—Sara.

—Dime, Dan.

—Ya estoy. Cuenta diez y pulsa el mando. Entro en Teine.

—Bien.

Saqué el mando de mi pecho. Con la cara llena de lágrimas conté diez y apreté tan fuerte que me dolió el pulgar. Cuando se escuchó una explosión dentro de la cueva y salió algo de polvo lancé el mando entre los arbustos. Fijé la mirada en el cronómetro del reloj de Nahel. No quería pensar ni ver nada, sólo quería que todo terminara cuanto antes. Se cumplieron los diez minutos y Owen no había dicho nada. Comencé a dudar que el intercomunicador del traje funcionara, quizás estaba demasiado lejos y no había conexión, pero me negué a detonar la carga sin asegurarme de que los explosivos no estaban en su espalda. Pasados dos minutos y trece segundos del tiempo acordado escuché su voz.

—¡Zohar! ¡Sara!

—Soy Sara. ¿Todo bien?

Tardó unos segundos en contestar que me parecieron eternos.

—Han pasado diez minutos. —De nuevo silencio—. ¿Por qué no has detonado los explosivos? —dijo demasiado bajo.

—Esperaba tu señal.

—Sara —susurró entre jadeos—. El mando.

—¿Sucede algo? ¿Va todo bien?

—Lo siento. No podré ayudarte a encontrar a tu padre.

—¿Qué ha pasado? ¡Dímelo! —A mi grito un pájaro se marchó del árbol.

—Recuerda las palabras de Zohar.

—¡Owen!

—Háblale a Lia de mí.

—¡Owen!

—Diez segundos. Gracias.

—¡No!

De nuevo se hizo el silencio. Sudaba tanto dentro del traje que temí que el mando se me resbalara de la mano. Lo apoyé en el suelo y comencé la cuenta atrás: de-cualquier-ciudad-de-cualquier-tierra-pero-del-mismo-mundo.

Supe que había funcionado por el polvo que salió de la cueva, pero por un momento dejé de escuchar a mi alrededor y eso me asustó. Intenté pensar. Debía volver al sector Cero para sacar a Mika de allí y alejar a Raquel de Lyon. Corrí todo lo rápido que pude.

La recepción continuaba vacía. Entré en el pasillo por el que me llevó Rebeca el día que llegué y vi un montón de personas en las plantaciones a través de las cristaleras. Empujé las puertas y corrí hacia ellos.

No encontraba ni a Mika ni a Raquel. Pregunté a la gente por la chica pelirroja y la del bloc de dibujo, pero nadie las había visto. Cuando vi de lejos a la familia de Raquel sin ella no me entretuve más. Seguro que seguían dentro y tenía que encontrarlas.

Subí de nuevo, corrí hacia la plaza central y me asomé despacio. Estaba destrozada, pero no parecía que hubiera nadie. Parecía que Nahel y el resto habían conseguido acorralarles en el jardín. Al cruzar la plaza escuché un gemido entre los escombros. Busqué con cuidado y, bajo una pieza del techo, vi una cabeza con cara pálida y pelo casi blanco que pedía ayuda. Levanté con esfuerzo el trozo que le aprisionaba el pecho. Cuando lo aparté él sonrió y yo maldije, era un soldado. Me di la vuelta.

—Espera —dijo entre toses—. No puedo mover una pierna. Ayúdame.

—Y un cuerno —contesté—. Te está bien empleado por servir a ese loco de Khalzan.

—Yo no sirvo a Khalzan.

—Eres soldado.

—Sí. Y mi deber es proteger a la gente de cualquier peligro, incluso si él es el peligro.

Le miré. Podía dejarle allí, indefenso, o matarle. Apreté los puños y los dientes.

—Yo no sabía nada. Lo juro —dijo.

—Está bien.

Aparté un par de cascotes y le ayudé a mover la pierna para salir del montón de escombros.

—No puedo ocuparme de ti. Tengo cosas que hacer.

—Ya me las apaño. Gracias.

—Adiós.

Me fui hacia el ala oeste para buscar a Raquel. No se escuchaba nada por el pasillo. Al llegar a su celda la puerta estaba abierta. Me asomé y alguien me lanzó hacia adentro.

Cuando me giré sólo tuve tiempo de escuchar un grito y ver como un puño se estrellaba en mi cara. Caí al suelo boca abajo y escupí sangre. Estaba mareada y me costaba moverme.

—¡Déjala en paz! —chilló Raquel.

—¡Aparta, estúpida! —contestó Lyon.

Escuché a Raquel gritar y luego un golpe, como si soltaran un saco en el suelo. Después de unos segundos de silencio unos pasos se acercaron. Me arrastré como pude, aunque sabía que no tenía a dónde escapar, y grité al notar que caía sobre mí. Pesaba mucho, pero no se movía, así es que me retorcí hasta que pude quitármelo de encima. Cuando me giré Pru estaba frente a mí con una barra de hierro en la mano.

—¿Gracias? —dije.

—De nada —contestó mientras me tendía la mano con una sonrisa—. Ese cerdo se lo merecía. Además, después de la que has liado te prefiero como amiga.

—¿Qué haces aquí?

—Cuando se marcharon todos hacia las plantaciones vi a los que habían llegado que luchaban en el jardín contra nuestro ejército, dudé sobre lo que debía hacer y me oculté en la plaza. Entonces llegaste tú y te vi con el soldado. Te he seguido.

—¡Vaya! Me alegro.

Un gemido me recordó a Raquel. Estaba tirada en el suelo. Fui hacia ella y me senté a su lado. A primera vista no parecía tener más que un ojo morado.

—¿Estás bien? —le pregunté.

—Perdona, ha sido culpa mía. No debí decirle a Lyon que hablé contigo —sollozó Raquel—. Pensé que te quería y se alegraría cuando supiera que estabas viva.

Cogí su mano entre las mías para tranquilizarla.

—No te preocupes, tú no tienes la culpa y ya no puede hacernos daño. Ahora me tengo que marchar.

—¡No te vayas! ¡No quiero quedarme sola!

—Tranquila. No te va a pasar nada. Pru cuidará de ti.

—¿Pru? —dijo con los ojos muy abiertos.

Pru se acercó a Raquel y también se sentó a su lado.

—He sido una tonta. Lo siento. Pero ahora me quedaré contigo. ¿Quieres?

—Vale.

—Aunque no parece que haya nadie más es mejor que os marchéis a las plantaciones, es más seguro —dije.

—¿Por qué no vienes con nosotras? —preguntó Raquel.

—Voy a por Mika.

—Pues vamos contigo —insistió.

—Es peligroso.

—Entonces no vayas —lloriqueó.

—Escucha. He venido a buscarte y ahora debo hacer lo mismo con ella.

Raquel asintió con la cara llena de lágrimas.

—Te prometo que nos veremos en las plantaciones. ¿De acuerdo?

—De acuerdo. Ten cuidado.

Pru la rodeó con sus brazos y sonrió.

—Estaremos bien. Márchate ya —me dijo.

Me puse de pie y las miré. Allí, abrazadas, me parecieron Teine y Deighe y tuve la seguridad de que, juntas, llegarían a las plantaciones y estarían a salvo. Dije adiós con la mano, salí de la habitación y regresé a la plaza central para buscar a Mika.

De camino al ala este vi como la puerta que daba a la enfermería se cerraba hasta la mitad y se volvía a abrir. Cuando me acerqué había un cuerpo con el que la puerta tropezaba que llevaba un uniforme azul y tenía un moño deshilachado. Se me cortó la respiración. Cogí el cuerpo por las axilas para liberarlo de aquella tortura sin sentido. Al girarlo vi la cara de Rebeca y sentí una punzada en el estómago. La dejé a un lado y me imaginé que estaba dormida.

De pronto escuché mi nombre. Al principio me asusté hasta que descubrí que salía del sistema de megafonía. Desde uno de los monitores Khalzan parecía mirarme.

—Sara, ven a mí. El microchip tiene instalado un catalizador de la sustancia que todos han ingerido con la comida. Si no vienes, dentro de cinco minutos lo activaré.

Entré en el ala este y corrí por el pasillo.

Llegué a la celda de Mika y la puerta estaba entreabierta. Le di una patada y me asomé. Vi a Nandi boca abajo sobre un charco de sangre. Registré la vivienda. Mika había desaparecido. No sabía qué hacer y tenía que pensar rápido, se agotaba el tiempo. Miré a mi alrededor y vi sangre en la puerta. Decidí continuar por el pasillo y encontré al soldado que debía estar de guardia en las mismas condiciones que Nandi. Imaginé que Mika había pasado por allí y seguí hasta la puerta del laboratorio. Estaba abierta.

Cuando pasé por entre las mesas vi levantada la tapa de la que tenía la etiqueta «muerte», había manchas de sangre y faltaba una inyección. Recorrí el laboratorio hasta que encontré una puerta al fondo que daba a una sala luminosa repleta de rosas blancas y bonsáis. En varios monitores vi a Mika acercarse por detrás a Khalzan y levantar la mano derecha con el estilete de Ciro. Khalzan se giró, le hizo soltar el estilete de un manotazo y la cogió del cuello.

—Pensé que eras especial —le dijo—, pero has resultado ser una zorra molesta como tu madre.

Mika levantó con rapidez la mano izquierda y le clavó en el cuello el tubo que había cogido del laboratorio. Cuando llegué hasta ellos, Khalzan seguía cogido del cuello de Mika, que no se resistía. Me puse detrás de ella y le quité los dedos agarrotados uno a uno. Khalzan, con los ojos amarillentos y casi fuera de su sitio me miró.

—¿Por qué? —pregunté.

—Tot —respondió antes de caer sin vida.

EPÍLOGO

A pesar de la multitud sólo se escuchaba el sonido de la pala al cavar la tierra y la suave melodía de una flauta travesera. Con la ayuda de Ciro, Kalil, Nahel, y Kenzo, enterré a Zohar y Owen a los lados de lo que sería la nueva entrada de las tres tierras. Sobre cada uno de ellos plantamos un roble que juntaban sus ramas y formaban un arco. Después me dirigí a todos los allí presentes.

—Gracias a Zohar y Owen podremos vivir libres y en paz. Ahora estarán siempre con nosotros aquí, en la intersección de las tres tierras, para que no olvidemos que entre todos siempre es más fácil salir adelante. ¡Ya hi bajêr!

—¡Ya ji erdê! —dijeron todos a coro.

—¡Le hi heman derê! —contesté.

Crucé entre la gente. Todos me sonreían o inclinaban la cabeza cuando pasaba a su lado. El chico de pelo casi blanco que liberé de los escombros se acercó a mí y se llevó la mano a la sien.

—Khalzan y su ejército han desaparecido —le dije.

—El deber de un soldado es proteger. Me da igual el color del uniforme, yo soy soldado y será un honor para mí trabajar bajo tu mando en el grupo de recuperación de la Tierra —contestó con postura militar.

—Supongo que yo tendré que acostumbrarme a tus saludos y tú a los míos —le dije con una sonrisa—. Gracias.

Nos estrechamos los antebrazos y, antes de irme, se cuadró. Subí a mi moto y me marché a casa.

Antes de abrir la puerta escuché un ladrido y me salió una sonrisa. De detrás de la casa apareció Besnik desbocado. Me agaché y el perro se tiró encima de mí. Dejaba de darme lametazos para correr en círculos a mi alrededor y luego lamerme otra vez. Cuando se calmó un poco y me levanté vi a Dan. En lugar del lodo rojo llevaba un mono de los que crearon Nahel, Owen y Zohar. Nos dimos un abrazo mientras el perro hacía cabriolas.

—Besnik te echaba mucho de menos —dijo.

—Yo también a él.

—Siento no haber llegado a la ceremonia.

—No importa. Ya forman parte del planeta y siempre estarán con nosotros. ¿Qué te dijo Qamra?

—Siente no venir, pero está mayor para viajes. Me envió a Sasha para que me diera la solución.

—¿Sasha?

—Sí. Mira.

Fuimos hasta su moto. Dentro de un pequeño trasportín un gatito naranja y atigrado dormía tranquilo. Me recordó al que saqué de entre los gusanos.

—Es precioso.

—Y te traigo regalos.

—Me muero de ganas por verlos y que me cuentes, pero primero tenemos cosas que hacer. Puedes instalarte en la segunda habitación.

Entramos en la casa. Mientras Dan guardaba cosas en la nevera y dejaba su equipaje en la habitación yo me vestí con mi mono nuevo. Nahel le había añadido unos bolsillos laterales con cierre hermético. Dejamos a Besnik con agua y comida y nos fuimos hacia el barrio Anochecer. Cuando llegamos a la tercera casa aparcamos y cogí el trasportín. Estaba nerviosa. Llamé con los nudillos a la puerta y Heber abrió con una sonrisa.

—Os esperaba. Pasad.

Mika estaba sentada en el sofá. Había mejorado físicamente y ya comenzaba a comer. A su lado había un cesto repleto de ovillos de lanas de todos los colores a los que, según Heber, ignoraba por completo. Me acerqué a ella y le di un beso en la mejilla.

—Hola, Mika. ¿Cómo estás?

Como siempre, no me contestó, pero sonrió y me apretó la mano.

—Te he traído un amigo para que te haga compañía.

Ella miró el trasportín con curiosidad. Lo abrí y saqué al gatito despacio. Cuando lo vio su boca se abrió tanto que llegué a pensar que iba a decir algo, pero la volvió a cerrar. Se sentó en el suelo con él y le observó fascinada. Después de estirarse, el animal se lamió una pata y luego inspeccionó el salón. Mika le seguía con la mirada.

Tras la ronda, el gatito se fijó en los ovillos y golpeó con una pata uno de color rojo varias veces. Sólo consiguió que se le enganchara en una uña. Mika se acercó muy despacio, le desenredó la lana y, ante nuestra sorpresa, en cuestión de segundos cortó un buen trozo, hizo una bola en un extremo y tiró del otro para que la lana serpenteara por el suelo. El gatito atigrado persiguió la bola por todo el salón.

Me acerqué a ella.

—Tendrás que pensar un nombre y la próxima vez que venga me lo dices.

Ella asintió con la cabeza sin apartar la vista del gatito. Le di un beso en la frente y me uní a Heber y Dan.

—Se recuperará —dijo Heber.

—Nunca será la misma —contesté.

—Hay cosas que es mejor no recordar.

—Tienes razón. Cuídala y cuídate.

Salimos. Antes de subir a la moto miré hacia el desierto de hielo y suspiré.

—¿Aguantará los cambios de temperatura?

—Por supuesto. Recuerda que el inventor es Nadir. ¿Estás lista? —me preguntó.

—No. Vámonos cuanto antes.

Nos cubrimos la cabeza y atravesamos el desierto de hielo enseguida. Fuimos directos a Lääketiede. Cuando entramos en la casa la mujer que se quedó a cargo de Lia nos dijo que se la había llevado su abuelo a dar un paseo. Imaginé que estarían en el lago de las cascadas y nos fuimos hasta allí.

Por el camino cogí unos pétalos de flor de medianoche y los guardé. Cuando llegamos al lago vi a Geb. No quedaba nada de aquel hombre agresivo, desafiante y arisco y parecía tener cien años más. La niña estaba dormida sobre la roca. Dan hizo de traductor.

—Has venido a por Lia —dijo Geb.

—Es la única familia que me queda en este planeta.

—A mí también.

—Pues, nos guste o no, eso nos convierte en familia.

—Supongo que sí —dijo con una sonrisa triste.

—Zohar me dio un mensaje para ti.

—No merezco escucharlo.

—Te pide que seas tan buen abuelo de Lia como buen padre fuiste con ella.

—Murió por mi culpa. Nunca debí dejar que se marchara.

—Sabes que eso no habría sido lo mejor. Siempre ha hablado de ti con orgullo. Ahora debes seguir adelante.

—No puedo.

—Debes hacerlo. Por Zohar, por Lia, por tu esposa.

—Aquel maldito lobo…

Lloró en silencio. Cuando me pareció que ya no le quedaban lágrimas me acerqué a él y le rodeé los hombros.

—Sabes que a Lia no le conviene quedarse en Deighe. Debo llevarla a Stàball.

—No volveré a verla.

—Por supuesto que sí. Ella es parte de Deighe. Vendrá y tú, su abuelo, le enseñarás su tierra y le hablarás de su abuela y de su madre.

—¿Lo harás?

—Por supuesto. Sólo te pido que no le hables mal de su padre. No le menciones si no quieres, pero respétale. Era un hombre bueno.

—Lo sé, y lo siento. Estaba equivocado, pero ya no puedo decírselo.

—No fue necesario. —Él asintió con la cabeza—. De momento Lia se quedará en Hiyoru. Más adelante, cuando esté reconstruida, la llevaré a la Tierra para que conozca el planeta donde nació su padre. Tanto si estoy como si no puedes visitarla siempre que quieras y pasar allí todo el tiempo que desees. Además, seguro que te gusta el árbol donde está Zohar, será un buen lugar para que le cuentes a tu nieta su historia.

—Seguro.

Cogió a la niña y la abrazó.

—Estará bien —dije—. Y tú la verás crecer. Ya ji bajêr.

—Ya ji erdê —dijo Dan.

—Le ji heman derê —dijo Geb.

Besó a la niña en la frente, me la dio y se giró hacia el lago. Nosotros volvimos a la casa para recoger el equipaje que había preparado su cuidadora, la embadurné con neste para el camino y regresamos al barrio Amanecer.

Besnik nos recibió con grandes saltos. Después de bañar a Lia y darle de cenar salimos a dar un paseo y, a la vuelta, bajé la persiana de mi habitación y la acosté en su canasto al lado de mi cama. Luego me reuní con Dan en la mesa del salón.

—¿Quieres ver tus regalos? —dijo Dan.

—Estoy impaciente.

—Este es de Sira.

Me entregó un brazalete plateado compuesto por tres pulseras, las de los extremos eran lisas y la de en medio tenía el grabado de una cuerda con un nudo de ocho doble.

—Es precioso. Tu hermana es increíble.

—Sí. Ya te dije que siempre acierta. Quédate aquí.

Mientras iba a la nevera martilleé la mesa con los dedos hasta que regresó con un enorme pastel.

—De parte de mis padres. Mi padre ha elegido las más sabrosas. Pastel de… ¿cómo lo llamáis vosotros? Naranja y alargado.

—¡Zanahoria! ¡Qué buena pinta tiene!

Cortamos un trozo para cada uno.

—Está buenísimo —dije con la boca llena—.

—Hay más cosas en la nevera. ¡Ah! También he traído caldo de Qamra.

—Parece que no me voy a tener que preocupar de la comida en los próximos días.

—Y Nadir te envía esto.

—¡Vaya! ¿Te has recorrido todas las tierras para traerme regalos? —dije mientras cogía un pequeño paquete envuelto con papel de seda rojo.

—Todas no. Sira ha dejado Xuya unos días para venir a Xwarin con mis padres. Hemos estado los cuatro juntos como cuando éramos pequeños.

—¿Y eso? ¡Eh! ¡Es un lector!

Corrí a mi habitación, pero entré despacio para no despertar a Lia. Revolví en silencio y a oscuras el primer cajón. En una esquina, disimulada con los calcetines, estaba la micro que mi madre coló en la nave. Bajé los escalones de dos en dos y volví al salón. Me temblaban tanto las manos que sólo conseguí darle vueltas al regalo de Nadir mientras Dan me miraba sin dejar de reírse. Cuando por fin lo conecté, mi cara de decepción le hizo reír aún más. Acercó la mano y lo puso en marcha.

En cuanto sonaron los primeros acordes de guitarra eléctrica noté una oleada de energía desde los pies hasta la garganta. Aunque no estaban allí, era como tener a mi padre y a mi madre al lado y, según avanzaba la canción, los veía simular que tocaban cada uno de los instrumentos que se escuchaban.

—Suena muy bien. ¿Qué es?

—La versión *rock* de *El himno a la alegría* de Beethoven. Era la preferida de mi bisabuelo. Yo no le conocí, pero, según mi padre, fue un tipo estupendo, aunque algo peculiar para su época. Siempre le decía que la clásica y el *rock* habían nacido para unirse y crear la mejor música.

—A veces, unir dos mundos que parecen lejanos da buen resultado. Como Lia.

—Sí, es verdad. Pero, cuéntame, ¿cómo es que os habéis reunido los cuatro?

—Soy voluntario de Teine para colaborar en la reconstrucción, eso significa que voy a pasar mucho tiempo fuera y ha sido como una despedida.

—¡Vaya! Puedes quedarte aquí todo el tiempo que necesites.

—Sara.

—En cuanto piense qué voy a hacer con Lia y todo esté listo me marcho, pero no importa, te puedes quedar aquí con Besnik, como si fuera tu casa, hasta que vuelva. Bueno, y cuando vuelva también.

—Espera.

—Porque volveré, aunque no sé cuándo. También es mala suerte que no hayas venido antes.

—Sara. Escúchame.

Me cogió las manos, nos miramos y me mordí el labio inferior. Parecía que se había parado el tiempo a mi alrededor mientras que en mi interior mi cuerpo iba a gran velocidad. La música, Dan, el viaje a la Tierra para limpiarla y buscar a mi padre… Tomé aire e hice un esfuerzo para callarme por dentro y por fuera.

—Dime.

—El día que conociste a Nadir y hablamos sobre salir a conocer otras tierras, ¿lo recuerdas?

—Sí.

—Me dijo que tú serías la razón por la que saldría de Teine.

—¿Yo? Pero…

—Sasha dijo que un árbol puede utilizar sus raíces para caminar tras una mariposa. Sara, no voy a reconstruir Stàball, me marcho contigo a la Tierra, si tú quieres.

Sentí vértigo, pero esta vez, en lugar de necesitar correr, tuve la sensación de que la mariposa de mi hombro estiraba sus alas para volar.

AGRADECIMIENTOS

Además de agradecer a mi familia y amigos su apoyo constante durante todo el proceso de la novela, también quiero dar las gracias a todos los que, de una manera u otra, han aportado su granito de arena:

Gracias, desconocidos, por las frases sueltas en el metro, la radio y la televisión que se han convertido en soluciones.

Gracias, Víctor, por tu profesionalidad, tu simpatía y tu paciencia. Es un verdadero placer trabajar y aprender contigo.

Gracias, Nuria, primera lectora oficial. Con tu entusiasmo las ganas de escribir se multiplican.

Gracias, Binbin, Lucía y Alicia. Sin saberlo, habéis contribuido a la personalidad de varios personajes.

Gracias, Pilar (la costumbre). Después de mandarme callar para leer aquellas seis hojas de Word sin título hiciste varios comentarios valiosos. Uno de ellos, por ejemplo, forjó las costumbres de las tres tierras.

Gracias, Marta, por reunir a tu familia para que todos colaboraran cuando te pedí opinión sobre el comienzo. Amiga, cuando leas la novela definitiva y llegues a cierto punto estoy segura de que me enviarás una sonrisa por el móvil.

Gracias, Carlos, eres el responsable de que Sara no tenga otro nombre.

Gracias, Alejandra, por considerar la novela un poco tuya y por darme un ultimátum para publicar y que, por fin, la puedas leer.

Gracias, Julia, por tus ganas de leer la novela, tus correcciones y tu inigualable kit de autógrafos.

Gracias, Juanfran, mi *hermanico* chileno, por estar a mi lado desde tan lejos para recordarme todo lo que aprendimos en clase y por tu siempre única mirada. Sin ti no habría sido igual.

Gracias, papá y mamá, por cantarme canciones, contarme cuentos, llenar la casa de libros y estar siempre a mi lado haga lo que haga.

Gracias, Mamen, por compartir conmigo tus procesos y mostrar tanto interés en la novela como el que pones en tus narraciones.

Gracias, Chiqui. Con tu punto de vista siempre práctico y científico has aportado mucho sin darte cuenta.

Gracias, Fran, por encontrar siempre una solución y simplificar absolutamente todo.

Gracias, Teo. Los paseos contigo me han aclarado la mente en muchas ocasiones. Por supuesto, Besnik está inspirado en ti.

Gracias, hijas, por vuestra buena disposición y paciencia con los innumerables «Leed esto antes de cenar y me dais vuestra opinión», por vuestra ayuda con las redes sociales (y todo lo que conlleva) y por promocionar la novela incluso antes de que estuviera terminada. Silvia, gracias por tu creatividad; fue muy divertido buscar nombres contigo. Diana, gracias por tus aportaciones y tus correcciones gramaticales, algún día *lo* conseguiré.

Gracias a ti por dedicar parte de tu tiempo a Hiyoru. Si has pasado un buen rato, por favor, cuéntamelo.

pepahidalgo7.0@gmail.com

FB: Pepa Hidalgo 7.0

IG: @pepahidalgo7.0

ÍNDICE

SOBRE MÍ

Mi nombre es Pepa Hidalgo y nací soñadora en 1970.

Trabajé en diferentes sectores hasta que por fin pude ejercer como Maestra de Primaria.

Aunque durante este tiempo disfruté en las clases, al adaptar y escribir obras de teatro, poemas y canciones, dejé el colegio para dedicarme a mi familia.

Más tarde, mientras daba clase de español a personas extranjeras, me formé en narrativa y escritura creativa y, tras quedar finalista en el concurso de Zenda #amores de verano con el relato *Vida de perro*, cumplí otro sueño: autoeditar Hiyoru, mi primera novela.

www.pepahidalgo.com

Made in United States
North Haven, CT
10 November 2026

22084224R00194